히말라야 하늘 위를 걷다

Yeti 히말라야 하늘 위를 걷다
네팔 산 우표 이야기 : The Himalayas on Nepali Stamps

이근후 · K.K. Karmacharya 지음

초판 인쇄 2016년 04월 25일
초판 발행 2016년 04월 30일

지은이 이근후 · Karmacharya
펴낸이 신현운
펴낸곳 연인M&B
기획 여인화
디자인 이희정 김주리
마케팅 박한동
홍보 정연순
등록 2000년 3월 7일 제2-3037호
주소 05052 서울특별시 광진구 자양로 56(자양동 680-25) 2층
전화 (02)455-3987 팩스 (02)3437-5975
홈주소 www.yeoninmb.co.kr
이메일 yeonin7@hanmail.net

값 15,000원

ISBN 978-89-6253-183-1 03810

The Himalayas on Nepali Stamps

이근후 박사의 네팔 산 우표 이야기

Yeti

히말라야 하늘위를 걷다

The Himalayas on Nepali Stamps

HIMALAYAS

이근후 · K.K. Karmacharya 지음

죽을 때까지 재미있게 살고 싶은 영원히 철들지 않는 소년, 이근후 박사의
네팔의 산 우표와 그림, 네팔 속담 그리고 짧은 에세이

연인M&B

끊임없는 헌신에 감사를

카만 싱 라마
(Kaman Singh Lama 주한 네팔대사)

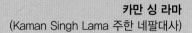

한국의 저명한 지성인이며 학자이신 이근후 박사님은 네팔의 소중한 친구이시며 네팔을 진정으로 사랑하시는 분입니다. 이분이 이번에 『히말라야 하늘 위를 걷다-네팔 산 우표 이야기』를 출간하신다는 소식을 듣고 저는 마음 깊숙한 행복을 느낍니다.

네팔의 전통적인 우표와 그림을 모은 이 책은 네팔의 자연과 종교와 예술과 전통과 문화를 알리는데 큰 역할을 할 것입니다. 지구상의 천국인 네팔은 인간을 매료시키는 자연과 산과 강의 아름다움뿐만 아니라 네팔인이 만들어 놓은 놀라운 예술 작품과 건축물로 세계인을 감동시키고 있듯이 박사님의 이 새로운 책에서도 그 감동이 이어지고 있습니다.

이근후 박사님의 네팔의 자연과 문화 그리고 생활 모습을 알리기 위한 끊임없는 헌신에 감사를 드리는 동시에 이 책의 큰 성공과 박사님이 장래에 하실 모든 일에 큰 성공을 이루시기를 기원합니다. (번역:석)

I am profoundly happy to learn that Prof. Dr. Rhee Kun Hoo, a renowned intellectual and academician from Korea and above all a good friend and lover of Nepal is coming up with his yet another publication under the title "The Story of Himalayan Mountain and Nepal Stamps"

As a collection of traditional Nepalese postal stamps and paintings, the publication holds an immense importance in promoting Nepalese nature, religions, arts, traditions and cultures. As a paradise on the earth, Nepal not only offers a mesmerising natural and scenic beauties of mountains and rivers but also treasures magnificient and marvelous creations of arts and architectures. These natural and cultural heritages of Nepal are the open books for people all over the world to learn and experience. The author has tried to depict the same thing through this great work.

While appreciating the continuous effort and dedication demonstrated by Prof. Rhee in promoting the Nepalese nature, cultures and lifestyles, I take this opportunity to express my best wishes for the success of this publication as well as for the success of all his future endeavours.

큰 성공을 거두기를

카말 프라사드 코이랄라
(Kamal Prasad Koirala 초대 주한 네팔대사)

제가 운이 좋아 이근후 박사에 대해 또다시 글을 쓸 수 있게 되었습니다. 제가 4년간 한국에서 근무하는 동안 우리는 돈독한 우의를 다졌습니다.

그는 그동안 서울에서 네팔 화가를 위한 여러 번의 미술 전시회의 개최와 많은 책을 출간해 왔습니다. 이번에도 그는 새로운 네팔 우표 책을 출간하게 되었습니다.

저는 이 책도 큰 성공을 거두기를 바라며 앞으로도 그의 하시는 모든 일이 성공적으로 이루어지기를 기원합니다.

I am very fortunate to write again about Prof. Dr, Rhee Keun Hoo's another book. We had very good friendship during my four year long stay in Seoul Korea.

He organized many paintings and Art objects exhibition in Seoul. He is writer of many books. He is publishing this book too.

I wish him every success in his life.

왜 에베레스트의
산꼭대기에서
조개화석이 발견될까?

백두성
(서대문 자연사박물관 전시교육팀장)

히말라야산맥이 만들어지는 과정을 이해하려면 먼저 판구조론이라는 개념을 알아야 합니다. 판구조론은 1915년 알프레드 베게너라는 독일의 기상학자가 『대륙과 해양의 기원』이란 책을 통해서 주장한 대륙이동설에서 출발합니다. 지금이라도 세계지도를 구해서 대륙들을 가위로 오려서 서로 붙이면 그 경계선이 거의 일치하는 것을 알 수 있는데요, 베게너는 그 현상을 관찰하고 옛날에 대륙이 한 덩어리로 합쳐졌다고 생각했습니다. 그 초대륙의 이름을 팡게아 (Pangaea)라고 붙였죠.

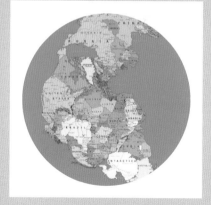

〈초대륙 팡게아〉

출처 http://capitan-mas-ideas.blogspot.kr/2012/08/pangea-politica.html

대륙이동설의 또 다른 증거로는 그당시 살았던 생물의 화석도 있습니다. 만약 옛날에 대륙이 하나로 붙어 있지 않았다면 바다를 헤엄쳐 건널 수 없는 동물이나 식물의 화석이 대륙의 양쪽 경계에서 발견될 수는 없기 때문이지요. 그림에 있는 메소사우루스(Mesosaurus)라는 파충류는 남부 아프리카와 브라질에서 발견되고, 양치식물은 그로솝테리스(Glossopteris)도 남극과 호주 대륙 등에서 발견되지요.

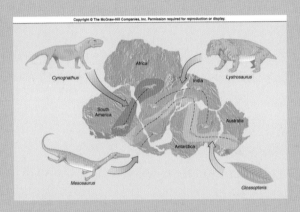

〈대륙이동설의 고생물학적 증거〉
출처 http://www.indiana.edu/~g103/G103/week11/week11.htm

자, 그럼 이제 본격적으로 판구조론이라는 개념에 대해 알아볼까요? 판이란 지구의 표면, 즉 지각을 이루고 있는 크고 작은 조각을 말합니다. 이 판들이 움직이면서 지구 표면의 형태를 변화시킵니다. 한편, 지각은 상대적으로 무거운 해양지각과 가벼운 대륙지각으로 나눌 수 있는데요, 이 지각판들이 서로 만날 수 있는 경계는 크게 세 가지가 있습니다. 첫 번째는 발산형 경계입니다. 해양지각들이 서로 벌어지는 곳이지요. 벌어진 틈 사이로 지각 아래의 맨틀이 올라와 바닷물에 식으면서 새로운 지각이 만들어지는 곳입니다. 그다음은 수렴형 경계로 판들이 서로 부딪히는 곳입니다. 부딪히는 판들은 다시 대륙지각과 해양지각, 대륙지각과 대륙지각인 경우가 있을 수 있습니다. 다시 말하지만 해양지각끼리는 서로 벌어지는 발산형 경계를 이루지요. 대륙지각과 해양지각이 만나면 가벼운 대륙지각 아래로 무거운 해양지각이 가라앉게 되면서 점점 아래로 내려가 녹아 버리는, 즉 지각이 소멸되는 곳이고, 대륙지각과 대륙지각이 만나면 서로 밀어내며 위로 올라가 산맥을 만들게 됩니다. 바로 히말라야산맥이 이렇게 만들어진 것입니다.

마지막으로 보존형 경계가 있는데, 여기에서는 판들이 서로 미끌어져 지나쳐서 판이 생성되거나 소멸되는 일이 없지만 지진이 일어나게 되지요. 최근에 개봉한 영화 〈산 안드레아스〉에 나오는 바로 그곳이 대표적인 보존형 경계랍니다.

세계에서 가장 높은 산인 에베레스트가 포함되어 있는 총 길이 2,400킬로미터의 히말라야산맥이 만들어진 것은 대륙지각인 인도판과 유라시아판의 충돌에 의한 것입니다. 아프리카판에 붙어 있던 인도판이 약 1억 4천만 년 전인 중생대 쥐라기에 천천히 위로 움직이기 시작해서 약 5천만 년 전인 신생대 에오세에 충돌한 것이지요. 충돌하며 서로 밀어대기 때문에 지층이 쭈글쭈글해지는 습곡 현상이 일어나게 됩니다. 약 800만 년 전에 현재의 모습을 이루게 되었는데, 봉우리들이 뾰죽뾰죽한 것은 만들어진 지 얼마 안 되어서 상대적으로 침식을 덜 받았기 때문입니다. 지금도 매년 수센티미터씩 밀어올리고 있지만 그만큼 침식되고 있어요.

〈히말라야산맥의 형성〉

두 판이 충돌하기 전 인도판과 유라시아판 사이의 바다를 테티스해 (Tethys)라고 하는데, 이 바다에서 살았던 해양생물의 화석이 산의 꼭대기에서 발견되기도 합니다.

하지만 히말라야산맥을 이루고 있는 지층은 고생대 캄브리아기부터 만들어진 지층도 있으니 중생대나 신생대의 화석만 발견되는 것이 아니라 고생대의 화석도 찾아볼 수 있습니다.

〈암모나이트 화석〉

• 1억 4천만 년이니 5천만 년 같은 숫자는 크게 중요하지는 않습니다. 책마다 숫자가 약간씩 달라요.

히말라야 산에 관한
네팔 우정국과
우표 역사

카르마차랴
(아티스트, 우표디자이너)

세계 우표의 역사는 영국 로랜드힐 경의 제안으로, 1840년 5월 6일 영국 빅토리아 여왕 우표(페니블랙)에서 시작되었다. 우편 증지로서의 우표는 매우 인기가 좋아서 곧바로 유럽으로 전파되었고, 1845년 스위스 바젤주에서 3가지 색깔의 바젤 비둘기 우표가 발행되었다. 바로 뒤를 이어 여러 가지 아름다운 색깔의 우표들이 발행되기 시작했고, 마치 국가 간의 새로운 경쟁처럼 발행되었다. 남아프리카공화국에서는 세계 최초로 삼각형 우표를 발행했는가 하면, 1847년 헨리 아처는 천공자라고 불리우는 우표의 천공을 재는 기구를 발명했다. 이렇게 시간이 가면서 우표는 인쇄 기술, 디자인, 모양, 색상 등 다양한 분야로 발전을 거듭했다.

세계 모든 나라는 각 나라의 고유한 우정국과 우표 역사가 있기 마련이다. 네팔도 그들만의 독특한 역사가 있다. 프리뜨비 나라얀 샤(Prithivi Narayan Shah) 국왕 시절에 우정국이 있기는 했지만, 본격적인 우정 업무의 시작은 네팔의 초대 수상인 빔셈 타파(Bhimsen Thapa 1805~1838) 장군의 영국 식민지 정부 시절이다. 그리고 1878년부터 일반대중의 우편 업무가 시작되었다. 우편료는 무게, 크기, 그리고 수신인 지역에 따라 다르게 부과되었다.

1881년은 네팔 우편 역사에 큰 의미가 있는 해이다. 3종류의 최초 우표가 발행됨으로써 네팔 우표 역사가 시작되었기 때문이다. 쿠꾸리(Khukuri) 왕관의 디자인으로 청색/적색/녹색의 3색으로 유럽에서 인쇄되었다. 액면은 각각 1, 2, 4 아나(Ana 네팔의 보조액면 단위)이다. 최초 우표 발행으로 인해 일반대중이 우편료를 내는 과정이 매우 쉬워졌다. 1886년 말에는 같은 디자인과 액면으로 용지만 다르게 해서 재발행되었다. 그리고 그 후로도 몇 년 동안 계속 재발행되었다.

1907년 10월 16일에 새로운 디자인의 우표가 발행되었다. 전면에는 파슈파티나트(Lord Pashupatinath) 신이 히말라야를 배경으로 2, 4, 8, 16 파이사(Paisa) 액면의 우표였다. 히말라야를 배경으로 한 첫 번째 우표이다. 런던의 퍼킨스 베이콘(Perkins Bacon)사에서 요판인쇄로 발행되었고, 나중에 다시 재발행되었다. 1941년부터 1946년까지는 고르카파트라(Gorkhapatra) 인쇄소에서 재발행되었다.

그로부터 한참 후인 1949년 10월 1일, 우표 도안은 또 한 번 크게 변화했다. 종교, 문화, 역사에 관한 다양한 색상과 주제의 우표가 발행되었다. 2 파이사(Paisa) 액면의 스와얌부나트(Swayambhunath), 4 파이사 액면의 파슈파티(Pashupatinath) 사원, 6 파이사 액면의 간타가르(Ghantaghar 시계탑), 8 파이사 액면의 마하보다(Mahabauddha), 16 파이사 액면의 크리슈나(Krishna) 사원, 20 파이사 액면의 카트만두 분지(Kathmandu valley), 24 파이사 액면의 구헤스워리(Guheshwori) 사원, 32 파이사 액면의 22개의 입구를 가진 발라쥬(Balaju) 그리고 1 루피(Rs) 액면의 파슈파티(Pashupatinath) 사원 우표이다. 이때가 네팔 우취인에게는 황금의 시기라고 불리워진다. 이 우표들은 인도가 영국에서 독립한 후이기 때문에, 인도의 인쇄소에서 처음으로 평판으로 인쇄되었다. 그리고 여러 크기, 삼각형, 테트베슈(tetebeche), 다이아몬드, 소형 시트, 스트립 등 다양한 형태의 우표들이 발행되기 시작했고 우표 외에도 항공서간, 엽서들도 발행되었다.

 정치적으로 라나(Rana) 정권이 무너지고 민주화가 되면서 네팔의 우정제도도 급격한 발전을 맞게 된다. 1956년 11월 11일에는 만국우편연합(UPU)에 가입하게 되고, 1959년 4월 14일부터는 국제우편도 보낼 수 있게 된다. 또 1965년 4월 13일부터는 국제소포 업무도 취급하게 된다. 그리고 이 무렵부터 네팔에 있는 인도대사관 우정국이 철수하게 되면서, 네팔은 본격적으로 독립적인 우편 업무를 이루게 된다. 1956년 12월 14일, 12 파이사 액면의 국제연합(UN) 가입 기념우표가 삼각형으로 발행되었다. 이 우표는 인도 인쇄소에서 평판으로 인쇄했는데 히말라야를 배경으로 한 우표이다. 그 후로도 히말라야를 배경으로 한 우표들이 계속 발행되었다.

 1960년 6월 11일, 네팔의회 시대에 히말라야의 산을 주제로 한 3종의 우표가 발행되었다. 5 파이사 액면의 마차푸차레(Machhapuchre)산, 10 파이사 액면의 에베레스트(Everest)산, 그리고 40 파이사 액면의 마나슬루(Manasalu)산 우표이다. 이 우표들은 히말라야의 특정 산 우표라는 면에서 우취인들에게 큰 의미가 있다. 이 우표 이후로는 대부분 왕이나 왕족, 그리고 인물 위주의 우표가 발행되었다. 예를 들면 4종류의 색상으로 다이아몬드 형태로 발행된 마헨드라(Mahendra) 국왕 우표이다. 다색으로 발행된 최초의 우표는 '농촌으로 돌아가자' 캠페인 우표로서 영국의 토마스 드 라 뤼(Thomas De La Rue) 인쇄소에서 인쇄하였다.

 1969년 9월 17일, 25 파이사 액면의 국화를 도안으로 한 4종류의 우표가 발행되었다. 이 우표는 se-tenant(4종의 서로 다른 디자인의 우표) 형태로 발행된 최초의 우표이다. 로도덴드론(Rhododendron), 포인세티아(Pionrettia), 선화(Narcissus), 금잔화(Marigold) 4종의 꽃이 히말라야를 배경으로 도안된 우표로 아름답고 신비로운 우표로 알려져 있다. 최초의 소형 시트는 1975년 2월 24일 발행된 비렌드라(Birendra) 국왕의 취임 기념우표이다. 5 루피 액면으로 3종의 우표가 발행되었다. 네팔의 히말라야 봉우리 도안의 여러 종류의 우표가 있다. 본 글에서 소개된 우표는 그중의 극히 일부분이다.

1970년 12월 28일에 발행된 가우리샹카르(Gaurisankar)산 우표는 다색으로 발행된 최초의 우표로, 폴란드 바르샤바의 주정부 인쇄소에서 인쇄되었다. 1982년 11월 18일, 국제산악협회 50주년을 맞아 에베레스트(Everest)산, 로체(Lhotse)산, 그리고 눕체(Nuptse)산 우표가 발행되었다. 두 개의 천공을 갖는 최초의 우표이다. 또 하나 특이한 우표는 2004년 10월 19일 발행 10 루피 액면의, 초 오유(Cho Oyu)산 첫 등반 50주년 기념우표이다. 초 오유(Cho Oyu)산, 마칼루(Makalu)산, 에베레스트(Everest)산, 다울라기리(Dhawalagiri)산, 마나슬루(Manasalu)산, 캉첸중가 주봉(Kanchenjunga Main)산, 로체(Lhotse)산, 안나푸르나 1봉(Annapurna I) 등 8종의 우표로 이루어져 있다. 우취인들에게 아름다운 우표로 인기가 높다.

최근 2015년 8월 11일 캉첸중가산과 마칼루산 첫 등반을 기념해서 60 루피 액면의 6종의 우표가 소형 시트와 함께 발행되었다. 이 외에도 힐라리 봉우리(Hillary Peak), 텐징 봉우리(Tenzing Peak)라고 불리우는 산들도 특별한 의미가 있다. 이 우표들은 에베레스트산을 포함한 히말라야산맥의 아름다운 풍경을 담고 있기 때문이다. 본인은 네팔에서 더 많은 아름답고 신비로운 우표들이 계속 발행되기를 바란다.(반을석, 임강섭)

Nepal Post Office and Postage Stamps about Himalayan Mountains

K.K. Karmacharya
(Artist, Post Designer)

The history of postage Stamps in the world began on 6 May 1840 with the portrait of Queen Victoria in single color(black penny). The stamp was created and sold from the same year according to the proposal of Roland Hill. The first postage stamp became very popular, and it recorded its own history in golden letters. Then, in 1845, Swiss Cantons of Basel brought out the first postage stamp in three colors(black, crimson and blue) with the picture of Basel Dove. One after the other, many beautiful Stamps were created in attractive colors and new techniques as if they were competing to each other. A country in the southern part of Africa brought out the first postage stamp in triangular shape. In 1847, Henry Archer invented the technique of measuring the perforation of Stamps which is called perforation gauge. In this way, varieties of Stamps came out one after the other in terms of technique, technology, subject matter, shape, color and printing technology. Postage Stamps have been modernized.

As all the countries in the world have their own history of post office and postage Stamps, Nepal also has its own unique history. Despite the fact that the use of post office began in Nepal from the regime of the King Prithivi Narayan Shah after the unification of small states into a grater nation, General Bhimsen Thapa[1805~1838], the first Prime Minister of Nepal, formally established the post office use in government activities during period of the British colonialism in India. The service was extended to public and ordinary people from 1878. The service charge of the public letters and postal items used to be taken by stamping the post mark with the amount on the basis of weight, size and destination.

The year 1881 is significant in the history of postage stamp of Nepal, for three different types of Stamps were brought to use in this year for the first time. The history of Nepali postage Stamps begins from here. The designs having the picture of crown and Khukuri in blue, red and green colors were printed on European manufactured white wove paper, and they had the price of 1 ana, 2 ana and 4 ana[Ana is the small unit of Nepali currency]. Because of these Stamps, it had been very easy to the ordinary people for paying the postal charge. Later in 1886, the Stamps of the same designs and the same value were reprinted on local wove paper. For many years, the Stamps were reprinted on the local paper.

Significant changes were found in the designs of Stamps on 16 October 1907. This is the beginning of new designs. On that day, postage Stamps having the picture of Lord Pashupatinath in the foreground and the Himalaya on the background were brought to use having the price 2 Paisa, 4 Paisa, 8 Paisa and 16 Paisa. This is the first stamp having the picture of the Himalaya. These Stamps were printed through engraving process at Perkins Bacon Co. Ltd. in London, and later they were again reprinted. The Stamps of the same design were reprinted on native wove paper in Nepal at the press of Gorkhapatra from 1941 to 1946.

After long time, the face of postage Stamps were again changed. On 1st October 1949, colorful Stamps in various designs were brought out including the images and places having religious, cultural and historical importance—the stamp having the image of Swayambhunath in 2 Paisa, Pashupatinath temple in 4 Paisa, Ghantaghar(clock tower) in 6 Paisa, Mahabauddha in 8 Paisa, Krishna temple in 16 Paisa, Kathmandu valley in 20 Paisa, Guheshwori temple in 24 Paisa, Balaju with 22 spouts in 32 Paisa and Pashupatinath in Rs. 1. This is considered as the golden time for Nepali stamp collectors and philatelist. These Stamps were printed at India Security Printing Press after India became free from the British colonialism. They were printed for the first time using Litho process. Then varieties of Stamps were printed in multi~colors like big and small size, triangular, tetebeche, diamond format, on souvenir sheet, miniature sheet, tab, over print, gutter pairs, strip, etc. Later, in modern aspects of postal activities and stamp designs appeared aerogram, postcard, regular and commemorative Stamps.

There is the rapid development of post office system in Nepal after the fall of the Rana regime and the beginning of democracy. Nepal attempted for the membership of Universal Postal Union[UPU], and got the membership on 11 November 1956. But from 14 April 1959, as of the other member countries, the letters with Nepali postage Stamps were able to reach across the world. Similarly, only from 13 April 1965, after the establishment of foreign post office, bigger postal documents and parcels began to reach in all member countries of UPU and other countries, and received in Nepal as the country got international postal facilities. From that time, the post office at Indian embassy in Nepal was closed and Nepal became independent in postal services issues. New provisions were started to be used. On 14 December 1956, on the commemoration of UN membership, triangular stamp having two colors was published. The price of the stamp was 12 Paisa. This stamp was printed at Security Printing Press India through litho process. This stamp also has depicted the image of Himalaya in the background. In Stamps published for some years, there are the image of the Himalaya in the background.

On 11 June 1960, during the period of the historical parliamentary system in Nepal, postage Stamps with the picture of particular Himalayan mountains and their name were published—Mt. Machhapuchre with the price 5 Paisa, Mt. Everest with 10 Paisa and Mt. Manasalu with 40 Paisa. These Stamps are considered very important for the collectors of the Stamps having the picture of the Himalaya. After some months of this publication, the parliamentary system ended, and the subject matters of the Stamps were mostly the king, royal family and other personalities. One of the Stamps in this series is of King Mahendra on the horseback in diamond format in four different colors.

The first stamp printed in multi~color format was about "Go to village campaign". The stamp was designed and painted by Thomas De La Rue and Co. Ltd. Britain.

On 17 September 1969, Stamps were printed including the pictures of 4 types of national flowers having the price of 25 Paisa each. These are the first Stamps designed in se~tenant . The image of Himalaya is in background, Rhododendron is on the top left, Pionrettia on right bottom, Narcissus on top right, and Marigold is on left bottom. This se~tenant block with the four flowers in cross is considered as a beautiful and novel presentation.

The first souvenir sheet is the stamp published on 24 February 1975, on the coronation ceremony of the late king Birendra. There were three types of Stamps with the price Rs. 5.

Various types of Stamps have been brought having the pictures of different Himalayan peaks of Nepal. Among them, only some of the Stamps with the picture and name of Himalayan peaks are discussed here.

The stamp of Mt. Gaurisankar is the first one printed in multi~colors and published on 28 December 1970. The Stamps were printed at The State Printing Works of Security, Warsow, Poland. On 18 November 1982, on the occasion of Golden Jubilee of International Union Alpine Association, different Stamps with panoramic views of Mt. Everest, Mt. Lhotse and Mt. Nuptse were published. The Stamps in two perforation over the design are the first strip Stamps in Nepal. Other important postage Stamps were published on 9 October 2004 on the occasion of 50th anniversary of the First Ascent of Mt. Cho Oyu having the price Rs.10. Eight different types of Stamps were published including the pictures of Mt. Cho Oyu, Mt. Makalu I, Mt. Everest, Mt. Dhawalagiri I, Mt. Manasalu, Mt. Kanchenjunga Main, Mt. Lhotse and Mt. Annapurna I. The philatelists take the series of these Stamps as the beautiful material in their collection.

Recently, on 11 August 2015, on the occasion of First Successful Ascent of Mt. Kanchanjunga and Mt. Makalu-2015, a miniature sheet of six Stamps as souvenir sheet were published having the price Rs. 60. It is also a souvenir sheet. In addition to Kanchanjunga and Makalu, recently named mountains like Hillary Peak and Tenzing Peak have special importance. In this series, there is beautiful panoramic view of different Himalayan peaks along with Mt. Everest in two pieces through the perforation in the middle. I expect more beautiful and novel postage Stamps will be published in the coming days.

1장
산에 안기다

2장

행복은
삶의 이유이다

5장
산이 거기 있기 때문이다

6장
살아 돌아옴이
곧 예술이다

1장

The Himalayas
on Nepali Stamps

산에 안기다

Nepal.16th October 1907 NS#9-12Sc#26-Sc#29. Shree Pasupati Nepal Sarkar

▶ Technical Detail ·····································

Title : "Shri Pashupati" Gorkha Sarkar
Denomination : 2 Paisa, 4 Paisa, 8 Paisa, 16 Paisa
Size : 28X 20.5mm
Perforation : 13.75X13.75
Color : Brown, Green. Red Brown. Violet
Sheet Composition : 100 Stamps
Printer : Messrs Perkins Bacon and Company(England)
Designer : Messrs Perkins and Bacon
Issue Year : 16th October 1907

→ 산이 배경으로 그려진 최초의 우표다. 히말라야산맥을 배경으로 힌두 신 시바신이 앉아 있는 모습이다. 이 우표는 디자인은 같고 색깔이 다른 4종 우표를 발행했는데 색깔에 따라 우표 값이 다르다. 1907년(4종), 1930년(8종), 1935년(6종), 1941~1949년(8종) 같은 디자인으로 발행한 최장수 우표다.

Nepal Proverb ▶

Tomorrow's sun will come tomorrow.
내일의 태양은 내일 뜬다.

산이 거기 있어서 올랐다

Anyl Jyapu

등반을 즐기는 사람이면 이 말을 많이 기억한다. "왜 산에 오르는가(Why did you want to climb Mount Everest?)"라는 뉴욕 타임스 기자의 질문에 이렇게 답한 내용이다. "그 산이 거기에 있기 때문이다.(Because it is there)" 1923년 3월 18일 조지 말로리(George H.L. Mallory 1886~1924)가 남긴 유명한 말이다. 38세의 나이로 에베레스트 등정 도중 조난당해 사망했다. 그의 시신은 1999년 미국, 영국, 독일 합동등반대의 콘라드 앵커(Conrad Anker 1962~)에 의해 75년 만에 발견되어 화제를 낳았다. 그가 에베레스트 정상에 도전, 조난당하여 사망하기 1년 전에 한 말이다.

나도 일찍 산을 좋아해서 그런 근사한 말을 해 보고 싶었으나 마땅한 말이 없었다. 좀 창피한 말이긴 하나 사실대로 고백을 하자면 "헤엄을 칠 줄 몰라서 산에 간다."가 내 산행의 이유다. 어릴 때 부모님의 과보호로 자랐기 때문이다. 물가에 가는 것이 위험 그 자체라고 생각한 부모님이 가지 못하게 했으니 헤엄을 배울 수가 없었다. 지금도 헤엄을 치는 사람을 보면 참 부럽고 신기하다.

고등학교 2학년 때 아버님이 돌아가시고 사회적으로는 휴전이 성립된 해다. 산악계에선 에드먼드 힐러리(Sir Edmund Percival Hillary 1919~2008) 경이 세계 최초로 에베레스트(Everest) 정상에 선 해이다. 1953년이다. 이를 계기로 나는 산에 오르기 시작했다. 위험하기로 말하면 물이나 산이나 다를 바 없겠으나 나에게는 물 같지 않은 대상이 곧 산이었다.

Nepal. 2nd May 1956. NS#69. Sc#88. King Mahendra Bir Bikram Shah Dev and Queen Ratna Rajya Laxmi Devi

▶ Technical Detail ·····························

Title : King Mahendra Bir Bikram Shah Dev and Queen Ratna Rajya Laxmi
     Devi
Denomination : 1 Rupee
Size : 29X33.5mm
Perforation : 14X14
Color : Brown Red
Sheet Composition : 100 Stamps
Printer : India Security Printing Press, Nasik
Designer : Amar Chitrakar
Issue Year : 2nd May 1956

→ 네팔의 제11대 왕인 마헨드라(Mahendra 1920~1972) 국왕과 왕비 라트나(Ratna Rajya Laxmi Dev) 부부의 초상화가 들어간 우표인데 배경을 히말라야산맥으로 도안했다.

Nepal Proverb ▶

Explaining heaven to the King of Gods.
하느님께 천국에 대해 설명한다.

나에겐 꿈이 있었다

B.R. Shrestha

'장엄하고 찬란하게 빛나는 우리의 히말라야는/신의 은총이 내린 곳'이라고 시작하는 〈히말라야〉란 시가 있다. 네팔 시인 렉까 나트 포우디얄(Lekha Nath Poudyal 1885~1966)의 시다. 이런 표현이 아니더라도 나에겐 꿈이었다.

1953년 5월 29일 한국전쟁이 막바지에 이른 암울했던 시기에 노천 운동장에서 교장 선생님의 훈시를 들었다. 에드먼드 힐라리(Edmund Hillary) 경이 인류사상 처음으로 지구의 최고봉인 에베레스트를 올랐다는 소식과 장차 우리들이 어른이 되어 그의 탐험정신을 본받으라는 훈시였다. 그때 내 마음속으로 결심했다. "나도 히말라야를 가야지." 최초로 내 마음에 새겨진 꿈이다. 고등학교 2학년 때다.

히말라야(Himalaya)란 말의 어원은 산스크리트어로 눈(hima)과 거처(alaya)란 뜻의 합성어다. 눈의 집이다. 총 길이가 동서로 2,576km나 뻗쳐 있는데 중국의 티베트와 접해 있는 세계의 지붕이다. 8,000m가 넘는 봉이 14개나 있는데 이중 8개가 네팔에 있다. 총 길이로는 세계의 산맥 중 다섯 번째로 길다. 가장 긴 산맥은 남미의 안데스(Andes)산맥으로 7,000km에 이른다. 다음이 북미의 록키(Rocky 4,800km), 남극의 횡단산지(Transantarctic 3,542km,), 호주의 그레이트 디바이딩(Great Dividing 3,059km) 순이다.

네팔의 여러 곳에 있는 히말라야 전망대에서 보면 동서로 길게 뻗은 산맥의 일정한 고도를 기준으로 만년설이 덮여 있다. 해발 5,000m의 설선(雪線)이다. 이 선을 기준으로 위쪽엔 만년설이 덮여 있어 일 년 사철 항상 눈에 덮여 있다. 네팔 사람들은 이 산을 신성하게 여겨 신들이 사는 집이라고도 생각한다.

Nepal. 14th December 1956. NS#73. Sc#89. 1st Anniversary of Nepal's admission to the United Nations(Crown.Mountain. U.N.emblem. snowy peak and building)

▶ Technical Detail ·····················

Title : 1st Anniversary of Nepal's admission to the United Nations
Denomination : 12 Paisa
Size : 44X44mm
Perforation : 14X14
Color : Ultra marine and buff
Sheet Composition : 120 Stamps
Printer : India Security Printing Press, Nasik
Designer : Amar Chitrakar
Issue Year : 14th December 1956

→ 네팔에서 처음으로 발행한 삼각형 우표로 왕관, 히말라야 설산, 유엔 문장, 집들을 아울러 디자인했다. 네팔은 유엔에 1955년에 가입했다. 유엔 가입 1주년을 맞아 발행한 기념우표다.

Nepal Proverb ▶

Unable to dance because the stage is crooked.
춤도 못 추면서 바닥이 기울다 한다.

나는 걷는 재주밖에 없었다

Bal Krishna Khayergoli

세계보건기구(WHO)에서 권장하는 건강수칙 10가지가 있다. 이 가운데 첫째로 권장하는 것이 걷는 일이다. "될 수 있는 대로 멀리 걷고 될 수 있는 대로 자주 걸어라." 다. 권장 치고는 참 밋밋하다. 그러나 실제로 챙기기는 쉽지 않은 권고다. 나는 특별하게 할 줄 아는 운동이 없었기 때문에 많은 부분 걷는 일이 운동의 전부였다. 지금 생각하면 참 먼 거리인데 멀다는 생각도 없이 잘도 걸어 다녔다. 중학교 이후 대학을 졸업할 때까지 지속적으로 걸었다. 더욱이 이 걷는 행동이 세계보건기구의 권장 항목이란 것도 알지 못하고도 참 많은 거리를 걸어 다녔다.

내가 다니던 경북중학교까지 집에서 약 4km 정도 떨어진 거리다. 대구 대봉동에 사대부중, 상업중학교, 경북중학교, 대구중학교, 경북여중 등 학교가 밀집되어 있었기 때문에 아침 등교 시간이면 학생들로 긴 줄을 잇는다. 이 행렬 속에서 나는 속보를 익혔다. 4km 거리를 등교하는 동안 약 100명의 친구들을 앞질러 가는 속보를 익혔다. 중학교를 졸업할 때까지 그런 습관을 익혔으니 속보가 몸에 배었다. 의식한 행동은 아니지만 이 속보가 나에겐 훗날 등반을 하는데 큰 도움이 되었다.

생각하면 이 걷기가 세계보건기구의 권장이 아니더라도 아주 기초적인 그리고 효과적인 운동이다. 전신운동이기 때문에 그렇다. 그리고 자연스러운 운동이기 때문에 그렇다. 별다른 규칙이 있는 것도 아니라서 하기가 쉽고 스트레스가 적다. 이런 기초적인 습관이 없었다면 등반으로 이어지기가 어려웠을 것이다. 누가 무슨 운동을 좋아하느냐고 물으면 참 난감했었다. 걷는 것은 따로 이름이 붙은 운동이 아니었기 때문이다.

Nepal. 19th April 1959. NS#101.102 Sc#116.117. Danfe(National Bird)

▶ Technical Detail ··

Title : Danfe(National Bird)
Denomination : 2 Rupee. 1 Rupee
Size : 29X33.5mm
Perforation : 14X14.5
Color : Rose Lilac and Ultramarine
Sheet Composition : 120 Stamps
Printer : India Security Printing Press, Nasik
Designer : Dr. Harka Gurung
Issue Year : 19th April 1959

　→ 단페(Danfe)는 네팔의 나라 새(國鳥)다. 무지개 꿩이라고도 불리는 아름다운 새로
고산지대에 서식한다. 중심에는 단페를 도안하고 배경엔 멀리 히말라야산맥을 도
안했다. 예술가이기도 하고 지리학자이면서 정치가이기도 한 하르카 박사(Dr Harka
Gurung 1939~2006)가 디자인했다. 2008년에는 그를 기리는 기념우표도 발행되었다.

▌Nepal Proverb ▌▶

A man who has not travelled and a woman who has not given birth are alike.
여행을 해 보지 않은 남자와 애기를 낳아 보지 못한 여자는 닮았다.

산 넘어 무엇이 있을까

Bijaya Balami

나는 국민학교(초등학교), 중학교를 다니는 동안 내가 움직이는 동선이 집과 학교밖에 없었다. 학교도 교실과 화장실이 동선의 전부다. 이런 나에게 충격적인 사건이 생겼다. 초등학교 2학년 때다. 담임 선생님이 온실에 가서 화분 하나를 가져오라고 심부름을 시켰다. 나는 학교 안에 온실이 있는 줄 몰랐다. 그러니 어디에 온실이 있는지 위치를 알지 못했다. 한참 동안을 헤맸다. 온실을 찾지 못했다. 담임 선생님은 내가 일부러 게으름을 피우고 놀다 오는 줄 알았다. 나는 교무실에 끌려가서 꿇어앉았다. 사실 온실은 5분도 안 되는 거리인데 내가 찾지를 못해서 지연된 시간 때문이다.

이런 주변머리이니 멀리 가 보는 일탈이란 꿈도 꾸지 못했다. 부모님의 과보호는 내가 등산을 시작하면서 좀 풀어졌다. 그 당시에는 고층 건물이 없었기 때문에 우리 집에서도 앞산을 볼 수 있었고 좀 멀리는 팔공산을 볼 수가 있었다. 그러나 그런 산은 나에겐 보는 대상일 뿐 오르리란 생각은 하지 못했다. 단지 그때 생각한 나의 일탈은 '저 산 넘어에는 무엇이 있을까?' 라는 공상만 있을 뿐이었다.

온실을 찾지 못할 정도의 내 동선으로선 저 산 넘어란 정말 미지의 세계다. 바보 같은 소리지만 그랬었다. 중학교 1학년 때 팔공산으로 1박 2일 원족(소풍)을 갔다. 족히 20km가 넘는 거리를 난생처음으로 걸어서 산속에 간 것이다. 팔공산을 넘지 못했으니 그 산 넘어 무엇이 있는지는 모르겠으나 처음으로 산속에 안겨 본 경험이다. 이 팔공산은 내가 등산을 시작한 1953년 이래 대학을 졸업하고 서울에 올라올 때까지 거의 매주 찾은 어머니 품속 같은 산이다.

Nepal. 17th April 1959 NS#99. Sc#106. "Glacier"

▶ Technical Detail ·····································

Title : Glacier
Denomination : 4 Paisa
Size : 20X24mm
Perforation : 13.5X14
Color : Light Ultramarine
Sheet Composition : 320 Stamps
Printer : India Security Printing Press, Nasik
Issue Year : 17th April 1959

→ 히말라야의 빙하(氷河)를 소재로 디자인한 우표다. 히말라야의 빙하는 말 그대로 얼음 강이다. 눈이 천천히 흘러내리면서 중력과 높은 압력으로 얼음덩이를 형성한 것이다. 근래에 와서 세계적인 기후 온난화로 히말라야의 빙하도 녹아내린다고 하니 걱정이다.

Nepal Proverb ▶

To find gold while searching for a stone.
돌을 찾다가 금을 발견한다.

태산이 높다 하되
하늘 아래 뫼이로다

Buddhi Gurung

태산이 높다 하되 하늘 아래 뫼이로다/오르고 또 오르면 못 오를 리 없건마는/
사람이 제 아니 오르고 뫼만 높다 하더라

양사언(楊士彦 1517~1584)이 지은 시조다. 나는 국어 시간에 이 시조를 배우면서
이 시조가 꼭 나에게 걸맞는 맞춤형 시조라고 생각하면서 늘 외우고 다녔다.

고등학교 2학년 때 아버님이 별세하자 나는 곧 과보호로부터 풀려났다.
과보호로부터 풀려난 첫 일탈이 산행이었다. 물은 위험하다고 해서 부모가
금지했으니 아버지가 돌아가셨다고 반사적으로 물을 찾긴 어려웠다. 양사
언의 시조 한 수를 믿고 산을 찾았다. 대구의 앞산이다. 지금은 도심에서도
가까운 거리가 되었지만 그땐 먼 교외에 있었다.

처음 산을 찾은 느낌은 조심스러운 자유로움이었다. 조심스럽다는 것은
아버지가 타계하셨지만 위험에 대한 엄한 억압은 내재화되어 아버지가 계시
지 않아도 내 스스로 통제하고 있었다는 뜻이다. 자유로움이란 억압의 금기
를 깨고 적어도 내가 내 마음대로 해 본 경험이기 때문에 짜릿한 기억으로도
남아 있다. 앞산(660m)의 정상에는 오르지 않았지만 중턱에 있는 절을 찾아
시내를 한눈에 볼 수 있었던 점은 지금도 잊지 못한다.

지금은 높지 않은 시민들의 산책길이지만 당시의 나에겐 엄청난 일탈이다.
일탈이란 것이 꼭 부정적인 행동만이 아니다. 억압된 금기이건 스스로 내재
화한 금기이건 이런 틀을 깬다고 하는 것은 엄청난 불안과 쾌감이 동반하는
그런 일탈이다. 이것이 내 산행의 첫 경험이다. 첫 느낌이다.

**Nepal. 1st March 1960 NS#111. Sc#125. 1st Children's Day
(Children. Temple. and Mount Everest)**

▶ Technical Detail ···

Title : 1st Children's Day
Denomination : 6 Paisa
Size : 32.5X41mm
Perforation : 10.5X11
Color : Dark Blue
Sheet Composition : 4 Stamps
Designer : Hirnya Dhoj Joshi
Printer : Gorkha Patra Press Kathmandu Nepal
Issue Year : 1st March 1959

→ 제1회 어린이날 기념우표로 어린이와 사원 그리고 에베레스트를 도안했다. 에베레스트라고 산 이름을 명기한 우표는 이 우표가 처음이다. 1925년 제네바에서 있었던 아동복지를 위한 세계회의(World Conference for the Well~being of Children)에서 처음으로 제정된 어린이날이다. 기념일은 세계 각국 사정에 따라 다른 날이다.

Nepal Proverb ▶

While the couple quarrels the monkey picks up the fruit.
부부 싸움 하는 사이 원숭이가 과일을 훔쳐간다.

유산(遊山)과 정복(征服)

Bipana Maharjan

산을 정복했다. 흔히 알프스나 히말라야에서 정상 오르기에 성공한 등반가들이 일반적으로 표현하던 언어다. 정복(征服)이란 뜻이 '정벌하여 복종시키다.' 란 사전적 의미가 있다. 정(征)자의 한자 뜻이 '손에 넣어 자기 것으로 만든다.' 는 의미를 갖고 보면 사람의 의지나 행동이 대단하다고 여겨지기도 한다. 그 거대한 자연을 자기 손에 넣는다? 선뜻 동의하기가 어렵다.

근대 등반사의 시작은 초기 알프스의 몽블랑 등정이 회자된다. 스위스 제네바대학교 철학교수이고 등반가였던 소쉬르(H.B. de Saussure 1740~1799)가 몽블랑에 오르는 첫 등정자에게 상금을 걸었다. 이에 동기가 부여된 의사 빠까르(Michel Paccard 1757~1827)와 수정 체취업자 작 발마(Balmat, Jaques 1762~1834)는 1786년 8월 8일 정상에 오르고 상금을 타 갔다. 많은 사람들은 이를 두고 알프스를 최초로 정복했다고 말한다. 이후 히말라야를 찾은 많은 등반가들도 너도나도 정복이란 용어를 서슴지 않고 즐겨 사용했다.

이런 알피니즘(Alpinism)의 역사에 비해 동양에서는 등산이란 개념이 없었다. 산을 정복의 대상으로 삼은 적이 없기 때문이다. 동양 사람들은 유산(遊山)이란 말을 즐겨 사용한다. 유산이란 의미는 '놀다' 라는 뜻이지만 즐겁게 지내다, 여행하다, 취학하다(공부하다), 사귀다, 자적한다는 등 많은 의미를 담고 있다. 산은 신선이 사는 곳이다. 나이 들어 스스로 신선이 되어 들어가는 곳이 산이다. 아니면 신선을 만나 사귀거나 자적하는 곳이 산이다.

Nepal. 16th December 1967. NS#194. Sc#206. Back to Village Campaign

▶ Technical Detail ·······························

Title : Back to Village Campaign
Denomination : 15 Paisa
Size : 40X30mm
Perforation : 13X13
Color : Multicolour
Sheet Composition : 50 Stamps
Designer : Thomas Artist
Quantity : 1/2 million
Printer : Thomas De La Rue and Ltd. England
Issue Year : 16th December 1967

→ 귀농을 권장하는 연설 장면인데 히말라야를 배경으로 하고 원내에는 네팔의 제11대 왕인 마헨드라 국왕(Mahendra 1920~1972)의 초상을 그렸다. 초기 산 우표는 대부분 배경으로 히말라야를 그린 것이 많다.

Nepal Proverb ▶

The hard working man gets the fish and meat, the lazy one gets tears in his eyes.
열심히 일하는 자는 물고기와 고기를 얻고, 게으른 자는 눈에 눈물을 얻는다.

등산화 뒤축만 보았습니다

Buddhi Gurung

　내가 본격적인 적설기(積雪期) 등반을 해 본 첫 경험은 지리산이다. 1958년 1월 11~24일 경북학생산악연맹이 주관하는 행사에 나와 12명의 대원이 참여했다. 원래는 극지법(極地法) 등반을 책에서 익혀 실험적으로 운행해 보고자 했었는데 현지 사정이 어려워 계주식(繼週式) 등반으로 바꾸어 등반했다. 이때만 해도 조직적인 등반이 희귀했던 시절이라 대구매일신문사에서는 기자 한 명(박병동)을 특파해서 등반을 총체적으로 취재하도록 했었다. 등반에 성공하고 돌아온 우리들은 대구의 중앙로를 시가행진도 하고 미문화원에서 사진 및 장비전시회도 열었다. 그 일환으로 대구매일신문사에서 대원들을 초청 좌담회를 열었던 기억이 있다. 그만큼 등반이 일반화되어 있지 않았을 때의 풍경이다.

　사회를 최석채(후에 조선일보 주필) 선생이 맡아 대원 하나하나의 경험을 물으셨다. 나에게도 첫 적설기 등반 경험이 어땠는가를 물으셨다. 나는 내 순서를 기다리면서 어떤 멋진 이야기를 해야 할까 미처 정리도 되기 전에 지명을 받았다. "앞서가는 대원의 등산화 뒤축밖에 보지 못했습니다." 엉겁결에 나온 말이지만 사실이다. 조직적인 등반 훈련도 모자라고 또 등반을 시작한 역사도 일천한 내가 경험할 수 있었던 것은 고통이었다. 이 힘든 고통은 주변의 경치나 무엇을 생각할 여유를 갖지 못했다. 그저 앞선 대원의 등산화 뒤축만 보며 열심히 따라갔던 기억을 말했던 것이다. 사람들은 모두 웃었다. 나처럼 올라간 대원도 있었기 때문에 일부분 공감을 받았었다. 그때 그 웃음이 나에겐 큰 격려로 들렸었다. "다음엔 주변 경치도 좀 살펴보라구……." 이런 말로 들렸다.

Nepal. 11th June 1967 NS#189. Sc#202. 48th Birthday of King Mahendra Bir Bikram Shah Dev

▶ Technical Detail ···

Title : 48th Birthday of King Mahendra Bir Bikram Shah Dev
Denomination : 15 Paisa
Size : 48X30mm
Perforation : 13.25X13.25
Color : Dark Brown and Light Blue
Sheet Composition : 50 Stamps
Designer : Utam Nepali
Printer : Parkistan Security Printing Cooperation, Karachi
Issue Year : 11th June 1967

→ 네팔 군중과 히말라야를 배경으로 네팔 제11대 왕인 마헨드라(Mahendra) 국왕 탄신 48주년을 맞아 발행한 기념우표다. 마헨드라 국왕(1920~1972)은 트리부반(Tribuvan 1906~1955) 국왕의 아들이다. 17년 동안 왕위에 있었다.

Nepal Proverb ▶

The farmer grows the corn but is is the bear who eats it.
농사는 농부가 하고 옥수수는 곰이 먹는다.

산에 안기다

Buddhi Gurung

　지리산 적설기 등반 이야기를 하나 더 하고 싶다. 1958년 당시에는 등반가용 장비를 따로 구할 수가 없어서 대부분 군용 장비에 의존했었다. 지리산 등반은 2군사령부에서 장비, 식량, 운송 등 일체를 후원했기 때문에 일견 군대의 일개 분대 같았다. 좌담회 때의 또 다른 나의 대답 때문에 오래도록 친구들의 입에 오르내렸다. 정상에 섰던 대원이 스스로의 등정이 정복이었다고 자랑했다. 나는 이 정복이란 말에 심기가 몹시 불편했다. 이런 불편을 토로하자 사회를 보시던 최석채 선생님이 "그러면 자네는 정복 대신 무엇이라고 표현을 했으면 좋겠는가."라고 물으셨다. "산에 안긴다는 말이 어떨까요."

　사실 자연 환경이 잠시 내가 오르도록 허락해 주었으니 오른 것이지 사나운 거부에도 불구하고 오를 수 있는 정상은 아니다. 산이 허락하니 오른 것이니까 산의 품속에 안겼다는 말이 좋겠다고 했더니 이 또한 웃음거리가 되었다. 청년으로서 기개가 없다고 느껴졌었나 보다. 내 생각에도 좀 모자라는 표현인 것 같았다. 나와 네팔을 함께 갔었던 조순애(趙順愛) 시인은 〈히말〉이란 짧은 연작 시 가운데 〈히말 6-내가 바로〉 시 한 편이 있다.

　　난 정말 아무것도 아니었네/있는데도 없었네/분명 여기 와 섰는데/숨 한번 크게 쉬고/눈을 뜨니/내가 바로 그대 되었네

　나는 이 시를 읽고 57년 전 안겼다고 표현한 내 말이 맞다고 확신했다. 내가 바로 그대가 되었다면 이것은 분명히 안긴 것이다. 나는 아직도 산에 안긴다는 생각을 갖고 정복이란 말 대신 많이 사용한다.

Nepal. 11th June 1968. NS#200. Sc#212. 49th Birthday of King Mahendra Bir Bikram Shah

▶ Technical Detail ···

Title : 49th Birthday of King Mahendra Bir Bikram Shah
Denomination : 15 Paisa
Size : 36X25.5mm
Perforation : 13.5X13.5
Color : Multicolour
Sheet Composition : 50 Stamps
Quantity : 8 Hundred Thousand
Designer : K.K. Karmacharya
Printer : The Printing Bureau Ministry of Finance. Gov. of Japan
Issue Year : 11th June 1968

→ 눈 덮인 히말라야를 배경으로 49회 생일을 맞은 마헨드라 국왕(Mahendra 1920~1972)과 네팔의 나라 새인 단페(Danfe)를 도안했다.

Nepal Proverb ▶

He who kills tiger does not talk but he who kills a mouse boasts.
호랑이 잡은 사람은 말이 없는데 쥐 한 마리 잡은 사람은 뽐낸다.

경북학생산악연맹을 만들다

Buddhi Gurung

내가 산에 관심을 가진 것은 경북고등학교 2학년 때인 1953년 힐라리(E. Hillary) 경이 처음으로 에베레스트에 오른 해였다. 관심을 갖고 산에 갔었지만 정확히 말하면 산 중턱이다. 산 중턱에는 절이 있다. 그 절까지 가는 것만도 나에겐 큰 일탈로 느껴졌으니 산 정상을 밟을 생각을 엄두에도 없었다.

대학에 입학하여 1957년 6월 30일 법대의 서해창이 회장을 맡고 사범대학의 김기문이 기술위원장을 맡고 내가 학술위원장을 맡아 많은 동참 회원들과 함께 출발한 것이 경북학생산악연맹이다. 이런 단체는 한국에서 처음 있는 일이었다. 당시 한국산악회원으로 대구에 피난 와 있던 다수의 선배 회원들이 자문으로 동참해 주었다. 배석규, 변완철, 고완식, 손경석, 안광옥 선배 등의 경험적 지도와 등산 서적이 우리들의 지도자였었다. 젊음과 진취적 의욕으로 등반을 아카데믹 알파인 수준으로 올려야 한다는 기치를 내걸었다.

잊지 못할 한 분은 한솔 이효상 교수다. 그는 독일어를 가르친 것이 인연이 되어 내 대학 동아리인 산악회와 시문학연구동아리의 지도교수였다. 1957년 경북학생산악연맹이 출범하면서 회장직을 맡아 주셨다. 한솔 선생이 정계에 나가 국회의장을 하시면서 모든 회장직을 내려놓았으나 경북학생산악연맹의 회장직은 이어 나가실 만큼 애착을 가지셨다.(1957~1981)

금년(2016년)으로 경북학생산악연맹이 창립된 지 꼭 59년째다 되돌아보면 참 긴 세월이다. 후배들이 선배의 발자취를 차곡차곡 이어받아 지금의 발전된 경북학생산악연맹을 보면 참 뿌듯하다. 2007년에 50년사를 두툼한 책으로 엮어 내었다. 되돌아보면 나도 그런 한때의 열정이 있었구나 싶다.

Nepal 13th April 1969 NS#209. Sc# 218. National Dignitory Series(King Ram Shah)

▶ Technical Detail ·······································

Title : King Ram Shah
Denomination : 25 Paisa
Size : 22.8X40.6mm
Perforation : 14.25X14.75
Color : Blue Green
Sheet Composition : 50 Stamps
Quantity : 2hundred 50thousand
Designer : Amar Chitrakar
Printer : India Security Printing Press, Nasik
Issue Year : 13th April 1969

→ 람 샤(Ram Shah 1609~1636)는 샤 왕조(Shah Dynasty 1768~2008)가 건국하기 이전 고르카 (Gorkha)의 왕으로 히말라야를 배경으로 도안했다.

Nepal Proverb ▶

God's name in mouth but knife in pocket.
입으로는 신(神)을 읊조리며 손에는 칼을 쥔다.

시가행진을 하다

Bal Mukanda Nakarmi

1977년 77한국에베레스트 원정대(김영도)의 고상돈 대원이 9월 15일 정상 등정에 성공했다. 귀국하여 김포공항에서 환영식을 하고 시청 앞까지 지프를 타고 카퍼레이드를 벌였다. 연도에 많은 시민들이 나와 환영했던 기억이 있다. 1982년 내가 참여했던 82마칼루 학술원정대(한탁영)의 허영호 대원이 정상을 밟았다. 에베레스트 등정을 했을 때처럼 김포공항에서 시청 앞까지 카퍼레이드를 벌였다. 전두환 대통령의 초청으로 오찬도 있었고 훈장도 받았다. 지금 생각하면 더 난이도를 갖고 원정을 다녀온 팀들도 많은데 이처럼 카퍼레이드를 벌이지 않는다. 아마도 히말라야 원정의 초창기였기 때문에 볼 수 있었던 광경이 아닐까 생각한다. 지금 들으면 더 웃을 일이 하나 있다.

1958년 경북학생산악연맹이 극지법 등반(1월 11~24일)을 이용한 적설기 지리산 등반을 마치고 와서 대구 역전에서 대구매일신문사 앞까지 중앙로를 도보로 시가행진을 했다. 공부해 간 극지법 등반은 실패했지만 종주식 등반으로 바꿔 정상을 밟았다. 연도에선 많은 시민들이 환영을 해 주었다. 히말라야도 아닌데 지리산을 다녀왔다고 시가행진을 하다……

지금 생각하면 그렇지만 그때는 등산하는 인구도 적었을 뿐 아니라 조직적인 등반이 많지 않았기 때문이었을 것이다. 한국산악회에서 많은 등반을 주도했지만 과문한 탓인지 그런 시가행진이나 카퍼레이드를 벌인 일이 없다. 지방의 한 학생연맹체가 다녀온 적설기 등반이 이처럼 크게 회자된 것은 한국 등반사를 통해 '경북학생산악연맹'이 유일한 첫 단체였기 때문이었다.

11th June 1970. NS#226. Sc#235 Phewa Tal

▶ Technical Detail ·····································

Title : Phewa Tar
Denomination : 25 Paisa
Size : 36X25.5mm
Perforation : 13.5X13.5
Color : Grey and Multicolour
Sheet Composition : 50 Stamps
Quantity : 1/2 Million
Designer : K.K. Karmacharya
Printer : Government Printing Bureau, Tokyo Japan
Issue Year : 11th June 1970

　→ 포카라(Pokhara)에 있는 호수 페와 탈(Fewa Tar)을 도안한 우표인데 안나푸르나 산군을 배경으로 도안했다. 안나푸르나 산군이 페와 탈(호수) 수면에 비쳐 아름다움을 더한다. 포카라는 네팔 수도 카트만두 서쪽 200km 떨어진 곳에 위치한 휴양도시로 인구 20만 정도의 네팔에서 두 번째 큰 도시다.

Nepal Proverb ▶

Die by staring at the fruit of the sky.
하늘에서 과일이 떨어질까 쳐다보다 죽는다.

산속에서 많은 생각을 했다

Chandra Shrestha

대학을 다니면서는 거의 매주말이면 산에 올랐다. 가까운 팔공산이 나의 모산(母山)이다. 특히 경북학생산악연맹이란 조직을 만든 이후에는 팔공산은 우리들이 산행을 연습하는 베이스가 되었다. 산행도 산행이지만 병풍바위는 바위 타는 연습장이 되기도 했다. 자일을 타고 바위를 오르내리는 일은 정말 스릴 있는 일이다. 의과대학의 공부가 녹록한 것도 아니지만 과목이 많다 보니 시험도 참 많았다. 거의 매주 시험이 들었었는데 나는 시험공부를 팔공산에서 한 적이 많다.

토요일 등산복을 입고 등교했다가 수업이 끝나면 곧장 배낭을 메고 팔공산으로 들어갔다. 염불암 뒤에 자그마한 토굴이 하나 있었는데 그 토굴 앞에 천막을 치고 드러누워 시험공부를 했다. 집에서 공부하는 것보다 덜 번잡하다. 시험 불안을 이기지 못하면 공연히 친구를 찾아 술 한잔 하거나 쓸데없이 노닥거리느라 정작 시험공부는 하지 못한다. 그런 의미에서 토굴 앞의 내 천막은 아주 쾌적한 내 개인 도서실이나 마찬가지였다. 해가 지면 눈앞에 펼쳐지는 대구의 야경은 정말 황홀했다.

언젠가부터 산에 오르면 생각이 많아졌다. 많아진 생각이 명쾌하게 정리되는 경험도 해 보았다. 산이 주는 묘한 기운이랄까 무엇이라고 설명하긴 어려우나 깊은 상념에 빠질 수가 있었다. 이런 경험은 나중에 네팔의 히말라야를 트레킹하면서 아주 강한 체험을 했다. 의식 수준에서 생각하지도 못했던 많은 생각을 정리할 수 있었던 것도 아마 산이 주는 영험한 기운 탓일 것 같다. 산은 그래서 푸근하다. 생각하게 만든다. 그리고 잘 정리하도록 도와준다. 그래서 나는 산에 안긴다.

Nepal 25th October 1973 NS#268. Sc#277 Yak

▶ Technical Detail ·······································

Title : Yak
Denomination : 3.25 Rupee
Size : 39.1X29mm
Perforation : 13.5X13
Color : Multicolour
Designer : K.K. Karmacharya
Printer : India Security Printing Press, Nasik
Quantity : 2hundred 50thousand
Issue Year : 25th October 1973

→ 야크(Yak)의 학명은 보스 그룬니엔스(Bos grunniens)로 티베트와 히말라야 일원에 살고 있는 소의 일종이다. 가축으로 많이 기른다. 히말라야를 배경으로 고산에서 만 살고 있는 야크를 도안했다. 폐활량이 크고 낮은 고도에선 살지 못한다.

Nepal Proverb ▶

Keep your purse closed, don't blame your companion.
지갑을 잘 간수해라. 괜한 동행 탓하지 마라.

야크

Sujan Tamang

야크^(yak)는 티베트와 히말라야 주변에 많이 살고 있다. 원래는 4,000~ 6,000m 지역의 티베트와 히말라야 등지에 살았던 야생 소인데 가축화한 동물이다. '야크'는 원래 수컷을 의미하며, 암컷은 드리^(dri) 또는 나크^(nak)라고 부른다. 하지만 일반적으로 암수 모두를 야크라고 부른다.

무거운 짐을 지고 하루 40km를 간다. 차마고도^(茶馬高道)란 다큐멘터리에서 보신 그 야크다. 털이 길고 다리가 짧다. 가슴이 엄청 커서 폐활량이 대단하다. 야크는 오히려 저고도에서는 생존하지 못한다. 티베트와 네팔 사이의 무역에 이 야크가 동원되었는데 지금은 헬리콥터를 이용하니 야크 떼를 보기 어렵다. 산간 지역 소수 종족들에겐 가축으로 한두 마리 키운다. 젖도 주고 버터, 치즈도 만든다. 고기는 육포처럼 매달아 두었다가 일 년 내내 단백질원으로 먹는다. 털은 카펫을 짜고 뼈는 장신구나 기념품 등을 만든다. 살아서는 일만 하고 죽어서는 버릴 것 없이 모두 인간에게 바친다. 자연으로 바로 돌아가지 못한다.

간혹 트레킹 도중 야크 떼를 만나게 되는데 야크의 등이나 귀에 불경을 찍은 천을 꿰매어 놓은 것을 본다. 우이독경^(牛耳讀經)이라더니 야크에겐 의미가 다르다. 현세에선 축생으로 태어나 고생하지만 이 불경을 통해 내세엔 업그레이드된 생명체로 태어나도록 기원해 준다. 윤회설을 믿는 불교나 힌두교도다운 보시다. 부처님 말씀을 일생 동안 짊어지고 다니면 축생으로부터 벗어난다는 생각이다.

Nepal. 31th December 1989. NS#478. Sc#476 Rara National Park

▶ Technical Detail ·······································

Title : Rara National Park
Denomination : 4 Rupee
Size : 34X34mm
Perforation : 14.5X15
Color : Multicolour
Sheet Composition : 50 Stamps
Quantity : 1 Million
Designer : M.N. Rana
Printer : Harrison and Sons Limited, England
Issue Year : 31th December 1989

→ 네팔 서부에 위치한 국립공원인데 수도 카트만두(Kathmandu)에서 370km 떨어져 있고 총면적이 106평방km에 달한다. 이 공원 안에 네팔에서 제일 큰 마헨드라 호수(Mahendra Tar)가 있다. 히말라야를 배경으로 도안했다.

Nepal Proverb ▶

He who is thirsty will go to the stream.
목 마른 자가 개울로 간다.

등반 장비

Chhetra Lal Kayastha

　요즈음은 나에게 등산을 못하게 자녀들이 통제한다. 나이 탓도 있지만 왼쪽 눈을 실명한 연유로 초점이 맞지 않다. 산을 올라가는데 문제가 없으나 산을 내려올 때 문제가 생긴다. 초점이 정확하지 않으니 자연 발을 헛딛기 일쑤다. 나이 들어 골절상이라도 입으면 나 자신에게도 불편이 있겠지만 나를 바라보는 가족들의 근심 또한 클 것이다. 그래서 자녀들의 입산금지령을 순순히 받아들였다. 대신 올레길이나 둘레길처럼 잘 정비된 길을 걷는 것은 허락받았다. 내가 제일 즐겨하는 걷기 코스는 스카이웨이의 팔각정에서 걸어 부암동을 거쳐 집이 있는 구기동까지 걷는 일이다. 한겨울 추위와 한여름 더위를 피하면 걸을 만한 길이다.

　또 집이 북한산 등산로 입구에 위치해 있기 때문에 등산객들을 많이 만난다. 우선 눈길이 가는 것은 등산복이나 등산 장비다. 히말라야 등반에도 손색이 없을 그런 복장과 장비다. 1950년대 후반의 등산복과 등반 장비를 떠올려 본다. 주로 군용품이다. 모든 복장, 장비, 식량에 이르기까지 군수품이 전부다. 따로 등산 장비를 접해 보지 못했다. 천막도 군용 A텐트를 사용했으니 일견 특수부대의 한 부대쯤으로 오해 받을 때도 있었다.

　우리는 책을 보고 등산복을 디자인해서 입은 적이 있다. 모양만 등산복 흉내를 냈지 기능은 아니다. 군복이 훨씬 나았다. 아이젠도 만들었다. 책을 보고 그림을 그려 대장간에 맞추었다. 처음으로 신고 지리산 적설기 등반을 갔는데 몇 걸음 가지 못해 모두 망가져 버렸다. 배낭은 한국전쟁 때 지게부대가 사용했던 배낭을 많이 사용했다. 지게처럼 양쪽에 버팀나무가 있고 그 한가운데를 서로 연결해 놓은 류색이다. 물건도 많이 들어가고 짊어지면 등도 편했다.

Nepal. 17th December 1978. NS#347. Sc#C6 75th Anniversary of Power Engined Plane(Powered Engine)

▶ Technical Detail ···

Title : 75th Anniversary of Power Engined Plane
Denomination : 2.30 Rupee
Size : 39.1X29mm
Perforation : 13.5X13.5
Color : Gray Blue, Yellow and Black
Sheet Composition : 35 Stamps
Quantity : 1 Million
Designer : K.K. Karmacharya
Printer : India Security Printing Press, Nasik.
Issue Year : 75th December 1978

→ 쌍엽기와 제트기를 중심으로 도안한 이 항공우표는 엔진 동력 75주년을 기념한 것인데 배경이 히말라야산맥이다. 최초의 동력 비행기는 1903년 12월 27일에 미국의 라이트(Wright) 형제가 발명하였다. 이때를 기준으로 75주년 기념이다.

Nepal Proverb ▶

The fruit bearing tree bends.
과일 열린 나무는 고개를 숙인다.

제1회 전국60km등행대회

D Ram Palpali

1957년 경북학생산악연맹이 창설된 지 2년 만에 전국 규모의 야심찬 대회 하나를 기획 실천했다. 1959년 10월 23~25일(2박 3일) 150명이 참가하여 첫 테이프를 끊었다. 당시의 11월 3일은 학생의 날이었다. 광주학생의거를 기리기 위해 정한 국경일이다. 우리들은 이날을 계승한다는 취지에서 60km극복등행 경기를 시작했다.

경북 칠곡 가산의 팔공산(1,193m) 자락을 출발점으로 정상을 거쳐 동화사로 그리고 공산초등학교까지 등행한다. 등행하는 도중 기준에 따라 심판들이 정밀하게 심사를 하고 산악 지식에 대한 퀴즈 시험도 치른다. 단순한 등반이 아니다. 공부하는 등반이다. 공부만 하는 등반이 아니다. 극기하는 등반이다. 단순히 극기하는 등반이 아니라 민족의식의 결속과 고취하는 취지도 함께 담은 극복등행이다. 공산초등학교에서 대구역전까지 16km는 학교별 5인 1조가 되어 달리기를 한다. 완전 등반 장비를 짊어지고 5인이 협동하여 동시에 골인 지점에 도달해야 한다. 이 총 길이가 60km다. 정말 극복이란 단어가 모자랄 그런 힘든 고통을 극복하는 경기다.

일제의 식민지 억압에 저항했던 광주학생의거 정신을 이어받고 60km 고행 등반을 함으로써 신체적 정신적 자기 성장의 계기를 삼았다. 이 등반이 56년이 지난 지금도 이어지고 있다. 1966년부터는 학생이 아닌 일반 팀도 참여할 수 있게 만들었다. 지금은 전국 각지에서 참여하는 남녀 학생, 일반 모두가 아우러지는 전국 규모의 대회로 자리를 잡았다. 나는 의과대학에서 5명 대원을 확보하지 못해 선수로 참여해 본 경험이 없으나 처음부터 의료요원 또는 심판으로 참여했다. 지금도 매년 행사가 열린다.

Nepal. 30th October 1981. NS#389. Sc#395 70th Council Meeting of International Hotel Association

▶ Technical Detail ··

Title : 70th Council Meeting of International Hotel Association
Denomination : 1.75 Rupee
Size : 26X36mm
Perforation : 14X14
Color : Multicolour
Sheet Composition : 50 Stamps
Quantity : 3 Million
Designer : K.K. Karmacharya
Printer : Bruder Rosenbaum Printers, Vienna Austria
Issue Year : 30th October 1981

→ 제70회 국제호텔연맹회의 기념우표로 이 우표 안에 네팔 국기, 에베레스트산, 눕체산 그리고 국제호텔연맹(IHA) 문장을 함께 도안했다.

Nepal Proverb ▶

The one who in guilty has the higher voice.
죄진 놈이 목소리가 크다.

울릉도와 독도 학술조사

D Ram Palpali

1959년 7월 28일~8월 4일 울릉도 학술조사를 갔다. 우리들 행사는 대개의 경우 학술등반이란 기치를 달았다. 그냥 산을 오르는 것이 아니라 산을 중심으로 학생 수준의 학술조사를 겸해서 했다.

울릉도 학술조사는 1)성인봉 등반, 2)의료봉사, 3)독도 탐방 등 세 파트로 나누어 행사를 했는데 나는 의료봉사와 독도 탐방에 참여했다. 울릉도 청소년들의 가치관 조사라는 제목으로 지금의 내자와 공동 집필한 글을 『山岳』(경북학생산악연맹 발행)지에 실었다. 이 산악지는 창간호로 그 이후 책을 이어 내지 못했는데 우리나라에서 산악지로서는 처음 탄생한 책이다. 울릉도 학술조사단은 총 인원 64명이 참여했는데 경북대학교의 생물학과 교수님이 지도교수로 우리를 인솔했다.

행사를 마치고 울릉군수와 경찰서장이 우리들을 초청해 감사 점심을 냈다. 도동 앞바다에 배를 띄우고 가벼운 반주도 한잔 곁들였다. 반주가 몇 번 돌자 우리 지도교수님이 보이지 않았다. 바다 한가운데서 사람이 없다면 사고다. 깜짝 놀란 주최 측이 구명보트를 내려 바다에 빠진 지도교수를 구했다. "기분이 좋아서 헤엄치려고." 바다에 뛰어드셨단다.

평소에 자기 절제가 아주 확실한 선생님이다. "교수님, 술을 얼마나 마셔야 적당하나요." 이런 평소의 물음에 몇 가지 기준을 주신 것이 있다. 그 가운데 하나가 "딱 한잔 더 마시고 싶을 때 그만 마셔야 한다." 그러시던 교수님이다. 우리들은 수업 시간에 울릉도 사건을 빌미로 친숙한 항변을 했다. "선생님, 술은 딱 한잔 더 마시고 싶을 때……." 그때가 그립다.

Nepal. 1st August 1983. NS#405. Sc#409 25th Anniversary of Royal Nepal Airlines

▶ Technical Detail ·······························

Title : 25th Anniversary of Royal Nepal Airlines
Denomination : 1 Rupee
Size : 35.27X28.58mm
Perforation : 13.75X13.25
Color : Multicolour
Sheet Composition : 100 Stamps
Quantity : 3 Millions
Designer : M.N. Rana
Printer : Secura Singapore Private Ltd. Singapore
Issue Year : 1st August 1983

→ 네팔왕실항공사(RNA) 창립 25주년 기념우표로 히말라야를 배경으로 비행기가 날고 있는 모습을 도안했다. 왕정이 망하기 이전까진 이 네팔왕실항공사가 유일한 항공사였다. 네팔왕실항공사는 1958년에 설립하여 독점운행하다 2008년 왕정이 종식된 이후 네팔항공(Nepal Airlines)이란 이름으로 바뀌어 운행 중이다.

Nepal Proverb ▶

Someone who had nothing got bananas, he ate it without peeling it.
바나나를 먹어 보지 못한 놈이 껍질 벗기지 않고 먹는다.

제1회 하계산간학교

D Ram Palpali

1960년 가야산에서 첫 산간학교를 열었다. 교장 선생님은 한솔 이효상(李孝祥) 교수님이 맡았다. 8월 1~5일에 열린 이 산간학교는 나중에 등산학교의 원조가 된다. 1960년은 내가 의과대학 4학년 졸업반이라 의사 국가시험 준비하느라 참여하지 못했다. 제2회 구미에서 열린 산간학교부터 참여했다. 산악의학에 대한 강의를 했다.

1회 때의 기록을 보면 8월 1일 캠프파이어를 피우고 교장 선생님의 말씀을 듣고 8월 2일엔 1)산 문학, 2)산 동물, 3)산악사, 4)West Point 필름을 보고 8월 3일엔 1)조복성 교수(고려대학교) 특강, 2)등산이론, 3)클라이밍을 위한 자일 사용법, 4)산의 미술과 사진 강의로 이어졌다. 8월 4일 가야산 정상 오르기 등 프로그램으로 짜여 있었다. 강사는 한국산악회의 선배들이나 대학교수들이 참여해 주고 창립 멤버들이 각자의 전공에 따라 강의해 주었다. 나는 창립 멤버라 배우면서 가르치기도 해 두 가지 역할을 동시에 수행했다.

1981년 제20회를 끝으로 산간학교란 이름은 사라졌다. 대신 전국 규모의 등산학교 등이 여러 지역에서 개교하여 산간학교의 초기 프로그램을 체계적으로 많이 업그레이드시켜 지금에 이르고 있다. 금오산에서 열린 산간학교에서 처음으로 등산의학을 강의했다. 나도 등산의학에 대한 지식이 초보였지만 많은 의학서적을 뒤져 일반 등산의학과 고산등산의학 강의록을 만들어 틈나는 대로 참여했다.

무엇이나 최초 또는 초기 경험이 참 중요한 것 같다. 지금의 등산학교에 비하면 상대적으로 빈곤했던 프로그램들이지만 초기 탐색 열정과 경험은 나의 등반 경험 중 가장 강렬하게 남아 있는 기억이다.

Nepal. 6th May 1985. NS#429. Sc#432 Sagarmata National Park(Mount. Everest Wild Life)

▶ Technical Detail ·······································

Title : Sagarmata National Park(Mount. Everest Wild Life)
Denomination : 10 Rupee
Size : 36X26mm
Perforation : 14X14
Color : Multicolour
Sheet Composition : 50 Stamps
Quantity : 3 Hundred Thousand
Designer : K.K. Karmacharya
Printer : Carl Ueberreuter Druck and Veriag. Vienna Austria
Issue Year : 6th May 1985

→ 사가르마타(Sagarmata) 국립공원 기념우표로 사가르마타는 에베레스트산의 네팔 본래 이름이다. 1976년 7월 19일 국립공원으로 지정된 이후 1979년 유네스코 세계자연문화유산으로 지정되었다. 사가르마타와 나라 새 단페(Danfe)를 위시한 야생동물 3종을 도안했다. 사가르마타 국립공원은 총 면적이 1,148평방km에 달한다. 주로 셰르파족이 사는 근거지다.

Nepal Proverb ▶

The flood does not last forever.
홍수도 그칠 날이 있다.

한국동굴협회

D Ram Palpali

1960년대는 내가 의과대학을 졸업하고 정신과 전문의 수련을 받던 시기다. 수련 받는 기간이었지만 틈만 나면 등반에 몰두했던 시기다. 경북학생산악연맹 창립 10주년엔 히말라야를 가겠다는 꿈이 컸었기 때문에 등반을 열심히 했다. 등반을 하다 보니 자연히 동굴에 대한 관심도 생기면서 궁금증이 커졌다.

1959년 울릉도 학술등반을 마치고 돌아오던 길에 울진 성류굴에 대한 정보를 들었다. "이쪽 굴에서 연기를 지피면 산등성이 넘어 굴에서 연기가 난다." 좀 과장된 표현이긴 하나 주민들의 말을 종합하면 동굴임이 틀림이 없었다. 궁금한 나머지 1960년에 장비를 갖추어 성류굴 학술조사에 나섰다. 이것이 동굴 답사를 시작한 효시가 되었다.

1965년 한 해 동안 답사한 동굴이 여럿 있다. 성류굴, 초당굴, 만장굴, 대이굴, 고씨굴, 용담굴 등이 우리들의 답사 동굴이었다. 급기야는 1966년 한국동굴협회(김기문)를 따로 만들어 여러 동굴을 실측하고 지도를 만들기도 했다. 이때 서울대학교 생물학 교수인 최기철 박사를 단장으로 한국 최초로 삼척 대이골에 있는 관음굴을 학술조사했다.

새로운 신종 동굴 생물들도 발견했던 것으로 기억한다. 우리들이 답사하여 처음으로 세상에 알린 동굴 가운데 기억나는 것은 울진 성류굴, 제주도의 협제굴 그리고 삼척 대이골에 있는 관음굴 등이다. 몇 년 전에 이 굴들을 둘러볼 기회가 있었다. 지금은 잘 다듬어진 통로를 따라 관광할 수 있도록 만들어져 있다. "옛날에 우리들이……." 그런 생각을 하면서 둘러보았다. 1960년대에 활동을 활발하게 하였으나 그 이후는 크게 활동하지 못했다.

Nepal. 17th September 1969. NS#215. Sc# 224 Rododendron

▶ Technical Detail ···

Title : Rododendron
Denomination : 25 Paisa
Size : 25.5X36mm
Perforation : 13.5X13.5
Color : Multicolour
Sheet Composition : 16 Stamps
Quantity : 4 Hundred Thousand
Designer : K.K. Karmacharya
Printer : Government of Printing Bureau, Tokyo Japan
Issue Year : 7th September 1969

→ 네팔의 나라꽃(國花)이다. 진달래과의 한 속이다. 종류가 1,000여 종 된다. 고대
그리스 말로 장미(Rhodos)와 나무(Dendro)의 합성어라고 한다. 초여름부터 늦은 겨울
까지 히말라야의 삼림지대에서 핀다. 붉은색, 분홍색 그리고 흰색 꽃이 있는데 붉은
꽃은 비교적 낮은 지대에서 피고 분홍색과 흰색은 고도가 높을수록 많이 볼 수 있다.

Nepal Proverb ▶

You can say "God Bless" to an ox going down hill but can't try to hold him down.
산을 내려가는 소에게 "잘 가라" 인사는 할 수 있어도 억지로 내려가게 할 수는 없다.

팔공산악상 본상을 받다

D B Chitrakar

경북학생산악연맹이 팔공산악상을 제정하여 시상하기 시작한 것은 1970년의 일이다. 제1회 수상자는 이은상, 배석규 선생이다. 이어 회를 거듭하면서 홍종인, 이숭녕, 이효상, 이기섭 교수 등과 한국산악회의 김정태, 유홍렬, 권효섭 선생 등 쟁쟁한 분들이 수상했다. 나는 1992년 제23회 팔공산악 본상을 수상하는 영광을 얻었다. 산으로 인해 받은 상이니 나에겐 아주 각별한 인상으로 남아 있다. 네팔에서도 상을 하나 받았다.

2010년 'Nepal Samman 2010'이란 상을 받았다. 이 상은 1년에 두 사람 즉 외국인 한 명과 네팔 사람 한 명에게 수여하는 문학 작가들에게 주는 상이다. 네팔의 문학단체인 Nepal Art & Literature Dot Com Pratisthan과 정부가 공동으로 주는 상이다. 나는 문학가도 아닌데 이런 상을 타다니 의아했다. 설명을 들었더니 내가 네팔에 관한 글을 많이 썼던 것을 보답하는 의미라고 했다.

네팔 대통령이 초청해서 오찬을 대접받았다. 네팔 대통령 람 바라 야답(Ram Bara Yadap 1948~), 그는 나에게 네팔에 봉사해 준 것을 고맙다고 해서 깜짝 놀랐다. 그가 보사부 장관을 하고 있을 때 우리 네팔 이화의료봉사단이 자기의 고향 마을을 진료해 준 것을 기억한다고 했다. 그도 인도의 캘커타에서 의과대학을 나온 내과 전문의다.

2015년 지진 때 대통령 궁도 피해를 입었다. 외신에 의하면 대통령이 천막을 치고 며칠간 집무를 했다고 해서 뉴스에 나온 적도 있는 그런 대통령이다. 상이란 누구에게나 받아서 즐거운 상이다. 나는 산으로 인해 받은 이 두 상이 치기어리지만 가장 인상 깊게 남아 있다.

Nepal. 9th October 1994. NS#541. Sc#546 Development of Mail Conveyance in Nepal

▶ Technical Detail ···

Title : Development of Mail Conveyance in Nepal
Denomination : 1.50 Rupee
Size : 27X40.5mm
Perforation : 12.75X13.5
Color : Multicolour
Sheet Composition : 50 Stamps
Quantity : 3 Millions
Designer : K.K. Karmacharya
Printer : Austrian Government Printing Office, Vienna Austria
Issue Year : 9th October 1994

→ 우편 배달의 역사를 집약해서 디자인했는데 항공, 대중교통, 런닝메일러 그리고 집배원을 아울러 디자인했다. 히말라야를 배경으로 도안했다. 러닝메일이란 편지를 들고 뛰는 집배원이다. 통신수단이 발달되기 이전의 등반에선 주로 이 러닝메일러에 의존했다.

Nepal Proverb ▶

The bamboo bends when it grows tall.
대나무는 크게 자라면 고개 숙인다.

히말라야의 꿈을 꾸다

D.B. Rai

경북학생산악연맹이 1957년에 창설되고 우리들은 등반 아카데미즘의 기치를 들고 열심히 공부했다. 매년 이론적인 공부와 실습을 통한 경험의 축적 그리고 단체의 정체성을 알리는 여러 전시회와 행사 등 해마다 일취월장했다. 1961년 내가 대학을 졸업할 때쯤 우리들은 히말라야에 대한 꿈을 키웠다. 창립 10주년을 맞을 때 무엇인가 큰 원정을 계획해야 할 것이라고 생각했다. 그 꿈이 히말라야다. 히말라야를 접할 수 있는 통로는 오로지 책에 의존하는 길밖에 없었다.

꿈도 컸다. 히말라야의 로체(Lhotse 8,516m) 봉을 오르고 싶었다. 왜 로체 봉이었는지 모르겠으나 아마도 한국산악회의 선배님들의 조언이 있었던 것으로 짐작한다. 나름 해마다 계획안을 만들어 공부하면서 진행을 했다. 정보가 많지 않던 시기라 우리들의 의욕이 앞섰던 원정 계획이다. 어렵게 입산 허가도 받았다. 선발된 대원 8명이 매주 산행을 통한 훈련은 물론 일본 북 알프스에 가서 전지훈련도 받았다. 나는 의사라는 이유로 정상 등정 팀에는 들지 못하고 의료와 베이스캠프 담당을 부여받았다.

생각하면 나는 경북학생산악연맹이 탄생하기 전에 이미 히말라야에 마음을 빼앗겼던 사람이다. 1953년 아침 조회 때의 교장 선생님 훈시를 지금도 잊지 않고 간직하고 있다. "나도 히말라야를 가야지." 이런 나에게 10주년 기념등반의 대상이 히말라야란 것은 내가 어떤 역할을 맡던 즐겁고 희망찬 일이었다. 나는 이미 학교를 졸업하고 수련의 시절이라 눈코 뜰 사이가 없는 생활이었지만 주말 등반은 곧 나의 의무처럼 생각했다.

Nepal. 28th December 1994. NS#564. Sc# 562. Tilicho Lake

▶ Technical Detail ·······························

Title : Tilicho Lake
Denomination : 9 Rupee
Size : 38.5X29.6mm
Perforation : 13.5X14
Color : Multicolour
Sheet Composition : 50 Stamps
Quantity : 1 Million
Designer : K.K. Karmacharya
Printer : Austrian Government Printing Office, Vienna Austria
Issue Year : 26th December 1994

→ 틸리쵸(Tilicho) 호수를 히말라야를 배경으로 디자인했다. 네팔 서북쪽의 마낭
(Manang) 지역에 있다. 높이 4,919m에 있다.

Nepal Proverb ▶

Better to have a step uncle than none.
의붓 아저씨라도 없는 것 보다 낫다.

사쿠라 라즈반다리

D Ram Palpali

네팔 학생 사쿠라 라즈반다리(Sakura Rajbhandary) 양을 만난 것은 1981년 2학기 정신과 첫 수업에서. 출석을 부르는데 대답하는 학생이 가무잡잡한 얼굴이다. "자네 네팔에서 왔구나." 학생들이 우우 한다. 어떻게 내가 첫눈에 그녀가 네팔 사람이라고 알았을까 그런 함성이다. 무의식중에 내가 네팔의 히말라야를 그렇게도 오매불망 마음에 두고 있었다는 증거다. "자네 졸업하면 나를 네팔로 초대해야 한다." 이 말이 씨가 되어서일까. 1982년 초 꿈에 그리던 네팔 히말라야를 밟게 되었다. 이 1982년을 시작으로 나는 매년 네팔을 방문할 수 있었고 지금도 방문하고 있다. 참 긴 인연의 시작이 바로 내 제자로 인해 시작되었다.

사쿠라 양 가족과 우리 가족은 유사한 점이 참 많다. 우선 나는 4남매를 두었고 라즈반다리(M.M. Rajbhandary) 씨는 5남매를 두었다. 이 5남매 중 3명이 한국에서 공부를 했다. 두 가족이 1982년에 약속한 것은 자녀들을 보내면 체류하는 동안 책임지고 뒷바라지한다는 약속이었다. 이 약속 덕분에 두 가족 구성원 모두 네팔과 한국 땅을 밟았다.

그리고 가족 간 친교가 깊다. 서로 묵시적으로 R & R가족(R & R Family)이라고 부른다. 우리 가족의 이니셜이 리(Rhee)의 R이고 라즈반다리(Rajbhandary)의 이니셜인 R을 합쳐 그렇게 부른다. 이제 자녀들도 모두 장성하여 사회적으로 일가견을 이루고 살아가는 2세들이 부모의 첫 생각을 이어 서로 봉사하는 삶을 살아가자고 의논이 되었다. 반가운 일이다. 기쁘고 자랑스러운 이야기다. 오래도록 인연이 이어 갔으면 좋겠다.

행복은 삶의 이유이다

Nepal. 1st July 1968. NS#203c. Sc#c5. 10th Anniversary of Nepal Airlines. Aeroplane over Mt Daulagiri

▶ Technical Detail ·······································

Title : 10th Anniversary of Nepal Airlines. Aeroplane over Mt Daulagiri
Denomination : 2.50 Rupee
Size : 40.6X22.8mm
Perforation : 13.25X13.25
Color : Blue and Scarlet
Sheet Composition : 50 Stamps
Quantity : 1 Hundred 25 Thousand
Designer : K.K. Karmacharya
Printer : India Security Printing Press. Nasik
Issue Year : 1st July 1968

→ 다울라기리(Daulagiri) 봉을 배경으로 항공기가 날고 있는 모습이다. 왼쪽 상단의 엠블럼은 네팔왕실항공사(RNA)의 문장이다. 1958년 7월 1일에 창립하였다. 네팔왕실항공사(RNA)의 창립 10주년을 기념한 우표다. 2008년 왕정이 무너진 이후 네팔항공(Nepal Airline)으로 거듭 태어났다.

Nepal Proverb ▶

Foolish people's wealth doesn't remain.
어리석은 사람의 재산은 남아나지 않는다.

자녀들이 등반가가 되겠다면

N B Gurung

등반을 취미로 한다면 말릴 부모가 없을 것이다. 그러나 위험을 무릅쓴 히말라야 등반 전문가가 되려고 한다면 부모들은 어떤 대답을 할까. 나는 이 질문을 두 분의 네팔 사람에게 물었다. "당신의 자녀 가운데 만일 등반 전문가가 되겠다면 어떻게 하시겠습니까?"

이 질문을 받은 두 사람은 모두 똑같은 대답을 했다. 만일 그들의 자녀 가운데 누군가가 아빠나 엄마처럼 등반가가 되겠다면 그것은 아버지인 그들이 결정할 문제가 아니라 오로지 그들 자녀들이 결정할 문제라고 답했다. 좋아서 하는 일이라면 말리지 않겠다는 공통적인 대답이다.

나는 네팔의 최초 여성 등반대를 조직하여 에베레스트를 오르는 쾌거를 이루고 하산길에 조난사한 파상 라무 셰르파(Passang Lhamu Sherpa)를 염두에 두면서 그녀의 남편 소남 셰르파(Sonam Sherpa)와 파상과 함께 등반에 참여했다가 그녀의 시체를 찾아 하산한 킬루 템바 셰르파(Kilu Temba Sherpa)에게 똑같은 질문을 던져 본 것이다.

그들 두 사람은 서로 경우는 다르겠지만 등반 사고로 처절한 위기를 당했었던 경험을 가진 사람들인 만큼 과연 이들의 자녀가 등반가가 되기를 바란다면 어떤 태도를 가질까가 자못 궁금했기 때문이다. 둘 다 담담한 표정을 지으면서 아주 객관적인 답변을 들려줘서 놀라웠다. 한국 부모 같았으면 "내가 살아 있는 한 절대로 안 된다고 말하겠습니다."라고 했을 텐데.

Nepal. 17th May 1973. NS#263. Sc#272. Gorkha Village

▶ Technical Detail ·······································

Title : Gorkha city
Denomination : 1 Rupee
Size : 58X33.2mm
Perforation : 13X13.5
Color : Multicolour
Sheet Composition : 42 Stamps
Quantity : 1/2 Million
Designer : K.K. Karmacharya
Printer : India Security Printing Press, Nasik
Issue Year : 17th May 1973

→ 샤 왕조(Shah Dynasty)의 고향 마을을 히말라야를 배경으로 도안했다. 고르카 (Gorkha)는 카트만두 서쪽에 위치해 있다. 이곳에서 기병하여 프리뜨비 나라얀(Pritvi Narayan Shah 1723~1775)이 카트만두를 공략하여 말라(Malla) 왕조를 무너뜨리고 새로운 샤(Shah) 왕조를 건국했다. 1768~2008년까지 240년간 이어 왔다.

Nepal Proverb ▶

Fruits of labor are always sweet.
노력의 대가는 늘 달다.

히말라야 원정의 꿈이
좌절되다

N B Gurung

1963년 5월 22일 미국 에베레스트 원정대장 다이렌퍼스(N. Dyhrenfurth)의 언솔드(Unsoeld)와 혼바인(Hornbein)이 정상에 올랐다. 이어 휘태커(Whittaker)와 곰부 셰르파(Gombu Sherpa), 비숍(Bishop)과 제르스타트(Jerstad)가 연속 등정에 성공했다. 축하할 일이다. 그런데 이 미국 등반대의 성공이 우리들의 히말라야 원정을 좌절시킨 큰 사건이 되었다. 1963년 에베레스트 등반에 성공한 미국은 대원들을 앞세워 세계 여러 나라에 평화사절로 나섰다. 우리나라에도 와서 강연도 하고 장비와 사진 전시회를 열었다.

미국 대사관의 초청으로 우리 대원들도 참여하여 많은 정보를 얻었다. 당시 우리 산악회 회장이셨던 국회의장 한솔 이효상 선생이 그들을 특별히 공관에 초청하여 더 많은 정보를 얻고 우리들을 만나게 해 주었다. 이 자리에서 회장님은 미국 등반대장 다이렌퍼스에게 전체 경비가 얼마나 들었느냐고 물었다. 모든 경비를 뒤로하고 카트만두에서 에베레스트 베이스캠프까지 가는 운행비만 20만 달러가 들었다고 했다. 우리들은 모든 경비를 합쳐 2만 달러로 원정 계획을 짜 두었는데 운행 경비만 20만 달러란 말을 듣고 회장님은 즉석에서 히말라야 원정을 취소했다.

그때는 참 원망스러웠다. 10주년을 기념하기 위해 온 정성을 다 쏟고 있을 때인데 이 청천벽력 같은 취소 말씀에 여간 당혹스럽지 않았다. 미국 원정대가 미웠다. 지금 생각하면 그 경비로 히말라야를 갔으면 아마도 성공은커녕 조난당하지 않았을까 생각된다. 아주 허탈한 마음이었다. 마음을 내려놓기가 아쉬워 여러 차례 회장님에게 간곡히 청했으나 아주 완강히 취소를 고수했다. 회장님의 판단이 옳다. 이때를 기해 우리들은 히말라야 원정의 꿈을 접었다.

Nepal 7th June. 1999. NS#666. Sc#653. Ovis Ammon Hodgsonii

▶ Technical Detail ·······························

Title : Ovis Ammon Hodgsonii
Denomination : 10 Rupee
Size : 28.56X39.23mm
Color : Multicolour
Sheet Composition : 50 Stamps
Quantity : One Million
Designer : K.K. Karmacharya
Printer : Helio Courvoisier S.A. Switzerland.
Printer : Helio Courvoisier S.A. Switzerland
Issue Year : 7th June. 1999

　　→ 티베트 아르갈리(Tibet Argali)를 히말라야를 배경으로 디자인했다. 아르갈리는
소과에 속하는 양의 일종이다. 고산지대에 산다. 네팔에는 풍부한 동식물 자원들
이 많다.

Nepal Proverb ▶

Can't clap with one hand.
손바닥 하나로 박수 칠 수 없다.

NEA와 KEA

N B Gurung

1982년 힐라리(Hillary) 경을 만나고 돌아와 그의 병원에 약품을 보냈으면 하고 생각했다. 동기회나 의사 모임이 있으면 네팔 쿰중(Kumjung)의 병원을 소개하고 약품을 보냈으면 하는 의견을 냈다. 모두 찬성을 하면서도 헤어지면 서로 바쁜 일상 때문에 실천에 옮기지 못했다. 1986년 한국의 장미회(Korean Epilepsy Association : 박종철) 프로그램으로 네팔에 NEA(Nepal Epilepsy Association : Sakura Rajbhandari)란 NGO를 세우고 3년 동안 간질환 1,000명이 복용할 수 있는 약을 보내기로 협약했다.

장미회는 6.25 동란 이후 외국의 원조로 시작한 봉사단체다. 박종철 회장에게 "이젠 우리들도 가난한 이웃나라를 돕는 전환점이 있어야 한다."고 건의한 것이 주효했고 내 제자 사쿠라 라즈반다리 양이 의사가 되어 네팔에 가 있기 때문에 쉽게 성사가 되었다.

NEA에서 환자 등록을 받아 지속적으로 항경련제를 공급하는 봉사다. 네팔 측에서 따로 의사회와 봉사원들의 도움을 받아 한국에서 봉사하는 모델을 옮겨 갔다. 간질환자는 약만 잘 조절하고 지속적으로 복용하면 완치가 어렵지 않는 병이다. 우리나라에서도 마찬가지였지만 간질은 낫지 않는 병이라거나 천병이란 편견 때문에 환자들이나 환자 가족들이 고생을 많이 했다. 네팔에서도 마찬가지 편견이 있었다. 약물 공급도 중요하지만 이런 편견을 깰 수 있는 교육이 더 중요했다. 그 부분은 NEA에서 담당했다.

지금은 전국적으로 확대하여 잘 운행되고 있다. 카트만두(Kathmandu), 포카라(Pokhara), 돌카(Dolkha) 등에 NEA 지부를 설치하고 네팔 의사와 봉사자들이 정기적으로 교육 진료에 헌신하고 있다.

Nepal 30th June 2000. NS# 684. Sc#670. Visit Nepal Series(Tchorolpa Lake)

▶ Technical Detail ·······································

Title : Tchorolpa Lake
Denomination : 12 Rupee
Size : 38.5X29.6mm
Color : Multicolour
Sheet Composition : 50 Stamps
Quantity : One Million
Designer : K.K. Karmacharya
Printer : Austrian Government Printing Office, Vienna
Issue Year : 2nd April 2000

→ 쵸롤파^(Tchorolpa)호수 뒤로 히말라야를 디자인했다. 쵸롤파는 돌라카 지역^(Dolakha Distrct)에 위치한 호수로 고도 4,580m에 위치해 있다. 호수의 깊이는 55~270m, 면적은 1,537평방km나 된다.

Nepal Proverb ▶

Friendship with a good man is like an inscription on stone; it lasts forever.
좋은 사람과의 우정은 돌에 새긴 글처럼 영원히 간다.

네팔 이화의료봉사단

Dinesh Chaudhary

1989년 제1회 네팔 이화의료봉사단(Nepal Ewha Medical Camp)이 꾸려졌다. 내가 네팔 의료봉사를 꿈꾼 지 7년 만이다. 장미회와 함께 NEA에 항경련제를 공급한 지 3년 만이다. 첫 구상은 간질 환자에게 약을 나누어 줄 공간을 생각하면서 작은 외래 수준의 병원을 하나 지어 주고 싶었다. 그래서 장미회가 주관이 되어 시작한 것이 돌카(Dolkha)의 가우리샹카병원(Gaurishankar General Hospital)이고 우리 이화대학 의과대학 팀이 무의촌 봉사 캠프를 열기로 했다.

1980년대는 학생이나 교수 모두 어려움이 많았던 시기다. 학생들은 농활을 가려고 하고 정부에서는 막고 교수들은 가운데서 이러지도 저러지도 못했던 암울한 시기다. 나는 왜 농활이 우리나라에 국한되어야 하느냐고 하면서 네팔로 의료봉사를 가자고 했다. 봉사를 다녀오면 학생들의 시야도 넓어지고 미래에 더 큰 사회적 기여를 할 수 있을 것이라고 주장을 했다. 이렇게 해서 꾸려진 것이 1989년 제1회 네팔 이화의료봉사단이다.

1989년부터 2001년 내가 정년퇴임할 때까지 13회 봉사를 다녀왔다. 우리나라에서 처음으로 해외에 의료봉사를 나간 기록이다. 이 봉사에 참여한 교수와 학생들은 모두 1,000달러씩의 회비를 모았고 제약회사에선 약을, 한국일보사에선 봉사원 20명의 왕복 항공료를, 코오롱스포츠에선 3회까지 등산 장비를 후원해 주었다. 내가 퇴임을 한 이후에는 학교 있을 때처럼 큰 규모의 봉사를 할 수가 없다. 그래서 간질 환자를 돕는 의료봉사와 네팔 한국작가 상호 초청 전시회를 여는 문화 교류로 바꾸어 (사)가족아카데미아에서 이어 가고 있다.

Nepal. 3rd November 2004. NS# 772. Sc#750a. Rufous Piculet Woodpecker

▶ Technical Detail ·····························

Title : Rufous Piculet Woodpecker
Denomination : 10 Rupee
Size : 34.5X30mm
Color : Multicolour
Sheet Size : 150X135mm
Designer : K.K. Karmacharya
Issue Year : 3rd November 2004
Sheet Composition : 4 Stamps x 4 =16 Stamps of miniature sheet
Quantity : 0.25 Million
Designer : K.K. Karmacharya
Printer : Austrian Government Printing Office, Vienna

→ 이 우표는 2004년에 발행한 새 우표다. 히말라야산맥을 배경으로 딱따구리 (Rufous Piculet Woodpecker)를 도안한 우표다. 이 새는 세계에서 가장 작은 새로 크기가 8~10cm 정도다. 평균무게가 9.2g이라고 하니 우표의 손가락과 대조된다.

Nepal Proverb ▶

When an elephant goes to the market, many dogs bark at it.
코끼리가 장에 가자 많은 개들이 짖는다.

가우리샹카병원

Dipesh Barahi

　가우리샹카병원은 카트만두 동북쪽 약 160km 지점에 있다. 아주 오래된 작은 마을 돌카에 있다. 장미회가 주축이 되어 돌카에 병원을 세우기로 한 이유가 있다. 첫째는 간질 환자를 위해 항경련제를 보내다 보니 작은 외래가 필요했다. 두 번째로 이 마을은 옛날 천연두가 유행했을 때 마마가 걸린 카트만두 시민을 강제로 이주시킨 장소다. 아픈 역사를 지닌 곳이다. 셋째로는 네팔의 제자 사쿠라 양의 고향 마을이다. 이런 의미가 있으리란 생각을 하고 시작한 병원이다.

　3층으로 지은 이 병원은 10명의 입원 환자도 돌볼 수 있는 그런 병원이다. 지금은 아니지만 그때로선 카트만두를 벗어난 지역 병원으로서는 제일 컸다. 1989년에 기공하여 1993년에 완공했다. 초기엔 장미회에서 한국 의사들을 파견하였고 세브란스병원 가정의학과에서 수련의를 3개월씩 파견했는데 지금은 네팔 의사들과 봉사원들이 자력으로 운영하고 있다. 1989년 첫 기공식의 삽을 들었을 때 우리 이화의료봉사 캠프를 돌카에서 시작했다.

　2015년 2월, 나는 20년 만에 이 가우리샹카병원을 찾았다. 옛날에는 마을 어귀에 들어서면 이 병원이 우뚝 서 있어서 쉽게 발견할 수가 있었는데 지금은 쉽게 찾을 수 없을 정도로 마을이 발전했다. 도로가 정비되고 수도와 전기가 들어왔다. 자연이 주변으로부터 인구의 유입이 많아져서 아주 큰 마을이 되어 있었다. 마을 입구의 차리코트(Charikot)는 당시 판잣집 같은 찻집이 몇 개 있었는데 지금은 큰 마을로 변했고 땅값이 카트만두보다 비싸다고 했다.

　네팔의 지진 때문에 돌카 마을과 차리코트는 아주 큰 피해를 입었다. 병원도 피해를 입어 천막을 치고 환자를 본다고 했다. 2015년 7월 지진성금을 전하는 방문에서 돌카는 가시 못했다. 돌카 마을은 물론 돌카로 연결된 도로가 많이 손상을 입어 갈 수가 없었다.

Nepal. 4th September 2007. NS#882. Sc#794. Centenary of World Scouts(100 years of Scouting)-Mt. Baden Powell Peak

▶ Technical Detail ·····························

Title : Centenary of World Scouts(100 years of Scouting)-Mt. Baden Powell Peak
Denomination : 2 Rupee
Size : 40X30mm
Color : Multicolour
Sheet Composition : 20 Stamps
Quantity : 0.5 Million
Designer : Mohan N. Rana
Printer : Cartor Security Printing France
Issue Year : 4th September 2007

→ 우표 배경의 산은 바덴 포웰 스카우트 피크(Baden-Powell Scout Peak), 일명 우르케마 피크(Urkema Peak)로도 알려진 히말라야의 5,825m 봉이다. 2006년 네팔 정부에서 스카우트 100주년을 기념해서 산 이름을 스카우트 피크로 바꾸었다. 영국 군인이었던 스카우트 운동의 선구자 바덴 포웰 스카우트 100주년을 기려 발행한 우표다. 스카우트(1860~1937)는 영국 남부 한 섬에서 22명의 소년을 데리고 야영을 실시한 것이 효시이다. 1907년 8월 1일 세계 최초로 보이스카우트 캠프를 개최하였다.

Nepal Proverb ▶

The Pen is more powerful than the sword.
펜은 칼보다 강하다.

네팔 이화 우정의 집

K.K. Karmacharya

포카라에 가면 '네팔 이화 우정의 집(Nepal Ewha Friendship House)'이 있다. "선생님 네팔에 땅 사세요." 네팔 의료봉사를 다니는 동안 제자인 사쿠라 양으로부터 자주 들은 말이다. 왜 뜬금없이 땅일까. 사쿠라 양이 서울에서 공부를 할 때 천정부지로 오르는 강남의 땅값을 보고 하는 말이다. 나는 땅을 사기보다 네팔의 골동품을 사 두라고 제자에게 일렀다. 내 속셈은 10년, 20년 지나면 네팔의 골동품 가치가 치솟을 테고 그러면 네팔 갈 때마다 하나씩 팔아 여행 경비로 사용하면 좋을 것 같다는 잔머리를 굴렸다. 그런데 사쿠라가 추천한 땅을 나는 사지 않았다. 또 내가 추천한 골동품을 사쿠라는 사지 않았다.

2015년 2월 네팔에 가서 그때 그 이야기들을 하면서 그때 사 뒀으면……하고 아쉬워했다. 그도 그럴 것이 30년이 넘는 세월이니 그 값들이 엄청나다. 그냥 말일 뿐 사지 않기를 참 잘했다고 생각했다. 만일 그때 땅을 사고 골동품을 샀다면 그 물욕을 내가 어떻게 감당했을까 싶다. 지금과 같은 평정심을 갖고 네팔을 이웃 드나들 듯 가벼운 마음으로 왕래하진 못했을 것 같다.

네팔 의료봉사를 다니면서 푼푼이 모은 돈으로 포카라(Pokhara)에 집을 하나 지었다. 사쿠라 양의 아버지인 라즈반다리(M.M. Rajbhandary)님이 땅을 기증하고 내가 건축비를 대고 완성한 집이 '네팔 이화 우정의 집'이다. 3층 집으로 창문을 열면 안나푸르나 산군이 한손에 잡힐 듯 보인다. 나는 그분과 의논해서 이 건물을 네팔간질협회에 공식적으로 기증하기로 합의했다. 그리고 기증을 했다. 내 것이 아니니 홀가분하다. 내 땅이다, 내가 지었다고 다툴 일도 없다. 나는 네팔에 갈 때마다 이 집에서 즐겁게 자고 온다.

Nepal.21th August 2008. NS#903. Sc#805. Coat of Arms of Nepal

▶ Technical Detail ·····························

Title : Coat of Arms of Nepal
Denomination : 1 Rupee
Size : 40X30mm
Color : 4 Colours
Quantity : 2 Million
Designer : M.N. Rana
Printer : Cartor Security Printing, France
Issue Year : 21th August 2008

→ 네팔 국가 문장이다. 2008년 8월 21일 발행. 240년 동안 이어져 온 샤(Shah) 왕
조가 무너지고 새로운 네팔연방민주공화국(Federal Democratic Republic of Nepal)이 탄생했
다. 새로 만든 네팔 국장인데 네팔 국기와 에베레스트, 네팔 국화 로도덴드론 일명
랄리구라스(Rododendron) 그리고 네팔 지도를 아울러 디자인했다. 악수하는 손은 남
녀를 상징한다. 왕정이 무너진 이후에 발행한 것이다.

Nepal Proverb ▶

Thunder clouds do not always give rain.
먹구름이 늘 비를 뿌리지는 않는다.

나마스테 리셉션

Gopal Shrestha

나마스테 리셉션(Namaste Reception)이란 1989년 네팔 이화의료봉사를 시작하면서 시작한 특별한 행사다. 아무리 좋은 의료봉사라고 해도 우리를 도와주는 카운터 파트너가 있어야 한다. 그 카운트 파트너가 네팔간질협회(Nepal Epilepsy Association)다. 그리고 우리 봉사를 돕기 위해 셰르파(Sherpa)들이 천막과 삼시 세끼를 책임지고 봉사해 준다. 우리가 체류하는 2~3주 동안 그들의 노고가 너무 크다. 그래서 생각해 낸 것이 카트만두의 고카르나 공원(Gokharna Park)에 천막을 치고 하루 피크닉을 하는 행사다. 우리 봉사 팀이 시장을 보고 요리를 하고 푸짐한 먹거리를 만들어 그동안 우리를 위해 수고해 준 셰르파들에게 대접하는 그런 취지다.

우리 대사관 직원도 초청했다. 취지가 너무 좋고 또 야외 피크닉이라 너무 좋다고들 해서 계속 이어 온 행사다. 1991년 자유화 데모가 너무 심해 공원에서의 모임을 더 계속할 수가 없었다. 그래서 옮긴 것이 야크 엔 예띠(Yak & Yeti)라는 특급호텔 리셉션 룸이다. 네팔 인사 100명을 초대한 리셉션인데 밥값이 800달러였다. 용기를 얻어 지속한 리셉션은 서로 장기자랑도 하고 문화를 소개하는 공연으로도 탈바꿈했다. 그래서 이름을 붙인 것이 나마스테 리셉션이다.

이 모임에는 우리 대사를 비롯한 직원들도 초청을 하고 네팔 정부의 보사부 관계자, 의사협회 관계자 그리고 예술가와 우리들을 위해 수고해 준 모든 분들 등 다양한 분들을 초청해서 즐겼다. 오래도록 숨겨 놓은 이야기 하나. 나는 절대로 정치가는 초청하지 않았다.(정치가는 어디나 골치 아픈 존재다) 많은 네팔 사람들이 이 행사에 참여하기를 원했다.

Nepal 31th December 2009. NS#950. Sc#827. Sports Series(Mountain Biking)

▶ Technical Detail ···

Title : Sports Series(Mountain Biking)
Denomination : 5 Rupee
Size : 42.5X31.5mm
Color : Multicolour
Issue Year : 31th December 2009

→ 에베레스트를 배경으로 산악자전거 경기를 디자인했다. 산악자전거는 미국 캘리포니아주에서 처음 만들어졌으며, 1996년 미국 애틀랜타올림픽에서 정식 종목이 되었다. 2009년 영국의 자전거 애호가와 네팔의 자전거협회가 야크 어택(Yak Attack) 이란 이름으로 산악자전거대회를 만들었다. 이 첫 대회에서 우승한 선수는 네팔의 파담 수바(Padam Suba 네팔 산악자전거 국가대표)다.

앙 도로지 셰르파

Gopal Shrestha

돌아보면 나는 인연이 생기면 참 길게 이어진다. 악연보단 선연이 많아서일 것이다. 페이스북에 들어가면 나는 한국 친구보다 네팔 친구들이 더 많다. 매년 네팔을 방문하지만 한시적이기 때문에 많은 분들을 만나 보지 못하고 온다. 네팔 방문 때마다 꼭 만나고 오는 사람이 있다. 앙 도로지 셰르파(Ang Dorjee Sherpa)다.

1982년 내가 처음 네팔을 갔을 때 쿨리카니(Khulikani) 수력발전소를 방문한 적이 있다. 이 발전소 공사를 한국의 삼부토건이 했다. 공사장의 주방에서 일한 앙 도로지 셰르파다. 이후 개인적인 접촉이 있다가 1989년 네팔 이화의료봉사단에 합류함으로써 우리들에겐 없어서는 안 될 네팔 인사가 되었다. 초기 봉사에 참여했던 학생들은 그를 도로지 오빠라고 불렀다. 마지막에 다녀온 학생들은 그를 도로지 아저씨라고 불렀다. 세월이 가면 도로지 할아버지로 불릴 그는 이화여대 어학 코스를 수료했다.

카트만두에서 한국 식당(Villa Everest)을 경영한다. 한국에 와서 요리사 자격증도 따서 한국보다 더 맛있는 한국 음식을 카트만두에서 만든다. 한국과 무역도 한다. 한국 등반대를 돕는 많은 일도 한다. NGO를 만들어 지역 사회봉사도 한다. 이제 그는 주방에서 일하던 셰르파가 아니라 네팔 사회의 중요한 중진 역할을 한다.

한국에서 그와 함께 외출을 하면 그를 아는 네팔 사람들은 나를 네팔 사람인가 묻는다. 나를 아는 많은 사람은 도로지를 한국 사람이냐고 묻는다. 그는 한국말을 유창하게 하는데 나는 네팔 말을 못한다. 내가 네팔 말을 할 줄 알았다면 더 많은 네팔 문화를 깊이 있게 속할 수 있었을 텐데. 아쉽다.

Nepal. 4th September 2012. NS#1012. Sc#874. Nepal Israel Joint Issue

▶ Technical Detail ·····································

Title : Nepal Israel Joint Issue
Denomination : 35 Rupee
Size : 31.5X42.5mm
Color : 4 Colors
Sheet Composition : 20 Stamps
Quantity : 0.5 Million
Designer : M.N. Rana
Printer : SIA Baltijas Banknote/Lavia
Issue Year : 4th September 2012

→ 1960년 6월 1일 네팔과 이스라엘이 첫 수교를 맺은 것을 기념하여 네팔의 에
베레스트와 이스라엘의 사해를 아울러 디자인했다. 네팔에서 가장 높은 에베레스
트의 +8,848m 그리고 이스라엘에서 가장 낮은 사해의 –422m를 조화롭게 디자
인한 도안이 돋보인다.

Nepal Proverb ▶

Barking dog seldom bites.
짖는 개는 잘 물지 않는다.

화이트 타이거

Ratna Kaji Shakya

'화이트 타이거(Seto Bach)'는 네팔의 국민작가 다이아몬드 라나(Diamond Rana)의 명작 역사소설이다. 이 소설을 그의 조카며느리인 영국인 그레타 라나(Greta Rana)가 영문으로 번역한 책이 『화이트 타이거(The Wake of the White Tiger)』이다. 이 영문 본을 토대로 한국어로 나와 정채현이 공역한 책이 『화이트 타이거』이다. 인연은 1990년 다이아몬드 라나님의 아들 건강 문제로 아들과 함께 우리 네팔 이화의료봉사단을 찾으면서다.

그는 진료해 준 보답으로 영문판 『화이트 타이거』를 선물로 주면서 한국어로 번역해 보라고 했다. 내가 전문 번역가가 아니라 엄두를 내지 못했다. 2012년 내가 네팔을 찾았을 때 그는 카트만두의 한 병원 중환자실에 입원해 있었다. 문병을 갔더니 그는 나에게 출판계약서를 건네주었다. 그의 일방적인 계약인데 모든 판권을 나한테 일임하니 번역본을 내라는 것이었다. 미루었던 죄송함도 있던 터라 서둘러 번역을 했다. 이듬해에 한글판을 갖고 네팔을 찾았을 때 그는 이미 타계한 후였다. 네팔 문학인들이 주선하여 내 책의 출판기념회를 열어 주었다. 정말 죄송한 마음이었다. 좀 더 서둘렀다면 그가 생전에 한국어판 번역본을 보고 타계할 수 있었을 텐데 하는 죄송함이다.

104년 동안 임금을 제치고 네팔을 통치해 온 라나 가(Rana Family)의 핏줄임에도 불구하고 왕정 회복과 민주화 운동을 위해 몸 바친 사람이다. 그는 옥중에서 『화이트 타이거』를 집필했다. 처음 써 본 소설이라고 했다. 글로 민중의 계몽을 해야겠다는 생각에서 비롯했다는 설명이다. 왕정이 무너졌을 때 나는 그에게 물었다. "이젠 당신이 꿈꾸던 이상은 실현되었습니까?" 이제부터 시작이라고 대답하던 그가 번역본을 보지 못하고 타계했다.

Nepal. 30th November 1984. NS#423. Sc#425. Panthera Uncia(Snow Leopard)

▶ Technical Detail ·······································

Title : Panthera Uncia(Snow Leopard)
Denomination : 25 Paisa
Size : 36X26mm
Perforation : 14X14
Color : Multicolour
Sheet Composition : 50 Stamps
Quantity : 3 Millions
Designer : K.K. Karmacharya
Printer : Carl Ueberreuter Druck and Verlag, Vienna Austria
Issue Year : 30th November 1984

　→ 설산에 사는 눈 표범(雪豹)을 히말라야를 배경으로 디자인했다. 눈 표범은 아프가니스탄, 중앙아시아, 동부 티베트, 히말라야 등지에 분포해 있다. 멸종 위기 동물이다. 식육목 고양이과 표범속(Panthera)에 속하며 가장 가까운 종은 표범속의 호랑이(Panthera tigris)이다.

Nepal Proverb ▶

The daughter from a good family is like spring water.
좋은 가정의 딸은 마치 맑은 샘물과 같다.

정신병원에 갇힌 네팔 근로자

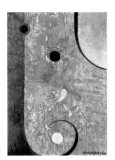

Govinda Dongol

참 희한한 일도 다 있다. 2005년 나는 박완서 선생과 네팔 안나푸르나 사이트를 트레킹한 적이 있다. 나나 박 선생 둘 다 70을 넘은 고령이라 조랑말을 빌려 트레킹을 하고 있었다. 란두룽(Landrung)에서 1박을 하는데 누가 나를 찾는다고 했다. 이 산중에서 나를 찾는 사람이 있다니…… 나가 보니 찬드라 꾸마르 꾸룽(Chandra Kumar Gurung)이었다.

그녀는 1992년 코리언 드림을 갖고 근로자로 한국을 찾았다가 이듬해 식당에서 한국말이 서툰 그를 무전취식자로 신고하여 파출소로 갔다가 정신병원로 이관되었다. 이렇게 정신병원에 갇힌 기간이 6년 4개월이다. 용인정신병원에서 연락을 받았다. 담당의가 자신을 네팔 사람이라고 말하는 환자가 있는데 나보고 알아보란다. 확인해 보니 그녀는 네팔 사람이었다. 여러 NGO의 도움으로 정신병원에서 풀려났다. 풀려 나온 그녀와 그녀의 가족을 우리 집으로 초대하여 죄송함을 달랬다. 이것이 인연인데 우리 팀이 그날 그녀의 고향 마을인 킴체(Kimche)에서 점심을 먹고 떠난 것을 수소문하여 나를 만나러 온 것이다. 이 첩첩산중에서 그런 인연을 다시 만나리라고는 상상도 못했다. 가족과 함께 나를 찾아 고맙다고 들른 것이다. 미안하기로 말하면 우리(한국)가 더 죄송한데 고맙다니 참 부끄러웠다. 놀랍게도 그녀는 한 NGO에서 순회 강사로 일하고 있었다. 강의 주제는 자기처럼 배우지 못하면 이런 불이익을 받는다는 취지의 강연이란다. 사람들을 일깨우는 강연이다.

억울하기로 말하면 얼마나 억울할까. 생사람을 정신병이라고 6년 4개월이나 감금했으니 그 분노가 클 것이다. 그럼에도 불구하고 그런 분노를 승화하여 대중교육에 활용하고 있음이 대단하다. 박완서 선생이 그녀를 보고 참 지혜로운 사람이라고 했다.

Nepal. 23th October 1994. NS#547. Sc#549. 14th World Food Day

▶ Technical Detail ·····································

Title : 14th World Food Day
Denomination : 25 Paisa
Size : 60X29mm
Perforation : 14X14
Color : Multicolour
Sheet Composition : 50 Stamps
Quantity : 1 Million
Designer : K.K. Karmacharya
Printer : Austrian Government Printing Office, Vienna Austria
Issue Year : 23th October 1994

→ 세계 식량의 날(World Food Day)을 기념으로 경작지 넘어 멀리 히말라야를 디자인했다.
네팔 경작지는 주로 남쪽 탤라이 지방에 많고 산간 지역에는 계단식 논이 많다. 세계 식
량의 날은 1945년 10월 16일에 국제연합식량농업기구(FAO, Food and Agriculture Organization)가
창설된 것을 기념하여 제정되었다. 농업의 중요성을 일깨우기 위한 기념일이다.

Nepal Proverb ▶

Money is both women's friend and enemy
돈은 여자에게 친구이며 적이다.

되로 주고 말로 받는다

Govinda Dongol

네팔 이화의료봉사를 1989년부터 1994년까지 돌카(Dolkha) 지역으로 갔다. 한 지역만 갔더니 다른 지역에도 와 달라는 요청이 많아 1995년부터 2001년까진 네팔의 산간 오지로 진료를 떠났다. 한번 가면 보통 일주일을 진료한다면 대개 3,000명 정도의 환자를 본다. 환자를 본 마지막 날이면 으레 마을에서 우리들에게 감사를 표하는 저녁 모임을 갖는다. 정성껏 차린 음식과 마을 사람들의 노래와 춤으로 이어지는 캠프파이어다. 네팔에선 이런 모임을 갖기 전에 일정한 의식을 치른다. 종교적인 의미도 있고 마을 유지들의 이어지는 연설은 빼놓을 수가 없다. 서로 나서서 연설하기를 참 좋아한다. 연설도 길다. 그런데도 불구하고 그분들은 그런 것을 즐기는 기분이다.

끝에 가서 꼭 나보고도 한 말씀 하라고 한다. 이런 순서는 어디를 가나 똑같은 진행이기 때문에 내가 무슨 말을 해야 할까를 늘 준비해 있어야 한다. 봉사하는 지역이 다르기 때문에 한번 생각한 내용을 수정없이 여러 곳에서 할 수가 있었다. 나는 여러 번 하는 연설이지만 그곳 사람들은 내 말을 처음 듣는 내용이니 내가 고민할 필요가 없다. 그래서 생각해 낸 답사 가운데 이런 말을 소개했다. "우리 속담에 되로 주고 말로 받는다는 말이 있습니다. 나는 얼마 되지 않은 약품을 가지고 여러분들을 만났지만 여러분이나 히말라야는 우리들에게 아주 큰 선물을 주셨습니다. 그러니 되로 주고 여러분들로부터 말로 보답 받고 가는 것입니다."

나는 진심이다. 네팔이란 나라는 히말라야가 있어서 그런지 자신을 되돌아보고 성찰하게 만드는 묘한 기운이 있다. 그 기운을 받아 오는 것이 말로 받아 온다는 뜻이다.

Nepal. 24th July 2007. NS#881. Sc#793. Golden Jubilee Year of Nepal-Egypt Diplomatic Relations

▶ Technical Detail ·······························

Title : Golden Jubilee Year of Nepal-Egypt Diplomatic Relations
Denomination : 5 Rupee
Size : 40X30mm
Color : 4 Colours
Sheet Composition : 20 Stamps
Quantity : 0.5 Million
Designer : M.N. Rana
Printer : Cartor Security Printing France
Issue Year : 24th July 2007

→ 네팔이 이집트와 수교 50년을 맞아 발행한 기념우표로 에베레스트와 피라미드를 아울러 디자인했다. 네팔의 상징인 에베레스트와 이집트의 상징인 피라미드 그리고 네팔 국기와 이집트 국기를 함께 디자인했다. 네팔과 이집트는 1957년 첫 수교를 맺었다.

Nepal Proverb ▶

When there is smoke, there will be fire.
연기가 있는 곳에 불이 있다.

조선 물감으로 그리는 그림

Govinda Dongol

　내가 처음으로 네팔을 가면서 태국항공을 탔다. 기내 잡지를 보다가 네팔의 한 청년화가를 소개한 화보가 실렸던 것을 유심히 읽은 적이 있다. 포카라(Pokhara)에 산다는 붓디 구룽(Buddhi Gurung)을 특별히 미술학교를 다니지 않은 독학한 화가로 소개했다. 수채화로 붓 터치가 아주 굵고 색감이 인상적이었다. 나는 그를 만나고 싶어 포카라에 갔다. 그는 출타하고 없고 낯선 한 사람이 왜 그를 찾는지 물었다. 사연을 이야기했더니 그는 붓디 구룽이 자기 제자라고 했다. 찬드라 부텔(Chandra Burthel)은 고등학교 농업 선생으로 재직하고 있었다. 내가 만난 네팔의 첫 화가다.

　미술가가 농업 선생이란 것이 이해되지 않았으나 고등학교 교과에 미술 과목이 없어서 그렇단다. 붓디 구룽은 말하자면 찬드라 부텔 선생이 가르친 제자인 셈이다. 자신의 갤러리를 보여 주고 싶다고 해서 따라 나섰더니 공항 앞에 허름한 양철집이 하나 있다. 구멍가게 같은 인상이다. 들어가 봤더니 맨 땅이다. 벽에는 그가 그렸을 그림 몇 장이 액자도 없이 민낯으로 벽에 붙어 있다. 나를 위해 그림 한 장을 그려 줬는데 이젤도 없이 맨땅에 종이를 놓고 그려 주었다.

　유심히 살펴 본 물감은 '조선 물감'이라고 적혀 있다. 내가 초등학교 때 사용했던 병 마개 같은 깡통에 물감이 들어 있다. 북한 물감이다. 나는 그때 이분들에게 우리나라의 질 좋은 물감을 들인다면 얼마나 아름다운 그림을 그릴까 그런 생각을 했다. 그 이후 나는 네팔을 갈 때마다 우리나라의 수채화 물감, 유화 물감 등을 10인분 사 갔다. 나와 눈이 먼저 마주치는 화가에게 선물로 주었다. 이런 인연은 2004년까지 매년 이어졌다.

Nepal. 7th November 1982. NS#397. Sc#403. Sagarmata Satellite Earth Station

▶ Technical Detail ·······································

Title : Sagarmata Satellite Earth Station
Denomination : 5 Rupee
Size : 25.5X35mm
Perforation : 14.25X14.5
Color : Multicolour
Sheet Composition : 100 Stamps
Quantity : 1 Million
Designer : K.K. Karmacharya
Printer : Secura Singapore Private Ltd.
Issue Year : 7th November 1982

→ 네팔의 사가르마타(Sagarmata) 국립공원 내에 위성지구국을 세운 기념으로 발행한 우표인데 배경을 에베레스트산을 디자인했다. 사가르마타는 에베레스트의 현지 명칭이다.

Nepal Proverb ▶

The stream is crossed, the stick is forgotten.
개울 건너고 나면 지팡이는 버린다.

네팔 한국 작가 상호 초청 전시회

Hare Ram Jojiju

2004년부터 2013년까지 10년간 (사)가족아카데미아 행사로 진행했던 프로그램이다. 1982년부터 시작한 네팔 화가들과의 친교는 네팔과 한국의 작가를 상호 초청해서 전시회를 열어 주는 행사로 발전했다. 어떤 격식을 차리고 한 일은 아니다. 다만 내가 네팔을 다니면서 친해졌던 화가들과 합의하여 그런 전시회를 만들었는데 2004년 한국 작가로선 처음으로 로천 김대규(露泉 金大圭) 선생(동양화가)과 내가 네팔 카트만두의 갤러리9에서 전시회를 열었다.

로천 선생이 달마상을 〈100 Images of Dharma〉로 내가 〈100 Images of Stone Stature of Buddha〉란 제목으로 경주 남산의 돌부처를 사진으로 소개했다. 이 첫 전시회에 박완서 선생, 네팔대사 그리고 네팔화가협회의 회장 등 많은 인사들이 축사를 해 주셨고 로천 선생은 즉석에서 큰 붓으로 히말라야를 단숨에 그리는 퍼포먼스도 했다.

조선 물감으로 시작한 인연이 상호 초청 전시회로 발전하고 네팔 화가 15명이 전시를 하고 갔다. 한국에서는 더 많은 작가들이 네팔에서 전시를 했다. 이 교류전은 서로에게 많은 영향을 주었다. 친분으로 엮여졌던 전시회라 경비는 많이 들지 않았다. 서로 봉사하고 배우는 자세로 했기 때문이다.

카르마차랴(K.K. Karmacharya) 선생도 물론 다녀갔다. 한국에서의 전시는 〈100 Images of Nepal〉이란 큰 주제로 하고 작가의 특징을 부제로 삼아 열었다. 카르마차랴 선생은 체류하는 동안 공사 중인 청계천을 그려 전시회를 열기도 했다. 작품 하나를 청계천박물관에 기증을 했는데 지금 있는지 모르겠다.

Nepal. 5th March 2004. NS#757. Sc#740. 50th Anniversary of United Mission to Nepal

▶ Technical Detail ·······································

Title : 50th Anniversary of United Mission to Nepal
Denomination : 5 Rupee
Size : 30.5X40.5mm
Color : Multicolour
Sheet Composition : 50 Stamps
Quantity : One Million
Designer : M.N. Rana
Printer : Austrian Government Printing Office, Vienna
Issue Year : 5th March 2004

→ 미국의 네팔 선교 50주년을 기념한 우표인데 히말라야산맥을 배경으로 디자인했다. 1954년에 처음 이루어졌다는 말인데 그땐 네팔 국교가 힌두교로 다른 종교를 허용하지 않았을 때인데 어떻게 선교가 이루어졌는지 모르겠다. 아마도 지하 종교로 선교하지 않았나 싶다.

Nepal Proverb ▶

A friend in need is a friend indeed.
필요할 때 친구가 진정한 친구다.

네팔 지진

Mithila Arts

　네팔에 대지진이 일어난 것은 지난 1934년 1월 15일 오후 2시 13분^(현지 시간) 인도와의 국경에 가까운 네팔 동남부에서 발생한 규모 8.1의 지진이다. 사망자수는 공식 문서에 따르면 약 10,500명으로 더 이상일 것이란 관측이다. 인근 인도 비하르주에서 사망자 7,253명으로 기록하고 있는 것을 보면 지진의 규모가 짐작된다.

　이번 지진은 두 차례 있었는데 첫 번째 진원지는 고르카 지역으로 2015년 4월 25일 네팔 표준시 11시 56분 26초에 발생한 규모 7.8의 강진이다. 여진이 계속되다가 5월 12일 카트만두 동쪽 83km 지역에서 규모 7.4의 강진이 발생했다. 이 지진으로 당시 CNN방송이 전한 내용은 8,019명이 숨졌으며 1만 7,866명이 부상하고 네팔 주거의 10%가 무너졌다고 보고했다. 그러나 이 숫자를 훨씬 능가하리라는 예상이다.

　지난 7월, 작은 성금을 전하기 위해 카트만두에 갔었는데 이런 큰 재앙을 당한 사람답지 않게 침착하고 조용한 복구에 전념하고 있는 모습을 보았다. 자연의 재앙 앞에서도 차분히 대처하는 그들의 모습을 보고 네팔의 꿈을 보았다. 이번 지진은 학자들 사이에서는 이미 예고된 사실이었다. 이미 오래전부터 1934년의 지진을 상기시켰으나 달리 예방할 재간은 없었다. 학자들은 지구 온난화 영향으로 히말라야의 만년설이 녹아 흘러내린다면 네팔은 매몰될 것이란 불길한 예측도 나오고 있다. 이번 지진으로 에베레스트를 등반 중이던 많은 등반가들도 피해를 입었다. 조속한 복구를 기원한다.

Nepal. 3rd November 2004. NS#774. Sc#748. Biodiversity Series(Serma Guru)

▶ Technical Detail ··

Title : Biodiversity Series(Serma Guru)
Denomination : 10 Rupee
Size : 34X30mm
Color : Multicolour
Sheet Composition : 16 Stamps
Perforation : 14X14
Quantity : 0.25 Million
Designer : K.K. Karmacharya
Printer : Austrian Government Printing Office
Issue Year : 3rd November 2004

　→ 2004년에 발행한 생물다양성 우표 중 하나다. 히말라야를 배경으로 디자인
했다. 생물다양성(生物多樣性)이란 자연계에 존재하는 생물의 다양성을 말한다. 이 다
양한 생물을 어떻게 활용하느냐 아니면 어떻게 보존하느냐를 놓고 대립이 심하다.

네팔 중앙우체국

Jeevan Rajopadhyaya

　네팔 중앙우체국은 내가 1982년에 처음 찾았을 때의 모습을 그대로 간직하고 있다. 위치도 그 자리고 건물도 변함이 없다. 30여 년이 지났지만 모습은 하나도 변하지 않았다. 내부적인 시스템은 변했겠지만 적어도 외견상 변화는 없다. 이런 열악한 환경 속에서도 꾸준히 아름다운 우표가 나올 수 있었던 것은 참 반가운 일이다.

　기념우표를 파는 방이 따로 있다. 예나 지금이나 책상 하나와 직원이 한 분 앉아 방문객을 맞이한다. 책상 뒤에 놓인 철제 캐비닛에서 내방객이 원하는 기념우표를 찾아 준다. 정겹다. 나는 일 년에 한 번 이곳을 찾아 전년도에 발행한 우표를 모두 사 온다. 내가 쓰는 네팔 문화 관련 에세이에 이 우표를 활용하면 읽는 분들에게도 도움이 되고 네팔을 알리기도 쉽다. 아름다운 우표가 많이 나오는 이 우정국엔 지금 디자이너가 한 사람밖에 없다.

　오래 몸담았던 카르마차랴(K.K. Karmacharya) 씨와 라나(M.N. Rana) 씨가 은퇴한 이후로는 지금 딱 한 명 푸르나(Purna Kala Limbu Bista) 씨가 전담하고 있다. 전임자가 있을 때는 주로 수작업이었으나 지금은 전량 컴퓨터로 디자인한다. 네팔 우표의 소재는 아주 다양하다. 자연과 동식물 그리고 문화유산, 인물들 그런 보고를 작은 우표 한 장에 담는 일은 쉽진 않겠지만 집약적인 네팔 소개로는 안성맞춤이다. 이번 지진에서 완전히 무너진 빔센타워 앞에 있는데 용케도 피해를 모면했다. 네팔은 경제적으로 낙후되어 있지만 문화적으로는 선진국이다.

Nepal. 8th October 2009. NS#940. Sc#815. Federal Democratic Republic of Nepal

▶ Technical Detail ·······························

Title : Federal Democratic Republic of Nepal
Denomination : 5 Rupee
Size : 40.5X30.5mm
Color : Multicolour
Issue Year : 8th October 2009

→ 2008년 네팔 샤(Shah) 왕조가 무너지고 새로 탄생한 네팔연방민주공화국
(Federal Democratic Republic of Nepal) 영토 우표다. 네팔 국기와 네팔 국가 문장 그리고 에
베레스트를 배경으로 디자인했다. 왕정의 상징이었던 왕관이 도안에서 사라졌다.

유소백산록(遊小白山錄)

Jeevan Rajopadhyaya

　1959년 8월 8~17일 경북학생산악연맹 주최로 하계 소백산 종주 등반을 했다. 준회원인 고등부 학생을 중심으로 계획한 등반이다. 총 137명이 참여한 대규모 등반이다. 등반을 기획하면서 퇴계 이황 선생의 '유소백산록'이란 기록을 참고했다. 퇴계 이황(退溪 李滉 1502~1571) 선생이 소백산을 오른 1549년 4월 22~26일 5박 6일간의 기록이다. 지금 개념의 등반이라고 하긴 어렵지만 산을 오른 기록이다.

　걷기도 하고 말도 타고 가마도 탔다. 백운동, 죽계, 초암 등을 따라 국망봉에 오르는 코스를 따라 올라 희방사 쪽으로 내려왔다. 선현의 자취를 더듬어 올랐다. '철쭉이 숲을 이루었으며 지금 마침 그 꽃들은 한창 피어나서 울긋불긋한 것이 꼭 비단 장막 속을 거니는 것 같다.' 이런 기록이 있다. 420년도 넘는 그때 그 시절에도 피었다니 놀랍다. 소백산 하면 철쭉 꽃의 군락을 생각하는데 그 군락이 하루아침에 생긴 것이 아니구나 싶다. 퇴계 선생이 동행한 종수 스님과 나눈 시 한 수가 인상적이다. 종수 스님이 지어 읊었다.

　시냇물은 옥을 찬 벼슬아치 비웃는데(溪流應笑玉腰客)
　세속 먼지 씻을래도 씻을 수 없네(欲洗未洗紅塵踪)

　종수 스님이 읊고 나서, "이것이 누구를 가리킨 것이겠습니까?"라고 해서 크게 웃었다고 적고 있다. 종수 스님이 벼슬아치인 퇴계 선생을 두고 읊은 시다.

　그때 소백산 종주 산행의 기록사진을 보니 가관이다. 등산 장비며 등산복들을 보면 세월을 실감케 한다.

Nepal. 18th February 1959. NS#88. Sc#103. The 1st General Election Map with a National Flag hoisted

▶ Technical Detail ·······································

Title : The 1st General Election Map with a National Flag hoisted
Denomination : 6 Paisa
Size : 40X24mm
Perforation : 14.75X14.75
Color : Carmine and light Green
Sheet Composition : 50 Stamps
Quantity :
Designer : Chandra Man Maskey
Printer : De La Rue and Co. England
Issue Year : 18th February 1959

→ 1959년 네팔 11대 왕인 마헨드라(Mahendra 1920~1972) 국왕 때 발행한 왕의 땅 영토 우표다. 히말라야를 배경으로 네팔 국기와 함께 디자인했다.

Nepal Proverb ▶

First do it then tell it.
우선 행하라, 그리고 말해라.

국립산악박물관

Jeevan Rajopadhyaya

산악인들이 오래도록 열망하던 박물관이다. 외국에 나가면 번듯한 산악박물관들이 많다. 프랑스의 몽블랑(Mont-Blanc)이 있는 샤모니(Chamonix)에 가면 국립샤모니산악박물관이 있고 인도의 다질링(Darjeeling)에 가면 1954년에 세운 히말라얀산악연구소(Himalayan Mountaineering Institute)가 있는데 텐징산악박물관이 등산학교와 함께 있다. 이들은 모두 세계적인 명성에 걸맞게 알찬 내용을 간직하고 있다. 알프스산맥을 따라가면 곳곳에 자그마한 산악박물관들이 많다. 규모는 작지만 등반가들이 직접 사용했던 장비나 기록물들이 많다. 손때 묻은 장비들이다. 이런 유품이나 기록들을 바라보다 보면 그 등반가를 만난 듯 체취를 느낄 수가 있다.

우리나라의 국립산악박물관(National Mountain Museum)은 2014년 11월 8일 강원도 속초시 노학동 735~1(미시령로 3054)에 터를 잡고 개관했다. 설악산을 한눈에 조망하면서 아담하게 자리 잡았다. 반가운 마음으로 둘러봤다. 등반에 대해 일반인들이 손쉽게 이해할 수 있도록 잘 꾸며 두었다. 아쉬운 것은 우리나라 등반가들의 손때 묻은 장비나 기록물들이 없다는 점이다. 샤모니산악박물관엔 등반가가 등반을 출발하기 이전 여인숙에 숙박했던 숙박부도 있어서 감명을 받았다. 두툼한 숙박부에 기록된 당대의 많은 산악인들의 이름을 볼 수 있다는 것은 감격스런 일이다.

임승용 관장의 꿈이 크다. 이런 산악인들의 유품이나 기록물을 수집하고 원로들과의 인터뷰 등을 통해 육성도 남길 계획을 하고 있다고 했다. 고무적인 일이다. 임승용 관장의 꿈이 이루어지기를 기원한다. 이 꿈은 산악인 모두의 간절한 꿈이다.

Nepal.30th November 2004. NS#773. Sc#751. Giant Atlas Moth

▶ Technical Detail ···

Title : Giant Atlas Moth
Denomination : 10 Rupee
Size : 35.0X30.5mm
Color : Multicolour
Quantity : 0.25 Million
Designer : K.K. Karmacharya
Printer : Austrian Government Printing Office, Austria Vienna
Issue Year : 30th November 2004

→ 동남아 지역에 서식하는 가장 큰 나방인데 히말라야를 배경으로 디자인했다.
이 나방은 동남아의 아열대 지방에 분포해 있다.

아름다운 정렬을 바치다

Jyoti Gurung

나와 산과의 인연을 놓고 보면 참 아름답다. 지나 놓고 보니 아름답게 느껴진다. 어릴 때는 산이 궁금했지만 가 보지 못했다. 산자락에서 맴돌았다. 산이라고 올라 본 것이 중학교 1학년 때가 처음이다. 1박 2일로 팔공산 동화사를 다녀왔다. 학교 행사인데 당시엔 교통이 원활하지 못해 신천 다리에서 동화사까지 걸어서 갔다. 족히 40km는 넘는 거리다. 산이라곤 하지만 동화사까지만 가 보았다.

고등학교 2학년 때다. 힐라리 경이 세계 최초로 에베레스트를 오른 소식을 아침 조회 시간 때 교장 선생님의 훈시를 통해 들었다. 막연하지만 나도 어른이 되면 히말라야를 올라야겠다고 마음먹었다. 대학교에 들어와 뜻 맞는 친구들과 어울려 경북학생산악연맹을 만들어 본격적이고 열정적인 산행을 했다. 1982년에 한국산악회의 마칼루 학술원정대에 참여한 것을 계기로 지금까지 매년 네팔을 찾는 행운을 가졌다. 초기에는 산행으로 시작하여 다음에는 의료봉사로 문화 교류로 이어지면서 올해로 꼭 33년을 한결같이 다녔다. 아름다운 정열을 바친 축복이다.

"나는 가장 아름다운 정열을 산에 바쳤다. 그리고 이 세상에서 받지 못한 보수를 산에서 받았다.(I dedicated most beautiful passion to the mountain. And received a reward from the mountain that I haven't received in this world(Reni Guido)" 나도 동감한다. 산과의 인연을 지나 놓고 보니 나에겐 엄청난 행운이다. 즐거움이다. 보람이다. 산으로부터 받은 엄청난 보수다. 감사드린다.

Nepal. 24th December 2008. NS#914. Sc#811. Visit Nepal Series(Mustang Village)

▶ Technical Detail ···

Technical Detail
Title : Visit Nepal Series(Mustang Village)
Denomination : 5 Rupee
Size : 40.5X30.5mm
Perforation :
Color : Multicolour
Issue Year : 24th December 2008

→ 네팔의 서북부에 있는 오지 마을이다. 무스탕 마을 자체가 히말라야 산속이다. 이곳을 트레킹하자면 히말라야 등반 수준으로 준비해야 한다. 겨울이면 많은 주민들이 남쪽으로 내려와 겨울을 나고 마을로 되돌아간다. 지금은 트레킹이 개방되어 있다.

Nepal Proverb ▶

Even the Shivaji(Hindu god) opens his third eye if he sees wealth.
시바신도 재물을 보면 세 번째 눈을 뜬다.

행복은 삶의 이유다 1

K. Malla

사람들은 누구나 행복한 삶을 원한다. 행복이란 무엇일까. '생활에서 충분한 만족과 기쁨을 느껴 흐뭇해하는 상태'를 행복이라고 정의하고 있다. 그렇다면 행복은 신기루가 아니다. 손에 잡힐 지척의 거리에 있다. 그런데도 불구하고 왜 사람들은 행복하지 못하다고 할까?

한때 행복지수가 가장 높은 나라로 부탄이 꼽혔을 때가 있었다. 그즈음 부탄을 여행해 본 경험이 있다. 그때 그들은 아주 평화로운 얼굴이었고 매사에 만족하는 삶을 살고 있는 듯이 보였다. 객관적인 환경이나 조건이 열악했음에도 불구하고 행복지수가 제일 높았다. 그들은 열악한 환경이나 조건에도 불구하고 만족한 삶을 찾았고 우리들은 그들보다 훨씬 나은 환경과 조건 속에서도 만족감을 찾지 못한 다름이 있었다.

사람마다 행복을 추구하는 목표나 가치는 다르다. 어느 한 가치가 옳고 다른 것은 옳지 않다는 기준이 아니라 다양한 가치 속에 나는 어떤 가치를 선택하여 살아갈 것인가가 행복지수를 결정하는 한 기준이 될 수도 있겠다. 산을 목숨 걸고 올라가는 사람이 있는가 하면 내려올 산을 왜 그렇게 어렵게 올라가느냐고 의문을 갖는 사람도 있다. 전자는 올라가서 행복할 것이고 후자는 산이 있어서 불행할 것이다.

"모험으로부터 얻는 것은 온전한 행복이고 행복은 삶의 이유다.(Complete happiness is obtained from adventure and Happiness is the reason of life(George Mallory)" 등반가다운 말이다. 모르긴 해도 내가 나답게 살 수 있을 때 가장 행복할 것 같다.

Nepal. 3rd May 1991. NS#492. Sc# National Population Census

▶ Technical Detail ···

Title : National Population Census
Denomination : 60 Paisa
Size : 29X39.1mm
Perforation : 14.25X13.5
Colour : Multicolour
Sheet Composition : 50 Stamps
Quantity : 2 Millions
Designer : K.K. Karmacharya
Printer : Austrian Government Printing Office, Vienna Austria
Issue Year : 3rd May 1991

→ 네팔의 인구조사를 실시한 기념우표다. 네팔에서 정확한 인구조사란 참 어렵
다. 어려운 이유는 산간에 흩어져 살고 있는 사람들이 많기 때문이다. 그 골짜기에
행정력이 잘 미치지 못한다. 네팔 정부의 공식발표 인구는 2011년 26,494,504명이
다.(남 12,849,041명, 여 13,645,463명)

Nepal Proverb ▶

Iron beats iron.
쇠는 쇠로 맞서야 한다.

한솔 이효상 선생

Yogen Dongol

이효상(李孝祥 1905~1989) 선생은 교육자, 철학자, 시인 그리고 정치가로 활약했던 분이다. 1963년부터 1971년까지 7년 6개월간 한국의 국회의장(6~7대)을 지냈다. 그의 호가 한솔이다. 한솔 선생은 경북고등학교를 거쳐 동경제국대학교 독문학과를 졸업했다. 벨기에 루빙대학교에 수학하여 명예문학박사 학위를 받았다. 이 유학 시절 얼굴의 백반증이 생겨 스스로 당신을 얼룩소란 애칭으로 부르기도 했다.

한솔 선생은 경북대학교 교수로 재직할 때 내가 의예과 시절 독일어를 배웠고 동아리 시문학연구회의 지도교수로 지도를 받았다. 1957년 경북학생산악연맹이 창립되자 초대 회장을 맡아 나와의 인연이 이어 갔다. 그는 당시 국회의원의 겸직을 제한하는 마당에 모든 직함을 내려놓았으나 경북학생산악연맹의 회장직만은 내려놓지 않을 만큼 애정을 보였다. 그는 초창기 열악했던 경북학생산악연맹이 지금처럼 탄탄하게 발전할 수 있도록 도운 업적이 크다. 1957년부터 1981년까지 회장직을 역임했다.

저서에 『나의 강산아』, 『교육의 근본문제』, 『인간문제』 등이 있고, 시집에 『사랑』, 『안경』, 『산』, 『바다』, 『인생』 등이 있으며, 역서(譯書)로 『샤르댕』(1971, 전6권)이 있다.

너 발은 땅에 있으되/너의 머리는 하늘에 솟았오

그의 시 〈산〉의 한 구절이다. 1999년 10주기를 맞아 팔공산 자락에 시비를 세웠는데 그의 시 〈산〉을 새겼다.

3장

The Himalayas
on Nepali Stamps

산을 좋아하면 오래 산다

Nepal. 24th October1967. NS#191. Sc#204. Mout. Ama Dablam and ITY Emblem

▶ Technical Detail ···

Title : Mout. Ama Dablam and ITY Emblem
Denomination : 5 Paisa
Size : 33.4X24.6mm
Perforation : 14X14
Color : Violet
Sheet Composition : 54 Stamps
Quantity : 1/2 Million
Designer : K.K. Karmacharya
Printer : India Security PrintingPress, Nasik
Issue Year : 24th October 1967

→ 아마 다블람(Ama Dablam)과 쿰중의 곰바 그리고 International Tourism Year 엠블럼도 주제로 디자인했다. 아마 다블람은 에베레스트 베이스로 가는 길목 쿰중 (Kumjung)에서 보면 아주 아름답다. 높이는 6,812m이지만 아름다운 산 모습 때문에 미산(美山)으로 유명한 산이다.

Nepal Proverb ▶

The riches of the poor are their children.
가난한 사람의 재산은 자식들이다.

아마 다블람

Kaluram

아마 다블람(Ama Dablam)은 네팔의 쿰부(Kumbu) 지역에 있는 히말라야(Himalaya)에서 미산(美山)으로 꼽히는 6,812m 봉이다. 어머니를 뜻하는 아마(Ama)와 목걸이를 뜻하는 다블람(Dablam)을 합성해서 만들어진 단어인데 어머니의 목걸이란 뜻이다. 실제 쿰부 지역에 살고 있는 셰르파(Sherpa) 여인들의 장신구를 보면 아름다운 목걸이를 많이 하고 있다. 산세 역시 어머니가 자녀를 팔로 품에 안고 있는 형상이라 이런 이름을 낳게 만들었나 보다.

아마 다블람의 초등은 1961년 에드먼드 힐라리(Edmund Hillary)가 이끈 60~61 실버 헛 과학원정대(Silver Hut Scientific Expedition of 1960~1961)에 의해 이루어졌다. 당시 대원으로 참여한 길(Mike Gill, NZ), 비숍(Barry Bishop, USA), 와드(Mike Ward, UK) 그리고 로마네스(Wally Romanes, NZ)가 1961년 3월 3일 정상에 올랐다.

한국 등반대가 최초로 초등한 기록은 양정고와 중앙대학교 합동등반대(남선우)에 의해 1983년 12월 5일 12시 30분 남선우의 단독 등반으로 올랐다. 이 등반대는 대원 3명, 셰르파 2명의 경량화된 원정대로 남선우에 이어 나머지 두 대원도 등정에 성공했다. 이 등반은 동계에 오른 세계 최초의 쾌거로 기록되고 있다. 아마 다블람에 오르려고 시도했던 1958년을 시작으로 22번째 도전으로 정상에 올랐다. 아마 다블람은 루크라(Lukra)에서 에베레스트 베이스로 트레킹하는 중간 지점인 당보체(Dhangboche)나 쿰중(Kumjung) 마을에서 보면 아주 아름답게 보인다.

Nepal. 31th December 1989. NS# 479. Sc#477. Mount. Ama Dablam(6,812m)

▶ Technical Detail ······································

Title : Mount. Ama Dablam(6,812m)
Denomination : 5 Rupee
Size : 36X26mm
Perforation : 14X14
Color : Multicolour
Sheet Composition : 5 Stamps
Quantity : 1 Million
Designer : M.N. Rana
Printer : Austrian Government Printing Office. Vienna Austria
Issue Year : 31th December 1989

→ 아마 다블람(Ama dablam)을 디자인했다. 네팔에서 손꼽히는 미산(美山)이다. 지리적
위치는 동경 86도 52분 북위 27도 52분이다. 에베레스트 베이스캠프를 가는 도중
쿰중(Kumjung) 마을에서 보면 아주 아름답다.

Nepal Proverb ▶

It is not known when a son will be born but a shirt must be sewn for him now.
아들이 언제 태어날지 몰라도 입힐 옷은 지금 만들어 놓아라.

아마 다블람 초등자들

Kamal

　1982년 3월, 나는 2주일 트레킹 계획으로 셰르파 니마^(Nima Sherpa)와 함께 에베레스트 베이스캠프를 찾아간 일이 있다. 쿰중^(Kumjung)에 있는 힐라리^(Hillary) 경을 만나고 싶어서다. 그는 쿰중에 학교와 병원을 차려 놓고 봉사를 하고 있을 때다. 마침 출타하고 없어서 만나지 못하고 내려오던 길에 팍팅^(Pakting)이란 작은 마을에서 그를 만났다. 그는 한 그룹의 노인들과 어울려 다리를 고치고 있었는데 그들의 부인들은 바위에 걸터앉아 남편들이 다리를 고치는 모습을 스케치하고 있었다. 내가 그 부인들에게 인사를 하자 그들은 자기 남편들이 아마 다블람^(Ama dablam)을 처음으로 올라간 그룹 멤버들이라고 했다. 나는 그때 히말라야 등반에 대한 지식이 일천할 때라 누가 아마 다블람을 초등했는지 알고 있지 못했다. 내가 마칼루 등반대원이라고 했더니 그 부인들은 자기 남편이 아마 다블람의 초등자라고 침이 마르게 자랑을 했다. 이름들을 대면서 아는지 물었다. 그냥 인사로 알고 있는 체했다.

　당시엔 남편에 대한 그런 칭찬을 가슴 깊게 새기지 못했었다. 단지 자기 남편 자랑을 하는 수다스런 서양 여자라고만 생각했다. 히말라야를 자주 찾으면서 산에 대한 정보를 하나 둘 익혀 가다 보니 그때 내가 만난 사람들이 아마 다블람 초등자 그룹이었다는 것을 나중에 알게 되었다. 그들은 모두 힐라리가 이끈 실버 헛 과학원정대의 일원이었음을 나중에 알았다. 길^(Mike Gill, NZ), 비숍^(Barry Bishop, USA), 와드^(Mike Ward, UK) 그리고 로마네스^(Wally Romanes, NZ)의 부부 팀이었다.

Nepal. 30th December 2007. NS#888. Sc#802. Mount. Abi(6,097m)

▶ Technical Detail ···

Title : Mount. Abi(6,097m)
Denomination : 5 Rupee
Size : 40X30mm
Perforation :
Color : 4 Colour
Sheet Composition :
Quantity : 0.2 Million
Designer : M.N. Rana
Printer : Cartor Security Printing. France
Issue Year : 30th December 2007

→ 아비 봉(6,097m)을 디자인한 우표다. 두 봉이 나란히 솟아 있어서 일명 자매 봉이
라고도 한다. 촐로 봉(Cholo 6,097m)과 캉충 봉(Kangchung 6,063m)이다. 카트만두 서북쪽에
위치한 솔루쿰부 고쿄(Gokyo) 계곡의 북쪽 끝에 위치해 있다.

Nepal Proverb ▶

When brothers quarrel, they are robbed by the villagers.
형제끼리 싸움을 벌이면 마을 사람들이 다 훔쳐간다.

아비 봉

Kedar Palikhe

　아비 봉(Abi 6,097m)은 쿰부(Kumbu) 지역에 있는 피크로 트레킹(Trekking) 코스다. 동서 피크 두 개가 있다. 서쪽 피크는 6,043m, 동쪽 피크는 6,097m인데 촐로 또는 캉충(Cholo and Kangchung)이라고도 불린다. 동서 두 개의 봉으로 자매(Sisters Peak)봉이다. 최근에 3주 정도의 여정으로 트레킹 프로그램이 개발되어 많이 찾는 코스다. 인근 고줌바 빙하(Ngozumba Glacier) 인근에 있는 고교호수(Gokyo lake)에서 바라보면 나란히 서 있기 때문에 자매 봉이란 별칭이 붙었다. 남체바자르(Namche Bazar)에서 에베레스트 베이스로 가지 말고 서쪽 돌레(Dole) 고교(Gokyo) 쪽으로 가면 아비의 베이스가 나온다. 이 베이스에서 동서 피크를 다녀올 수 있다.

　트레킹이란 느릿느릿 고난을 이기며 여행하는 것을 말한다. 히말라야는 만년설로 덮여 있다. 이 만년설은 높이 5,000m 이상에서 볼 수 있기 때문에 5,000m 높이를 설선(雪線)이라고 한다. 그보다 높은 곳을 오르면 등반이란 용어를 많이 쓰고 3,000~5,000m 사이를 여행하는 것을 트레킹이란 표현을 많이 사용한다. 알프스의 하이킹을 연상하면 된다.

　트레킹을 하자면 우선 고도에 적응해야 하고 순발력보단 지구력이 요구되는 그런 고난의 여행이다. 트레킹의 묘미는 도중에 만나는 자연과 어울려 나도 그 자연의 일부임을 실감하는 것이다. 지금까지 생각해 보지 못했던 나(I)라는 존재를 인식하고 나와 타인과의 관계, 나와 자연과의 관계에서 과연 나는 누구일까를 생각하게 만드는 여행이다. 고통이 동반하는 여행이란 곧 수행적 의미가 있다.

Nepal. 21th December 1984. NS#427. Sc#430. Mount Api(7,232m)

▶ Technical Detail ·····································

Title : Mount Api(7,232m)
Denomination : 5 rupee
Size : 26X36mm
Perforation : 14X14
Color : Multicolour
Sheet Composition : 50 Stamps
Quantity : 1 Million
Designer : M.N. Rana
Printer : Carl Ueberreuter Druck and Verlag. Vienna Austria
Issue Year : 21th December 1984

→ 아삐 봉(7.132m)을 디자인했다. 이 봉은 등반로가 길고 위험하여 접근이 어렵다. 1960년 일본 팀이 봄 등반으로 최초로 등정에 성공했다. 한국 등반대는 1991년 봄, 경신고 OB팀이 북서능을 통해 정상에 섰다. 지리적 위치는 북위 30도 00분 동경 80도 56분이다.

Nepal Proverb ▶

The mother-in-law died years ago, tears are shed now.
시어머니 죽은 지 몇 년이 지난 오늘에야 눈물이 난다.

아삐 봉

Keshav Chandra Chaudhary

아삐 봉(Api 7,132m)은 네팔의 서부 히말라야에 위치해 있는데 1899년부터 여러 팀이 오르기 시작했으나 실패했다. 최초의 등정에 성공한 팀은 북서능을 통해 오른 일본의 도시바 등반대(Doshiba Alpine Society)다. 1960년 5월 10일이다. 한국 등반대로는 1991년 봄, 경신고 OB 산악회(이태연) 팀이 성공했다. 이 팀은 3명의 대원으로 원정하여 1991년 5월 27일 손동주 대원이 셰르파 2명과 함께 정상을 밟았다. 사람들이 산에 언제부터 오르기 시작했을까. 검색해 보니 등반을 위한 것이 아니라 전쟁을 위해 산을 넘었다는 기록이 앞서 나온다. 기록에 남아 있지 않은 산 오름도 많겠으나 검색에 나온 한두 가지를 소개한다.

등반은 아니지만 기원전 328년 '마케토니아의 알렉산더 대왕이 카불(Kabul)을 정복하기 위하여 파밀의 옥수스(Oxus)강을 건너 힌두 쿠시(Hind Kush)산맥을 넘었다.'는 기록이 있다. 한두 명도 아니고 많은 군대가 넘다니 상상이 잘 안 된다.

747년 같은 곳에 전쟁을 하기 위해 찾아간 '고구려 출신의 장군으로 당나라에 귀화한 고선지 장군이 현종의 명에 따라 티베트인과 아랍인의 동맹을 깨뜨릴 목적으로 파미르(Pamir)의 옥수스강 상류와 인더스강 발원지까지 진출했다.'는 기록도 찾아볼 수 있다. 산을 오르고 넘은 이유는 등반이 아니고 전쟁을 하기 위해서가 먼저였다.

Nepal. 28th December 1971. NS#246. Sc#255. Mount. Annapurna I(8,078m)

▶ Technical Detail ·······························

Title : Mount. Annapurna I(8,078m)
Denomination : 1.80 Rupee
Size : 39.1X29mm
Perforation : 13X13
Color : Blue and Yellow Brown
Sheet Composition : 35 Stamps
Quantity : 1/4 Million
Designer : K.K. Karmacharya
Printer : India Security Printing Press. Nasik
Issue Year : 28th December 1971

→ 안나푸르나 산군 가운데 제1봉이다. 8,091m로 알려져 있는데 우표에는
8,071m로 디자인되어 있다. 지리적 위치는 북위 28도 36분 동경 83도 49분이다.

Nepal Proverb ▶

There is none so grateful as a dog and none as ungrateful as a son-in-law.
개만큼 고마움을 아는 동물이 없고, 사위만큼 고마움을 모르는 사람도 없다.

안나푸르나 1봉

Jeevan Kayastha

안나푸르나는 산스크리트어로 '수확의 여신'이라는 뜻을 가지고 있다. '가득한 음식'을 의미한다. 힌두교 풍요의 여신 '락스미(Laxmi)'를 상징하는 산이기도 하다. 안나푸르나 1봉은 히말라야 중부에 줄지어선 고봉이다. 길이가 무려 55km에 달하고, 이 산군 안에 안나푸르나 1봉(Annapurna I 8,091m), 안나푸르나 2봉, 안나푸르나 3봉, 안나푸르나 4봉, 강가푸르나(Gangapurna), 안나푸르나 남봉 그리고 마차푸차레(Machapuchare) 봉이 산군을 이루고 있다.

히말라야산맥에 있는 8,000m 고봉 가운데 인류의 발자국을 허용한 첫 번째 산이다. 1950년 6월 3일 오후 2시 프랑스 원정대(M. Herzog)가 인류 사상 첫 발자국을 남겼다. 정상엔 에르조그(M. Hrzog 1919~2012)와 라슈날(L. Lachennal)이 올랐다. 그들은 하산 도중 제5캠프에서 맥시톤이란 흥분제를 복용하고 올랐던 탓에 무의식적으로 장갑을 벗은 것이 화근이 되어 치명적인 동상에 걸린다. 하산 도중 눈사태를 맞는 최악의 조건에서 손가락 절단 수술을 받았다. 그는 셰르파의 등에 업혀 구사일생으로 생환했다. 그는 네팔에서 구르카 무사 훈장(Gurkha warriors Medal)을 받았다.

1952년 그는 이 첫 등정의 경험을 『Annapurna Primier 8,000』이라는 책을 냈는데 많은 등반가들이 앞다투어 읽은 책이다. 한글로도 번역된 『최초의 8,000m 안나푸르나』(최은숙 역, 수문출판사, 1997)가 있다. "다른 사람들은 잃어버린 것에 대해 생각하지만 나는 얻은 것에 대해 생각합니다." 그런 말을 남겼다.

그의 기록은 최초의 8,000m 봉을 오른 것 외에도 단 18일 만에 사전 정찰 없이 최경량 안나푸르나 등정 그리고 조난을 이기고 하산한 것 등의 기록을 남겼다.

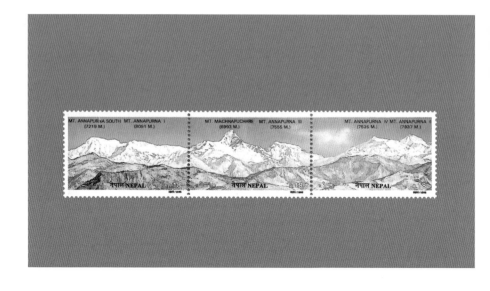

Nepal. 28th December 1996. NS#613-615. Sc#601a-c. Annapurna South. I. Machapuchare. III. IV. II

▶ Technical Detail ···

Title : Annapurna South. I. Machapuchare. III. IV. II
Denomination : 18 Rupee each
Size : 43X30mm X 3
Perforation : 14X14 X3
Color : Multicolour
Sheet Composition : 18 Stamps
Quantity : 1 Million
Designer : K.K. Karmacharya
Printer : Government Printing Office, Vienna Austria
Issue Year : 28th December 1996

→ 히말라야의 중부에 위치해 있는데 남봉^(7,219m), 1봉^(8,091m), 마차푸차레^(6,993m), 3봉^(7,555m), 4봉^(7,525m), 2봉^(7,937m)으로 이루어진 산군^(山群)이다. 안나푸르나 산군이라고 한다.

Nepal Proverb ▶

Soft clay and a young son can be molded in any way.
부드러운 찰흙과 어린아이는 찍는 데로 나온다.

안나푸르나 산군

Kiran Manandhar

안나푸르나는 안나푸르나 1~4봉과 남봉 그리고 마차푸차레, 강가푸르나 봉으로 이루어진 일련의 산군이다. 안나푸르나 1봉(8,091m 10위), 안나푸르나 2봉(7,937m 16위), 안나푸르나 3봉(7,555m 42위), 안나푸르나 4봉(7,525m), 강가푸르나(7,455m 59위), 안나푸르나 남봉(7,219m 101위)을 안고 있다. 포카라에서 3주일이면 이 산군을 감아 도는 트레킹을 할 수가 있다. 일정에 따라 맞춤 트레킹도 할 수 있는데 네팔에서 제일 많이 알려진 트레킹 코스다. 세계 최초로 히말라야의 8,000m 14좌를 완등한 메쓰너(Reinhold Messner)도 이 산을 1985년 4월 24일 동료 캄머란(H Kammerlander)과 함께 정상에 올랐다. 이 산을 오르고 나서 적은 글을 보면 이런 말이 있다.

"거대한 산으로 산행을 할 때 진짜 장애물은 암벽 가운데 있는 것이 아니라 흔히 우리들의 내면에 있으며 우리들의 마음속에 있는 것이다." 그냥 산꾼이 하는 말로 들리지 않는다. 히말라야에서 오래도록 수도한 사람만이 할 수 있는 말처럼 들린다. 그래서 그럴까 히말라야에는 등산객만 모이는 곳이 아니다. 자신을 찾아 떠나온 여행객들도 많고 아예 입산수도하듯 구도하러 온 사람들도 많다.

히말라야는 참 묘한 기를 지닌 곳이다. 사람이 사람임을 깨닫게 만드는 곳이다. 사람이면 사람답게 살아야 할 가치가 무엇인가를 가르쳐 준다. 히말라야는 말이 없지만 말보다도 더 무거운 가르침을 우리들에게 주는 그런 산들이다.

Nepal. 28th December 1996. NS#613. Sc#601a. Annapurna South. Annapurna I

▶ Technical Detail ···

Title : Annapurna South. Annapurna I
Denomination : 18 Rupee
Size : 43X30mm
Perforation : 14X14
Color : Multicolour
Sheet Composition : 18 Stamps
Quantity : 1 Million
Designer : K.K. Karmacharya
Printer : Government Printing Office, Vienna Austria
Issue Year : 28th December 1996

→ 안나푸르나 남봉과 1봉을 디자인했다. 포카라에서 보면 아주 가깝게 볼 수가 있다. 1주일 여정이면 베이스캠프를 다녀올 수 있다. 지리적 위치는 남봉이 북위 28도 31분 동경 83도 49분이다. 1봉은 북위 28도 36분 동경 83도 49분이다.

Nepal Proverb ▶

The bull in anger scatters the heap of manure, the parents in anger beat their children.
화난 황소는 거름 더미를 흩어 놓고, 화난 부모는 자식을 친다.

안나푸르나 남봉과 안나푸르나 1봉
(Mt. Annapurna South & Mt. Annapurna I)

Kiran Manandhar

우리나라 산악인으로 안나푸르나 1봉을 최초로 올랐던 기록은 1994년 가을 경남산악연맹(배현철)이 남벽 루트를 통해 등정에 성공했다. 1994년 10월 10일 오후 4시 15분 대원 박정헌과 셰르파 3명이 정상을 밟는데 성공했다. 이 등정의 성공은 1950년 최초의 등정에 이어 96번째 성공한 쾌거다. 한국 원정대가 성공하기까지 1975년의 한국산악회 원정대, 1983년의 은벽산악회, 1984년의 은벽산악회, 1989년의 대한산악연맹, 1990년의 어센트산악회, 1991년의 인천시산악연맹들이 도전했으나 성공하지 못했다. 한국 등반대로는 7번째 도전에서 성공한 안나푸르나 1봉이다.

한국 등반대가 1994년 등정에 성공하기까지 치른 희생도 크다. 1983년 은벽산악회의 대원 1명과 셰르파 2명이 눈사태로 목숨을 잃었다. 1991년 인천시산악연맹의 대원 2명과 셰르파 4명이 눈사태로 목숨을 잃었다. "등반가 누구나 산에서 죽기 위해 등반하지 않는다." 메쓰너(Reinhold Messner)의 말처럼 "나는 살아서 돌아왔다." 그 가치를 실현하고 싶어 한다.

정신분석자들은 인간의 본능을 리비도(Libido)란 용어로 설명하면서 삶의 본능(Eros)과 죽음의 본능(Thanatos)을 설명한 적이 있다. 이런 설명을 원용하면 위기에 직면하는 등반가들의 무의식에는 죽고 싶은 욕망도 크다는 추론이다. 자신이 사랑하는 산에 안겨 잠들고 싶은 욕망 때문에 반복적으로 산을 찾고 또 찾는다는 가설이다. 인간이란 살고 싶은 마음과 죽고 싶은 마음의 본능을 잘 조화시켜 살아가는 것이 건강한 인간의 삶임을 설명한 이론이다.

Nepal. 28th December 1996. NS#615. Sc#601c. Annapurna IV. Annapurna II

▶ Technical Detail ···

Title : Annapurna IV. Annapurna II
Denomination : 18 Rupee
Size : 43X30mm
Perforation : 14X14
Color : Multicolour
Sheet Composition : 18 Stamps
Quantity : 1 Million
Designer : K.K. Karmacharya
Printer : Government Printing Office, Vienna Austria
Issue Year : 28th December 1996

→ 안나푸르나 산군의 동쪽 자락에 있는 4봉과 2봉을 디자인한 우표다. 포카라
(Pokhara)에는 사랑곳(Sarangot)이라는 1,950m 높이에 전망대가 있다. 이곳에 오르면
안나푸르나 산군이 손에 잡힐 듯 볼 수 있다. 장관이다. 지리적 위치는 2봉이 북위
28도 32분 동경 84도 07분이다. 4봉은 북위 28도 32분 동경 84도 05분이다.

Nepal Proverb ▶

A mother of many children knows no peace of mind.
자식 많은 엄마 마음 편할 때 없다.

안나푸르나 4봉과 안나푸르나 2봉
(Mt. Annapurna IV & Mt. Annapurna II)

Kishor Nakarmi

산이 아름다워서일까. 유독 산악인들의 조난이 많았던 안나푸르나 산군이다. 외국 등반대원들도 조난이 많다. 한국 등반대가 최근 들어 조난한 유명한 불상사는 1999년 4월 29일의 지현옥(1959~1999) 여성 등반가의 조난 실종이다. 그녀는 하산 도중 조난당했는데 『안나푸르나의 꿈-여성 산악인 지현옥의 등반일기』(2008, 아웃도어글로벌컴퍼니)를 남겼다.

2011년 10월 20일의 박영석(1963~2011)의 조난 실종이다. 지현옥과 마찬가지로 등정 후 하산길에서 조난 실종되었는데 두 사람 모두 사망 처리되었다. 박영석은 세계 8번째로 히말라야의 8,000m 고봉 14개봉을 완등한 등반가다. 이 기록은 세계에서 최단기간(1993~2001년까지 8년 2개월)에 14좌를 완등한 기록으로 남아 있다. 기네스북에 올랐다는 다른 기록 하나는 세계 최초 1년간 히말라야 8,000m급 최다 등정(6개봉) 달성이 있다.

정말 초인적인 체력이다. 안나푸르나 기슭에 추모비가 있다. 풍요의 여신 락스미(Laxmi)가 이들 산악인을 품었을까 아니면 우리 등반가들이 그리운 락스미의 품에 안긴 것일까. 시인 조순애가 그리움 시 〈히말 4 -그리움도〉 한 수를 남겼다.

네 그리움 여기에 묻고/떨어진 꽃잎들도 다 여기 묻고/그렇게 묻고 또 묻고서야/가벼운 몸으로 날 수가 있으니/철저히 묻고 지운 자유로운 혼의 화합

포근한 안나푸르나 락스미의 품속에 잠든 자유로운 영혼이여. 고이 잠드소서.

Nepal. 28th December 1996. NS#613. Sc#601b. Machapuchare and Annapurna II

▶ Technical Detail ·····························

Title : Machapuchare and Annapurna III
Denomination : 18 Rupee
Size : 43X30mm
Perforation : 14X14
Color : Multicolour
Sheet Composition : 18 Stamps
Quantity : 1 Million
Designer : K.K. Karmacharya
Printer : Government Printing Office, Vienna Austria
Issue Year : 28th December 1996

→ 안나푸르나 산군의 동쪽 자락에 있는 4봉과 2봉을 디자인한 우표다. 안나푸르나 산군을 가운데 두고 한 바퀴 도는 일주 트레킹 코스를 완주하자면 3주 정도 걸린다. 안나푸르나 2봉의 지리적 위치는 북위 28도 32분 동경 84도 07분이다.

Nepal Proverb ▶

The family is known by the children, the bird by its beck.
자식을 보면 그 가정을 알고, 새는 그 부리를 보면 안다.

마차푸차레와 안나푸르나 2봉
(Mt. Machapuchare & Mt. Annapurna II)

K.K. Karmacharya

네팔의 포카라(Pokhara)에 가면 안나푸르나 산군을 한눈에 볼 수 있다. 안나푸르나 산군 가운데 마차푸차레 봉은 제일 낮으나 육안으로 보면 제일 높은 봉우리처럼 보인다. 마차푸차레 봉이 우리들과 가장 가까운 거리에 있기 때문이다. 마차푸차레 봉을 중심으로 왼쪽이 안나푸르나 남봉 안나푸르나 1봉으로 이어지고 오른쪽으로 안나푸르나 3봉, 안나푸르나 4봉, 안나푸르나 2봉의 위용을 볼 수 있다.

사랑곳(Sarangot 1,950m)이란 언덕이 있다. 이 언덕에 전망대가 있는데 이곳에 오르면 안나푸르나 산군 전체가 손에 잡힐 듯 가깝게 보인다. 새벽에 올라가 일출을 보면 장관이다. 나와 함께 사랑곳에 올랐던 유영애 시인의 시다.

사랑곳 어둠 속에 무릎 꿇고 앉아 마중합니다/은침을 곱게 꽂고 팔 벌려 오시는 님/내 뺨을 어루만지는 크나큰 그 손길을//꽃빛 붉은 옛 상처, 그리운 눈물까지/여기와 죄 떨치고 가볍게 여미고서/단심(丹心)을 바치고 갑니다. 이제 밤은 없습니다

안나푸르나 1봉부터 시작하여 높은 봉우리 순서대로 붉게 물들면서 일출이 시작된다. 경이롭다. 밝음이 어둠을 쫓아 버린다. 시인의 말처럼 단심을 바치고 본다. 온 산을 붉게 물들인 안나푸르나 산군을 보면 누구에게도 어둠의 밤은 사라질 것이다. 네팔 사람들은 마차푸차레 봉을 신성시한 나머지 아직도 입산 허가를 내주지 않는 신성한 봉우리로 간직하고 있다. 미답봉이다.

Nepal. 30th June 2000. NS#686. Sc#672. 50th Anniversary of 1st Ascent of Mt. Annapurna I

▶ Technical Detail ···

Title : 50th Anniversary of 1st Ascent of Mt. Annapurna I
Denomination : 18 Rupee
Size : 38.5X29.6mm
Color : Multicolour
Sheet Composition : 50 Stamps
Quantity : 1 Million
Designer : K.K. Karmacharya
Printer : Government Printing Office, Vienna Austria
Issue Year : 30th June 2000

→ 안나푸르나 1봉 초등 50주년 기념우표다. 네팔 방문 기념 3종(Visit Nepal) 우표 중 하나다.

핏시 테일에 잠든 내 친구

Karam Dip

1982년 나는 82한국 마칼루 학술원정대의 학술요원으로 참여 네팔 땅을 처음 밟았다. 내 산 친구 서해창(범대)은 김기문(사대), 이근후(의대) 등과 의기투합 1957년 경북학생산악연맹을 만들었다. 서해창이 대표를 맡았다. 우리들도 히말라야에 대한 꿈이 있어서 창립 10주년 기념등반을 히말라야로 정하고 열심히 준비를 했다. 1961년 빛을 보지 못하고 서해창이 타계해 버렸다. 내가 마칼루로 간다는 소식을 들은 서해창의 부인이 나를 찾아왔다. 유품을 몇 점 챙겼으니 마칼루에 묻어 달라고 했다. 그때 내가 생각한 것은 정작 본인이야 산이 좋아 눈 속에 묻혀도 상관이 없겠으나 자녀를 생각하면 눈에 묻혀선 안 될 것 같았다. 비논리적인 생각이지만 눈에 묻으면 내 친구가 일 년 내내 추위에 떨고 동상 걸릴 것 같았다.

마칼루는 전문 등반가나 찾아올 수 있는 오지에 있다. 해서 생각해 낸 것이 포카라의 핏시 테일(Fish Tal)이다. 핏시 테일 롯지는 당시 왕실 관계자들이 운영하는 아름다운 호텔인데 페와 탈(Pewa Tal) 기슭에 지은 고급 호텔이다. 맞은편에는 네팔 국왕의 여름 별장도 있다. 그것보다도 핏시 테일 롯지에서 바라보면 안나푸르나 산군이 한눈에 보인다. 여기 묻어 두면 일 년 사철 원 없이 히말라야를 볼 수 있을 것이다. 그보다 혹시 자녀들이 네팔을 여행하는 기회라도 있다면 포카라를 찾는 것은 그리 어려운 일이 아니다. 그래서 나는 니마 셰르파(Nima Sherpa)와 몰래 산기슭으로 들어가 유품을 묻었다. 몰래 묻는 처지니 표석 같은 것을 세우지 못했다. 친구 아들은 내가 주례를 서서 장가갔다.

Nepal. 19th October 2004. NS#771. Sc#747h. Mt. Annapurna I(8,091m)

▶ Technical Detail ···

Title : Moutain Series Mt. Annapurna I(8,091m)
Denomination : 10 Rupee
Size : 40.5X30.5mm
Color : Multicolour
Sheet Composition : 32 Stamps(8 different mountain in a sheet)
Quantity : 0.125 Million
Designer : K.K. Karmacharya
Printer : Austrian Government Printing Office, Vienna
Issue Year : 19th October 2004

→ 산 시리즈 우표로 네팔의 8,000m 봉 8개를 한 시트로 발행했다. 안나푸르나 1봉의 일출을 디자인한 우표다. 포카라의 사랑곳(Sarangot 1950m) 전망대에서 일출을 보면 안나푸르나 산군의 높은 봉우리 순으로 붉게 물든다.

Nepal Proverb ▶

The main beam in grandfather's home becomes fire~wood to grandson.
할아버지 집의 기둥을 손자는 땔감으로 쓴다.

행복은 삶의 이유다 2

Krishna Manandhar

사람들은 왜 사느냐고 자문한다. 사람마다 살아가는 가치나 추구하는 목표가 따로 있을 것이다. 이루면 성공했다고 하고 못 이루면 실패했다고 한다. 돌이켜 보면 성공과 실패를 그렇게 두부모 자르듯 명쾌하게 구분하긴 어렵다. 안나푸르나에 잠든 한국의 등반가 박영석이 있다. 여성 등반가 지현옥도 있다. 안나푸르나를 등반하면서 조난당한 등반가들이 한둘이 아니다.

1950년 안나푸르나를 초등한 에르조그(Herzog)도 조난당하여 손가락과 발가락 여럿을 동상으로 잃은 곳이 안나푸르나다. 박영석도 한국인으로는 처음으로 히말라야의 14좌를 오른 등반가다. 14좌를 성공한 사람이다. 그런데 그가 이 안나푸르나에서 2011년 10월 20일 조난당해 실종되었다.

"모험으로부터 얻는 것은 온전한 행복이고 행복은 삶의 이유다.(Complete happiness is obtained from adventure and Happiness is the reason of life(George Mallory)" 세계 최초로 14좌 완등을 이룬 메쓰너(Reihold Messner)는 완등 후 이런 말을 남긴다. 마지막 오른 로체 봉 정상에서 "어쨌든 살아 있다는 기쁨이었다. 이제 다른 일도 자유롭게 해 낼 수 있을 것 같은 기분이었다." 그 홀가분한 자유로움을 만끽했을 것 같다.

많은 등반가들도 메쓰너를 평가하면서 첫째로 꼽는 것이 그가 살아서 돌아왔다는 점을 든다. 맞는 말이다. 살아서 돌아오지 못한다면 '모험으로부터 얻은 온전한 행복'은 가졌지만 삶의 이유로 이어 가진 못했다는 점에서 진정한 행복이라고 하긴 아쉽다.

Nepal. 2015 NS# Fewa Lake and Machapuchare

▶ Technical Detail ·······························

Title : Fewa Lake and Machapuchare
Denomination : 60 Rupee
Size : 43.0X31.5mm
Color : Multicolour
Issue Year : 2015

→ 마차푸차레가 페와 탈⁽호수⁾ 면에 비친 모습을 디자인한 우표인데 네팔에서 스
티커 형으로 발행한 최초의 우표다. 페와 탈은 총면적 4.43평방km, 길이 17km, 너
비 9km, 평균 수심 8.60m의 인공호수다. 해발 742m이다.

올라오지 마세요

Kuti Gurung

　히말라야가 인간의 발걸음을 허락한 지도 오래된다. 하지만 아직도 인간의 발걸음을 허락하지 않는 봉이 있다. 산이 험해서가 아니라 네팔 사람들의 산에 대한 경외심 때문이다. 마차푸차레(Machapuchare 6,993m) 봉이다. 네팔 히말라야산맥의 중앙에 위치한 안나푸르나 히말에서 남쪽으로 갈라져 나온 산맥의 끝에 위치한 봉우리로 휴양도시인 포카라로부터는 북쪽으로 약 25km 떨어진 곳에 있다. 산봉우리가 마치 물고기의 꼬리 같다고 해서 부쳐진 이름이다.

　마차푸차레의 베이스에 가면 인근에 안나푸르나 3봉의 베이스도 가깝다. 1957년 6월 1일 11시 마차푸차레의 정상 50m를 남기고 돌아온 등반가가 있다. 이것이 인간이 접근한 마차푸차레의 가장 높은 고도다. 그 등반가가 바로 영국의 제임스 로버츠이다. 그는 존 헌트가 이끌었던 에베레스트 영국 원정대의 일원으로 참여한 경력도 있는 영국 군인 출신 등반가라고 한다.

　히말라야에는 경외롭지 않은 산이 없다. 세계의 지붕답게 오래도록 인간의 발자국을 허용하지 않던 눈의 집이다. 신의 집들이다. 인간의 호기심은 경외로움을 헤집고 그곳에 무엇이 있을까 궁금하다. 앞다투어 히말라야를 올랐다. 그럼에도 불구하고 네팔 정부에선 강력하게 등반을 허락하지 않는 산이 바로 이 마차푸차레이다. 이 하나의 금단구역을 마지막으로 남겨 둠으로써 히말라야의 신성을 이어 가고 싶은 마음일 것이다.

Nepal. 30th December 1983. NS#415. Sc#419. Mount. Cho Oyu

▶ Technical Detail ·······························

Title : Mount. Cho Oyu
Denomination : 6 Rupee
Size : 38X26mm
Perforation : 13.75X13.75
Color : Multicolour
Sheet Composition : 50 Stamps
Quantity : 1 Million
Designer : M.N. Rana
Printer : Carl Ueberreuter Druk and Verlag. Vienna Austria
Issue Year : 30th December 1983

→ 히말라야의 초 오유 봉(8,203m)을 디자인한 우표다. 지리적 위치는 북위 28도 06분 동경 86도 40분이다. 에베레스트 서쪽 20km 지점에 있는 초 오유 봉은 세계에서 여섯 번째로 높은 봉이다. 1952년 에릭 쉽턴(E. Shipton 1907~1977)이 힐라리(E. Hillary 1919~2008)와 함께 6,800m까지 오른 것이 첫 번째 등반 시도였다.

Nepal Proverb ▶

It is better to be alone than keep bad company.
나쁜 친구 사귀느니 혼자 있는 것이 낫다.

초 오유

L.P. Gurung

'초 오유(Cho Oyu)'라는 산 이름은 산스크리트(Sanscrit)어에서 유래했다. '초
(Cho)'는 신성(神性)을 뜻하는 말이며 '오(O)'는 여성을 뜻하는 말이 합쳐 여신이
된다. '오유(Oyu)'의 '유'는 터키옥을 의미한다. 그래서 '초 오유는 '터키옥의
여신'이란 뜻을 지닌다. 히말라야가 신의 집임을 감안한다면 터키옥의 여신
이 거처하는 산이 바로 이 산이다. 터키옥은 청록색의 아름다운 보석으로 12
월의 탄생석이기도 하다.

이 산이 인간에게 발걸음을 허락한 것은 1954년 10월 19일 오후 3시의 일이
다. 이 초등은 오스트리아 등반대(Herbert Tichy)의 티히(H Tichy)가 요흐러(S Yochler)
와 셰르파인 파상 다와 라마(Pasang Dawa Lama)와 함께 서능을 통해 무산소로
정상을 밟았다. 이 당시만 해도 의학계에선 무산소로 8,000m를 오른다는
것은 불가능하다고 했었다. 1950년대 원정대로는 드물게 초경량 등반대.
총 3명의 대원이 해 낸 성과인데 티히는 동상에 걸린 몸으로 무산소 등정에
성공했다.

우리나라에서는 1992년 9월 20일 울산 서울 합동대의 남선우, 김영태 대원
과 셰르파 2명에 의해서 초등되었다. 이때 초 오유 등정 후 10월 2일 시샤팡
마(8,027m) 중앙 봉에 등정하여 국내 최초로 8,000m 봉 연속 등정이라는 기록
을 남겼다. '오르고 또 오르면 못 오를 리 없건만' 옛 시조 한 구절이 생각
난다. 그래서일까 지금도 끊임없이 오르고 또 오른다.

Nepal. 19th October 2004. NS#764. Sc#747e. Mount. Cho Oyu(8,201m)

▶ Technical Detail ···

Title : Mount. Cho Oyu(8,201m)
Denomination : 10 Rupee
Size : 40.5X30.5mm
Color : Multicolour
Sheet Composition : 32 Stamps
Quantity : 0.125 Million
Designer : K.K. Karmacharya
Printer : Austrian Government Printing Office, Austria Vienna
Issue Year : 19th October 2004

→ 히말라야의 초 오유 봉을 디자인한 우표다. 초 오유는 두 개의 봉으로 이루어
져 있는데 초 오유(Cho Oyu 8,201m)와 갸충캉(Gyachung Kang 7,952m)이다.

Nepal Proverb ▶

The horse will go its way, the elephant will go on its own.
말은 제 갈 길 가고 코끼리도 제가 갈 길 간다.

네팔에는 신이 많다

Lasun Raj Bhattrai

초 오유(Cho Oyu)는 네팔의 신 터키옥의 여신이다. 히말라야(Himalaya)란 말 자체가 Hima(눈)와 Alaya(집)의 합성어고 보면 이 눈 산에 신들이 산단다. 생각해 보면 신들은 하늘나라의 존재다. 천신(天神)이다. 히말라야가 우리들이 보기엔 지구상에서 제일 높은 곳이니 아마도 신들의 거처로 생각했을 것 같다. 힌두교엔 신들이 참 많다. 그래서 다신교라고도 한다.

네팔은 왕정이 무너지기 전까진 힌두교가 국교였다. 지금은 종교의 자유가 있다. 남신도 있고 여신도 있다. 착한 신도 있고 악한 신도 있다. 신도 인간처럼 탄생하고 소멸한다. 결혼도 하고 자식도 낳고 사랑도 하고 전쟁도 한다. 인간사의 판박이다. 살아 있는 지구상의 인구보다 신들이 더 많다는 농담도 있다. 그래도 주된 신이 있을 것이다.

힌두교의 3대 신은 천지 만물을 창조한 창조의 신 브라흐마(Brahma)인데 우리말로 범천(梵天)이라고 부른다. 비슈누(Vishnu)신이 있다. 이 신은 창조된 모든 것을 유지 관리하는 신이다. 우리말로 비뉴천(毘紐天), 나라연천(那羅延天)이라고 부른다. 세 번째로 시바(Shiva)신이 있다. 그는 파괴와 재창조의 권능을 가졌다. 우리말로 대자재천(大自在天) 또는 자재천(自在天)이라고 부르는데 이는 모두 불교에서 힌두 신화를 수용하면서 한역된 이름이다.

이런 신들이 사는 히말라야이니 등반가들이 산을 오를 때 셰르파가 올리는 산신제에 모두 동참한다. 그들은 모두 히말라야 신들이 그들을 지켜 줄 것이라는 소망을 갖고 산을 오른다. 초 오유는 터키옥의 여신이 품어 줄 것이다.

Nepal. 9th October 2014. NS#1087. Sc#948 Mount. Cho Oyu Diamond Jubilee Celebration

▶ Technical Detail ··

Title : Mount. Cho Oyu Diamond Jubilee Celebration
Denomination : 100 Rupee
Size : 42.5X31.5mm
Color : Multicolour
Sheet Composition : 40 Stamps
Quantity : 0.5 Million
Designer : Purna Kala Limbu Bista
Printer : Gopsons Printers Pvt Limited .Noida India
Issue Year : 9th October 2014

→ 초 오유 봉 초등 60주년 기념우표다. 초등일이 1954년 10월 19일 오후 3시다. 초등 환갑 기념일이다.

Nepal Proverb ▶

The fish cannot but return to the water.
물고기는 결국 물로 돌아간다.

아, 초 오유 60주년

Laxman Karnacharya

1954년 10월 19일 오후 3시는 오스트리아의 티히(Herbert Tichy)의 시간이다. 초 오유(Cho Oyu)를 세계 최초로 오른 시간이기 때문이다. 이로부터 29년 후인 1983년 5월 5일은 라인홀트 메쓰너(Reinhold Messner)의 날이다. 라인홀트 메쓰너가 8,000m 봉 14좌 완등을 하고 나서 낸 그의 저서『나는 살아서 돌아왔다 Uberlebt-Alle 14 Achttausender-』에서 티히의 짧은 코멘트를 받아 초 오유 등반기에 함께 실었다. 티히는 그가 초등한 그때 그 시절을 박타푸르(Bakthapur)에 은거해 살고 있던 파상 다와 라마(Pasang Dawa Lama)와 긴 이야기를 나누면서 메쓰너에 관한 이야기도 적고 있다.

"지금 라인홀트 메쓰너의 일을 생각하면 그때 제4캠프에서 지냈던 시간들이 생각난다. 그에게 초 오유는 한 다스 이상의 봉우리들 가운데 하나에 지나지 않을 것이다. 그는 의심할 여지도 없이 우리가 캠프에서 체험한 것보다 더 위험한 시간을 견뎌 냈을 것이다. 라인홀트 메쓰너가 이와 같은 한계상황을 극복하고 얻어 낸 여러 전망과 통찰은 모든 8,000m 봉에서의 기록과 같이 나에게도 가치 있는 것이라고 생각한다."

그는 초 오유의 제4캠프에서 이미 운신을 못할 만큼 동상에 걸려 있었다. 보통 등반가의 신체적 조건이나 그날의 기후 조건 때문에 정상을 코앞에 두고 내려오는 경우도 참 많다. 등반 기록들을 보면 굳이 마지막 올랐던 고도를 명시하는 뜻도 그런 억울함이나 아쉬움 때문일 것 같다. 정상 50m를 앞두고 폭풍설로 인해 하산 운운하는 기록들을 보면 정말 아쉬움이 묻어 있는 표현이다. 동상 입은 몸을 이끌고 정상에 선 티히는 정말 할 말이 오죽 많겠는가.

Nepal. 8th May 1998. NS# 642. Sc#628. Mount Cholatse

▶ Technical Detail ··

Title : Mount Cholatse
Denomination : 20 Rupee
Size : 28X35.96mm
Color : Multicolour
Sheet Composition : 50 Stamps
Quantity : 1 Million
Designer : K.K. Karmacharya
Printer : Helio Courvoisier S.A. Switzerland
Issue Year : 8th May 1998

→ 히말라야의 촐라체 봉을 디자인한 우표다. 촐라체 봉의 지리적 위치는 북위 27도 55분 동경 86도 46분이다. 높이는 6,440m이다. 티베트어로 초(Cho)는 호수란 뜻이고 라(la)는 패스, 체(tse)는 피크를 뜻한다. 1982년 4월 22일에 벰 클레벵거(Vem Clevenger) 등에 의해 정상 등정에 성공했다.

Nepal Proverb ▶

There is no man without spite and no snake without poison.
양심 없는 사람 없고 독 없는 뱀 없다.

나에게 무한한 자유를 주었다

Madan Chitrakar

"히말라야는 내게 여덟 손가락을 가져간 대신, 내게 무한한 자유를 주었다." 이 말은 촐라체 봉을 세계 최초로 동계 시즌에 올랐던 산악인 박정헌의 말이다. 그는 2005년 1월 16일 정상 등정에 성공하고 하산하던 길에 크레바스(Cravasse)에 추락했다. 동료 최강식과 생명 자일을 함께 매고 있었는데 이 줄을 놓지 않고 9일간 구조대가 올 때까지 버틴 어머어마한 기록을 갖고 있다. 9일간 몸무게가 20kg이나 빠졌다. "우리는 끝내 서로를 놓지 않았다." 그의 등반기 『끈』(2006, 열림원)에서 한 말이다.

히말라야 등반 250년 역사 중 이 크레바스에 빠졌다가 살아 돌아온 사람은 세계에서 단 2명, 박정헌과 최강식이다. 남미의 안데스에서 짐 심슨 조(Joe Simpson team)도 같은 경험을 했다. 서로 자일을 매고 한 조가 되어 등반을 하다 두 조 모두 크레바스에 빠진다. 김영도(한국등산연구소 소장)가 쓴 박정헌의 책 『끈』 서평에 나오는 이야기다.

남미 안데스에서 사이먼 예이츠(Simon Yates)는 자일 파트너인 심슨이 생존 가능성이 없자 자일을 끊는다. 히말라야 촐라체에서 박정헌은 그 자신도 부상당한 몸으로 9일간을 끈을 놓지 않았다. 심슨은 추락 후 자력으로 생환했다. 최강식은 박정헌에 의해 살아 귀환했다. 심슨은 『허공에 떨어지다』를 박정헌은 『끈』을 생환기로 남겼다. 산악인들은 그래서 자일 파트너를 대단히 중요하게 생각한다. 생명 줄인 자일로 서로 묶고 등반하기 때문에 한 사람의 실수가 파트너에게도 숙명처럼 이어진다. 두 사람이지만 한 몸이다. 자일을 끊는 자도 자일을 놓지 않고 버티는 자도 결과는 다르지만 과정의 고뇌는 같을 것이다.

Nepal. 14th September1980. NS#380. Sc#387. Mount Dhaulagiri(8,137m)

▶ Technical Detail ·······································

Title : Mount Dhaulagiri(8,137m)
Denomination : 5 Rupee
Size : 28X38mm
Perforation : 14.5X14
Color : Multicolour
Sheet Composition : 2 Panes of 25 Stamps
Quantity : 1.5 Millions
Designer : K.K. Karmacharya
Printer : Secura Singapore Private Ltd. Singapore
Issue Year : 14th September 1980

→ 히말라야의 다울라기리 봉을 디자인한 우표다. 지리적 위치는 북위 28도 42
분 동경 83도 30분이다. 세계에서 일곱 번째로 높은 봉이다. 1800년대엔 이 다울라
기리 봉이 세계에서 제일 높은 산으로 알려졌었다.

Nepal Proverb ▶

For the frog, the well is the world.
우물 안 개구리에게는 그 우물이 세계다.

다울라기리 1봉

Madan Shrestha

네팔 중부 포카라(Pokhara)의 안나푸르나(Annapurna) 산군에서 서쪽으로 약 34km 지점에 위치한 세계에서 7번째로 높은 산(다울라기리 1봉)을 포함한 8천 미터급 1개, 7천 미터급 12개의 산으로 이루어진 산군을 다울라기리 산군이라고 한다. 포카라에서 묵티나스(Muktinath) 방향으로 트레킹을 하다 보면 왼쪽으로 펼쳐진 산군이다. 다울라기리 1봉(Dhaulagiri I 8,167m), 다울라기리 2봉(7,751m), 다울라기리 3봉(7,715m), 다울라기리 4봉(7,661m), 다울라기리 5봉(7,618m), 추렌히말(7,385m), 다울라기리 6봉(7,268m), 푸타 히운출리(7,246m), 구르자히말(7,193m) 등 거봉이 웅거하고 있다.

다울라기리 1봉을 초등한 등반대는 막스 아이젤린(Max Eiselin)이 이끈 스위스 원정대다. 1960년 5월 13일과 5월 23일 두 차례에 걸쳐 모두 8명의 대원이 정상에 올랐다. 포러(E Forrer), 셸베르트(Schelbert), 바우처(Vaucher), 베버(Weber), 딤베르거(Diemberger), 디너(Diener), 그리고 셰르파인 니마 도르지(Nima Dorjee)와 나왕 도르지(Nawang Dorjee)가 그들이다.

한국 등반대의 초등은 1988년 가을에 등반가 최태식이 셰르파 2명과 함께 정상에 섰다. 다울라기리 2봉은 1986년 팔공산악회에서 다울라기리 6봉은 1988년 가을 울산산악회에서 정상을 밟았다는 기록이 있다. 다울라기리는 하얀 산이란 뜻을 갖고 있다. 지리상 위치는 다울라기리 히말 북위 28도 42분 동경 83도 30분이다.

Nepal. 19th October 2004. NS#769. Sc#747. Mount. Dhaulagiri I(8,167m)

▶ Technical Detail

Title : Moutain Series Mount. Dhaulagiri I(8,167m)
Denomination : 10 Rupee
Size : 40.5X30.5mm
Color : Multicolour
Sheet Composition : 32 Stamps(8 different mountain in a sheet)
Quantity : 0.125 Million
Designer : K.K. Karmacharya
Printer : Austrian Government Printing Office, Vienna
Issue Year : 19th October 2004

→ 2004년 Montain Series로 나온 8장 산 우표 가운데 다울라기리 우표다. 8장 산 우표는 네팔 히말라야에 있는 8,000m 이상 고봉 8개를 한 시트로 발행했다.

Nepal Proverb

Law is like the spider's web.
법은 곧 거미집이다.

산을 좋아하면 오래 산다

Manara

공자(孔子) 말씀을 담고 있는 『논어(論語)』에 이런 말이 있다. 지자(知者)는 물을 좋아하고 인자(仁者)는 산을 좋아한다. 지자는 움직이고 인자는 조용하다. 지자는 즐겁게 살고 인자는 장수한다. 공자는 어디에 속할까. 공자는 지자일까 인자일까. 스스로 무엇을 좋아한다고 밝힌 바가 없으니 잘 모르겠다. 나혼자 생각이다. 논어를 비롯한 많은 저서를 남겼으니 지자임에 틀림이 없다. 그런데 오래 사셨으니 인자 또한 그다. 공자 말씀에 틀리는 점도 있다. 뒤집어 생각해 본다.

알프스나 히말라야를 등반하다 젊음을 바친 명 짧은 사람들도 많다. 산을 좋아한 인자인데 왜 명줄이 짧은가. 인자인데 장수하지 못함이다. 그러니 공자 말씀도 틀린 경우가 있다. 산을 부지런히 오르내린 등반가는 많이 움직였으니 지자다. 움직이고 그 움직임 속에서 즐거움을 구했으니 등반가는 지자다. 지자, 인자 따로 분별할 것도 없겠다.

어느 것을 좋아하건 수준에 달하면 모두 현자(賢者)가 된다. 히말라야 고봉을 어려움을 극복하고 오르내린 사람들이 하는 말을 들어보면 한결같이 지혜로운 말만 한다. 산을 통해 자연에 안겨 자신이 자연의 일부임을 깨닫고 일체가 되면서 느끼는 알아차림이란 도(道)에 가깝다. 산을 즐겨 산속에 살다 나이 들면 신선이 된다.

저 청산이 좋아/여여(如如)한 기맥이 좋아//오늘도 너를 향해/내 창가에 있다

이영도 시인의 시다. 창가에 앉아 산을 바라다볼 수만 있어도 인자가 된다.

Nepal. 26th September 2010. NS#954. Sc#830 Golden Jubilee Year of the First Ascent of Mt. Dhaulagiri

▶ Technical Detail ···

Title : Golden Jubilee Year of the First Ascent of Mt. Dhaulagiri
Denomination : 25 Rupee
Size : 31.5X 42.5mm
Color : Multicolour
Sheet Composition : 20 Stamps
Quantity : 0.5 Million
Designer : M.N. Rana
Printer : Cartor Security Printing La Loupe, France
Issue Year : 26th September 2010

→ 히말라야의 다울라기리 봉 초등 50주년 기념우표다. 1960년 5월 13일 스위스 등반대(대장 M. Eiselin)의 대원 4명이 정상에 올랐다. 이로부터 50년이 되는 2010년 50주년 기념으로 발행한 우표다.

Nepal Proverb ▶

The spider's web is the death of the fly.
거미집은 파리에게는 죽음이다.

다울라기리 1봉(Dhaulagiri I)

Mahendra Dongol

예지 쿠쿠츠카(Jerzy Kukuczka 1948~1989)는 세계에서 두 번째로 히말라야 14좌를 완등한 사람이다. 히말라야 8,000m 14좌 최초 완등자 라인홀트 메쓰너(Reinhold Messner)보다 1년 뒤인 1987년 세계에서 두 번째로 완등자가 되었다. 뒤늦긴 했어도 그는 8년 만에 알파인 스타일로 완등한 것을 두고 더 높게 평가하는 사람들도 있다. '좀 더 어렵게, 좀 더 다양하게'를 실천한 등반가다.

그의 저서 『14번째 하늘에서』(김영도 역, 1993, 수문출판사)에서 다울라기리와 초 오유를 종주하면서 겪은 고난을 제4캠프에서 겪은 눈사태를 만나고도 1984년 정상에 선다. 이때의 고통스런 기록을 눈사태와 절망이란 글로 잘 표현해 주고 있다. 그의 경쟁자였던 메쓰너도 1985년 다울라기리에 오른다. 앞서거니 뒤서거니 경쟁을 벌인 곳이 다울라기리다. 메쓰너는 다울라기리 등반수기에서 이런 말을 한다.

"나는 과거에도 현재에도 언론 매체에다 등산에 관한 진부한 연기 즉 죽음을 경시하는 태도, 무모한 용기, 사나이의 놀이를 제공할 생각은 없었다." 글은 그렇지만 그도 당시에 엄청나게 매체로부터 시달림을 받았다. 또 쿠쿠츠카와 경쟁하도록 부추기는 언론을 의식하지 않을 수 없었을 것이다. 쿠쿠츠카도 그의 저서에서 지나친 경쟁의식으로 메쓰너를 의식하고 있었다고 적고 있다.

언론들이 흥미 위주로 두 사람의 등반을 경쟁 속으로 부추긴 잘못은 예나 지금이나 다를 바가 없다. 우리나라에서도 여성 등반가 둘을 놓고 경쟁을 부추긴 나머지 한 사람은 조난사하고 말았다. 메쓰너도 쿠쿠츠카도 걸출한 세계적인 등반가다.

NeNepal. 28th December 1970. NS#234. Sc#243. Gauri Shankar Himalaya

▶ Technical Detail ··

Title : Gauri Shankar Himalaya
Denomination : 1 Rupee
Size : 43X31.5mm
Color : Multicolour
Sheet Composition : 30 Stamps
Quantity : 1 Million
Designer : K.K. Karmacharya
Printer : The State Printing Work of Security, Warsaw Poland
Issue Year : 28th December 1970

→ 히말라야의 동부 지역에 있는 가우리샹카를 디자인한 우표다. 가우리샹카 봉의 지리적 위치는 북위 27도 58분 동경 86도 20분이다.

Nepal Proverb ▶

Prepare yourself for a tiger hunt when you go after a jackal.
자칼 사냥 나갈 때 호랑이 잡을 준비해라.

가우리샹카

Mahima Singh

가우리샹카(Gaurishankar)는 히말라야산맥의 동쪽에 위치한 봉으로 7,145m이다. 한국 등반대로는 마차푸차레 산악회가 1986년 1월 16일 최한조와 셰르파 1명이 동계 초등한 것으로 기록되어 있다.

히말라야산맥의 산 이름들이 힌두 신의 이름이 붙은 산들이 많다. 가우리(Gauri) 여신도 그중 하나다. 힌두교의 3대 신인 시바신의 첫째 부인이다. 이 신은 부부의 행복을 관장하는 신으로 숭배되어 경배를 받는다. 이 신에게 기도를 하면 결혼 생활의 행복은 물론 장수를 보장받는단다. 닥샤야니(Dākshāyani) 또는 사티(Satī)란 이름으로도 불리우는 이 여신은 첫 번째 부인이며, 시바의 두 번째 부인 파르바티는 닥샤야니가 윤회하여 재화신한 여신이라고도 전한다. 닥샤야니는 가우리(Gaurī), 우마(Umā), 아파르나(Aparnā), 시바카미니(Sivakâmini) 등을 비롯한 수많은 다른 이름을 가진 것으로도 알려져 있다.

재탄생에 얽힌 전설은 이렇다. 시바에게 결혼한 가우리는 아버지의 지지를 얻지 못한다. 자연히 장인의 경멸을 받게 된 시바의 불명예가 자신 때문이라고 생각하고 스스로를 불태워 죽음에 이르고 다음 윤회에선 아버지의 지지를 받는 딸로 태어나기를 기원하면서 요가의 힘을 빌린다. 그래서 두 번째 부인인 파르바티로 환생했다고 전한다. 이름에 걸맞게 아름다운 산이다.

4장

우리들은 함께 올랐다

Nepal. 28th December 1971. NS#244. Sc#253. Mount Everest(8,848m)

▶ Technical Detail ···

Title : Mount Everest(8,848m)
Denomination : 25 Paisa
Size : 39.1X29mm
Color : Blue and Brown
Sheet Composition : 35 Stamps
Quantity : 1 Million
Designer : K.K. Karmacharya
Printer : India Security Printing Press, Nasik
Issue Year : 28th December 1971

→ 네팔 방문의 해(Visit Nepal)를 맞아 발행한 산 우표 3종 중 하나다. 에베레스트를 도안했다. 1971년 발행한 3종은 에베레스트, 캉첸가 그리고 안나푸르나 봉이다. '등산은 인내의 예술'이다. 산악인 보이테크 쿠르티카(Voytek Kurtyka)가 한 말이다.

Nepal Proverb ▶

Put on the clothes to suit the land.
그 땅에 맞는 옷을 입어라.

에베레스트 그는 누구인가

Mandira Malla

조지 에베레스트 경(Sir George Everest 1790~1866)은 영국의 지리학자로 영국의 군사학교에서 공학 교육을 받았다. 영국군 대령이다. 1806년 당시 영국 식민지 인도에 있던 동인도회사에 취직하여 측량사업에 참여한다. 이후 7년 동안 뱅갈(Bengal)에서 그리고 3년간 자바(Java)에서 측량 일을 맡아 일했다. 1818년 인도로 돌아와 1818~1843년 광범위한 측량사업에 종사한다. 에베레스트를 처음으로 정확히 측량한 공적으로 작위를 받는다.

재미난 일화 하나는 1865년, 에베레스트는 왕립지리학회에 의해 자신의 이름을 세계 최고봉에 붙일 것을 의결한다. 그는 그의 이름을 붙이는 것에 완강히 반대했다. 그가 사가르마타(Sagarmata)란 현지어 이름이 있다는 것을 알았는지 모르지만 어쨌든 자신의 이름 붙이기를 거절했지만 뜻을 이루지 못하고 지금까지 에베레스트 봉으로 불리고 있다.

에베레스트 봉은 여러 이름을 갖고 있다. 네팔에서는 하늘의 이마란 뜻으로 사가르마타(Sagarmata), 티베트에서는 세상의 어머니란 뜻을 담아 초모랑마(Chomolangma), 중국에서는 티베트의 초모랑마의 음을 따서 주무랑마(Zhumulangma)라고 부른다. 에베레스트가 그의 이름 붙이기를 극구 사양한 뜻이 짐작된다.

요즈음 에베레스트 봉의 이름을 원래 부르고 살아온 사람들의 것으로 돌려줘야 한다는 주장이 나오고 있다. 환영할 일이다. 에베레스트를 포함하여 인근 1,148km^2 면적을 1976년 7월 19일 국립공원으로 지정하고 이후 1979년 유네스코 세계문화유산으로 지정되었다. 이 쿰부(Khumbu) 지역에는 주로 셰르파(Sherpa)족이 3,000명 정도 생활하고 있다.

Nepal. 29th May 1978. NS#335. Sc#343. 25th Anniversary of the First ascent of Sagarmata(Mt. Everest)

▶ Technical Detail ·······································

Title : 25th Anniversary of the First ascent of Sagarmata(Mt. Everest)
Denomination : 2.30 Rupee
Size : 39.1X29mm
Color : Red Brown and Slate
Sheet Composition : 35 Stamps
Quantity : 0.5 Million
Designer : K.K. Karmacharya
Printer : India Security Printing Press. Nasik
Issue Year : 29th May 1978

→ 에베레스트 초등 25주년 기념우표로 남서벽을 디자인했다. 에베레스트의 지리적 위치는 북위 27도 59분이고 동경 86도 55분이다. 1953년 영국 등반대의 대장 존 헌트(John Hunt)는 에베레스트 등반을 성공하고 이런 말을 남겼다. "우리는 에베레스트를 정복했다고 할 수가 없었다. 단지 등정했을 뿐이다."

Nepal Proverb ▶

The voice of the people is voice divine.
백성의 소리가 하늘의 소리다.

에드먼드 힐라리 경

Manju Kadkha

　"에베레스트산아, 자만하지 마라. 너는 이미 성장이 멈추었지만 나는 계속 성장하고 있다. 내 기술도, 내 힘도, 내 경험도, 내 장비도 그럴 것이다. 나는 다시 돌아온다. 그리고 반드시 네 정상에 설 것이다." 검색을 해 보니 힐라리(E. Hillary)가 했다는 말이다. 여러 번 에베레스트에 도전했으나 성공하지 못한 마음이 배어 있다. 진위는 알 수 없으나 도전을 즐기는 사람들에겐 공감을 줄 수도 있을 것 같다. 그러나 나는 이 말보다 "우리가 정복한 것은 산이 아니라 우리 자신이다."는 말과 기자들이 에베레스트 최초 등정을 마치고 돌아온 그에게 어떻게 그런 높은 산에 오를 수 있었는가란 질문에 답한 말 "한 발 한 발 걸어서 올라갔습니다." 란 말이 가슴에 와 닿는다.

　에드먼드 퍼시벌 힐라리 경(Sir Edmund Percival Hillary 1919~2008)은 뉴질랜드의 산악인이자 탐험가이다. 1953년 5월 29일 33세의 나이에 텐징 노르가이 셰르파와 함께 에베레스트산을 최초로 등정한 인물로 기록되었다. 그는 뉴질랜드에서 태어나 제2차 세계대전 때는 조종사로 공군에 입대하여 비행정을 조종하는 업무에 종사했다. 종전 후 1948년 친구들과 본격적인 등반을 시작한다. 1953년 에베레스트 등정 이후에도 여러 등반대를 꾸려 히말라야를 답사했다.

　에베레스트 초등에 얽힌 이야기들은 많으나 한 가지 캬라반을 박타푸르에서부터 시작했다는 기록이다. 원정대는 362명의 짐꾼과 20명의 셰르파와 원정대원 등 400명 이상이었다. 장장 4km나 되는 행렬이었다고 기록하고 있다. 1953년 5월 29일 오전 11시 30분 마침내 힐라리는 네팔의 텐징 노르가이 셰르파와 함께 지상에서 가장 높은 에베레스트산 정상 8,848m를 최초로 등정하였다. 그들이 정상에 머문 시간은 약 15분가량이다. 뉴질랜드 5달러 지폐에 그의 초상이 실렸다. 살아 있는 인물로 지폐에 실린 몇 안 되는 인물 중 한 명이 된 것이다.

Nepal. 29th May 1978. NS#336. Sc#344. Silver Jubilee of First Ascent of. Everest

▶ Technical Detail ···

Title : Silver Jubilee of First Ascent of. Everest
Denomination : 4 Rupee
Size : 39.1X29mm
Color : Green ana Violet Blue
Sheet Composition : 35 Stamps
Quantity : 1/4 Million
Designer : K.K. Karmacharya
Printer : India Security Printing Press. Nasik
Issue Year : 29th May 1978

→ 에베레스트 초등 25주년 기념우표로 남벽을 디자인했다. 에베레스트의 초등은 영국 등반대(John Hunt)의 에드먼드 힐라리와 텐징 노르게이 셰르파에 의해 1953년 5월 29일에 이루어졌다. 한국의 초등자 고상돈이 남긴 말은 이렇다. "산악인들이여, 열심히 훈련하고, 열심히 훈련하고 또 열심히 훈련하라! 그 밖에 달리 방법은 없다."

Nepal Proverb ▶

Everybody becomes friendly if you have money, otherwise there are only strangers.
돈이 있으면 모두가 친구이고 돈이 없으면 모두가 모르는 사람이다.

쿰중의 힐라리 병원과 학교

Millan Ratna Shakya

루크라(Lukra)에서 에베레스트 베이스로 가자면 쿰중(Kumjung)이란 작은 마을을 만난다. 1962년 셰르파들을 위해 모금한 돈으로 힐라리는 쿰중에 학교와 병원을 설립했다. 쿰중 학교 또는 쿰중 병원이란 이름을 갖고 있지만 사람들은 힐라리 학교, 힐라리 병원이라고 더 많이 부른다. 힐라리 학교 교정에는 힐라리의 상반신 동상이 서 있다. 1982년 나는 힐라리 학교와 병원을 방문한 적이 있다.

병원에 근무하는 외국인 의사들을 만났는데 모두 무보수로 봉사하고 있었다. 그 의사들도 모두 등반가들이었는데 에베레스트 등반을 마치고 1년 또는 2년씩 봉사를 하고 간다고 들었다. 이 학교와 병원 유지를 위한 모금 운동을 세계 각국을 돌면서 강연도 하고 글도 쓰면서 봉사했다. 이런 봉사의 와중에 "나는 오르지 말아야 할 산을 올랐다."면서 에베레스트 등정을 후회하는 말을 한 적이 있다. 이는 후회라기보단 에베레스트를 비롯해 많은 히말라야의 환경이 망가지는데 대한 죄송함이었을 것이다.

에베레스트 초등 이후 힐라리는 히말라야의 다른 지역에도 관심을 갖고 등반대를 조직하여 여러 번 원정에 올랐다. 그러나 이 학교나 병원을 짓고 난 이후는 등반보다 자연보호나 셰르파들을 위한 보은적 봉사에 더 많은 신경을 썼다. 그의 봉사를 돕던 아내와 딸을 루크라 비행장 착륙 사고로 1975년 잃었다. 그의 아들도 역시 등반가로 2003년 텐징(Tenzing)과 힐라리(Hillary)의 초등 50주년을 기념해 두 사람의 아들인 잠링(Jamling Tenzing Nogay Sherpa)과 피터(Peter Hillary)가 에베레스트 동반 정상에 올랐다.

Nepal. 18th November 1982 NS#400. Sc#404a. Mount. Everest

▶ Technical Detail ···

Title : Mount. Everest
Denomination : 3 Rupee
Size : 40X32mm
Color : Multicolour
Sheet Composition : 36 Stamps
Quantity : 1 Million 2 Thousand
Designer : K.K. Karmacharya
Printer : Carl Ueberreuter Druk and Verlag, Vienna Austria
Issue Year : 18th November 1982

→ 국제산악연맹(Union Internationale des Association d' Alpinisme.) 창설 50주년 기념으로 발행한 우표로 눕체(Nuptse)와 로체(Lhotse) 봉을 연봉으로 에베레스트를 디자인했다. 산악인 존 무어(John Muir 1838~1914)는 이런 말을 남겼다. "인간이 산을 정복하는 것이 아니라, 산이 인간을 허락하는 것이다."

Nepal Proverb ▶

Better a harsh enemy than a glib friend.
냉혹한 적이 말 잘하는 친구보다 낫다.

쿰중 곰파의 예띠

Nabin K Shrestha

쿰중(Kumjung)에는 사원이 하나 있다. 쿰중 사원(Khumjung Gompa)이다. 이 사원에 예띠(Yeti)가 있다. 예띠의 두개골과 손뼈 그리고 가죽이라고 주장하는 귀한 보물이 있다. 네팔 사람 특히 셰르파족 등 고산지대에 사는 사람들은 예띠에 대한 설화를 많이 알고 있다. 예띠에 대해 서방 세계에 알려진 계기는 에릭 쉽턴(Eric Shipton 1925~1977)이 1951년 11월 8일 오후 4시 가우리샹카(Gaurishankar) 지역을 오르다 큰 발자국(Big Foot) 하나를 발견한다. 이 발자국을 따라갔으나 어느 지점에서 흔적이 사라졌다.

그는 이 큰 발자국이 예띠일 것이라고 주장했다. 이에 자극 받은 많은 탐험가들이나 생물학자들이 예띠연구소를 차리거나 예띠를 찾는 등반대를 꾸려 쿰부 지역으로 달려갔다. 이때 힐라리가 조직한 예띠 탐사 원정대는 쿰중 곰파에 있는 두개골과 손뼈 그리고 가죽을 빌려 미국의 시카고의 동물연구소에 의뢰해 연구한 것도 있다. 그곳의 결론은 일종의 곰일 것이라는 추정을 내놓았다. 하지만 예띠에 궁금증은 해를 거듭할수록 증폭되어 지금은 중앙아시아나 러시아 지역, 아마존 지역 등으로 넓혀져 목격담이나 실체 사진이라고 주장하는 증거들을 많이 내놓고 있으나 아직 예띠라는 확신은 없다. 백이운 시인이 쓴 〈예띠〉 시를 옮긴다.

그리운 히말라야에 가면 설인이 산다고 한다/그림자뿐인 그이지만 모든 셰르파의 수호자/산길을 여닫기도 하고 더러 감추기도 한다/하늘이 그에게 히말라야를 주신 까닭은/신성한 히말라야가 간절히 원했기 때문/설산이 높고 깊은 건 그가 거기 있어서다/우리 가슴 어딘가에도 히말라야가 서 있듯이/우리 가슴 어딘가에 설인이 살고 있다/때로는 미답의 산정까지 우릴 불러도 간다

Nepal. 11th June 1970. NS#224. Sc#233. 51st Birthday of King Mahendra Bir bikram Shah Dev

▶ Technical Detail ··

Title : 51st Birthday of King Mahendra Bir bikram Shah Dev
Denomination : 50 Paisa
Size : 56X34mm
Color : Gold and Multicolour
Sheet Composition : 50 Stamps
Quantity : 0.5 Million
Designer : Press Artist
Printer : Brodbury Wilkinson and CompanyLtd. England
Issue Year : 11th June 1970

→ 마헨드라(Mahendra) 국왕의 51회 생일을 맞아 발행한 우표로 에베레스트, 국왕, 왕관을 함께 디자인했다. 등산은 스포츠가 아니라 삶의 방법이라고 말한 등반가도 있는데 생각하면 인간 행동 모두가 삶의 방법이다.

Nepal Proverb ▶

The guest for a day may eat the best; the guest for two days had better go elsewhere.
하루 묵는 손님은 잘 얻어 먹어도 이틀 있을 손님은 다른 곳에 가는 것이 낫다.

페리체의 실험실

Narendra Bhattarai

에베레스트 베이스캠프에 가까운 페리체(Periche)에 가면 생리실험실이 있었다. 1982년 마칼루 학술원정대는 지금까지 히말라야를 찾은 한국 원정대 가운데 유일한 학술원정대다. 유일하다는 말은 이 한 팀을 제외하곤 학술이란 이름을 붙이고 원정 간 팀이 없다는 말이다. 이 원정도 기실 학술이란 이름을 붙이기엔 턱도 없는 팀이다. 문교부에 등록되어 있던 한국산악회가 문교부의 후원을 받기 위해 급조한 학술이란 이름을 삽입한 팀이다. 학술요원은 나와 성익환(지질학) 박사 딱 두 사람이었다. 외국 등반대들은 학술 조사팀이 참많다. 명목만 학술 팀이 아니라 실제 여러 가지 조사를 하거나 실험을 하기도 했다. 그런 논문들이 학술지에 많이 실려 있다.

에베레스트 베이스에 가까운 곳에 일본 사람들이 세운 자그마한 집 한 채가 있었다. 소문에는 일본 동경대의 생리실험실이라고 했다. 고소 등반에 따른 등반가의 생리적 변화를 집중적으로 연구했단다. 내가 갔을 때는 집만 있고 비어 있었다. 우리나라는 히말라야를 찾는 연인원으로 말하자면 아마 제일 많을 것이다. 우리보다 적은 외국의 등반대들은 그냥 등반하는 경우가드물다. 고소 등반과 연관된 것들을 끊임없이 연구한다. 지질, 민속, 생리 그리고 많은 주제를 갖고 온다. 심지어는 등반가들 자신이 사용할 등반 용구를 계속 연구하고 개발도 한다. 부럽다.

산을 오르기 위한 목적 하나로만 가는 팀은 아마도 우리나라가 유일할 것이다. 미국 등반대의 비숍(Bishop)이 내셔널지오그래픽에 기고한 등반기를 보면 생리실험을 하는 것이 등반하는 것보다 더 어렵고 귀찮았다고 술회하고 있다. 선진국들은 깊이 있는 학술 자료들을 많이 갖고 있다.

Nepal. 6th July. 1994. NS#537. Sc#539. Regular Series, Mount Everest

▶ Technical Detail ·······································

Title : Regular Series, Mount Everest
Denomination : 1 Rupee
Size : 31.5X25.0mm
Color : Multicolour
Issue Year : 6th July. 1994

→ 에베레스트와 네팔 나라꽃 랄리구라스(로도덴드론 Rododendron)를 도안한 보통 우
표이다. 에베레스트는 누구나 오를 수 있다. 그러나 아무나 오를 수 있는 곳은 아
니다.

 Nepal Proverb ▶

Wealth is both an enemy and a friend.
재물은 적인 동시에 친구다.

냉전 시대의 첩보전

Naresh

동서 냉전이 한창일 때는 히말라야는 마치 첩보전의 최전방 기지 같았다. 1982년 봄, 소련 등반대와 미국 등반대가 동시에 에베레스트에 원정 왔다. 기록에 남아 있는 것을 보면 소련 팀은 11명이 등정을 했고 미국 팀은 8,000m까지 접근했다고 적고 있으며 소련은 남서벽으로 미국은 북벽으로 올랐다. 그때 카트만두에서 들은 이야기다.

소련 학술원정대가 대거 몰려오자 미국이 네팔에 압력을 가한다. 새로운 기기들을 점검해야 한다는 이유다. 그래서 네팔 측에선 지금까지 사용하던 재래식 장비만 허락하고 신 장비는 불허한다고 해서 외교적 마찰을 겪었다. 소련과학아카데미가 주축을 이룬 등반 팀이다. 이런 와중에 미국 팀이 등반 팀을 급조해서 다른 루트로 8,000m까지 올라 소련 팀의 신 장비^(첩보장비)를 탐색했다는 소문이다.

내 후배인 손칠규^(팔공산악회)가 소련 팀에 따라가 보고 싶다고 해서 마침 팀에 함께 온 타스통신 기자에게 부탁해 에베레스트 소련 원정대에 합류했다. 나중 들은 이야기지만 에베레스트 베이스에 도착하자 텐트 하나와 식량을 주면서 등반대 근처에 접근하지 말라고 해서 텐트에서 밥만 먹고 자다가 내려왔다고 했다.

이런 뒷이야기를 보면 그때 미소 간에 치열한 첩보전이 있었던 것으로 짐작된다. 기록을 검색해 보았지만 그런 기록은 없는데 나는 그때 카트만두의 같은 공간에서 떠도는 흉흉한 이야기들을 많이 들었던 기억이 있다. 후배가 하산해서 들려준 소련 팀의 베이스캠프 분위기를 듣고 그 소문들이 맞구나라고 생각했었다.

Nepal. 6th April. 1997. NS#618. Sc#605. Establishment of Diplomatic Relations Between Nepal and Japan

▶ Technical Detail ·······································

Title : Establishment of Diplomatic Relations Between Nepal and Japan
Denomination : 18 Rupee
Size : 40.0X29.0mm
Color : Multicolour
Issue Year : 6th April. 1997

→ 네팔과 일본 외교관계 수립 기념우표로 양국 국기와 네팔의 에베레스트와 일본의 후지산(富士山)을 함께 디자인했다. 일본은 네팔에 경제적 후원도 많이 했는데 세계에서 3번째로 많은 원조를 한 나라다.

Nepal Proverb ▶

A man's wealth becomes his own enemy.
자기의 재물이 자기의 적이 된다.

비행기 안에서 만난
주 네팔 일본대사

Nem Bahadhur Tamang

1982년 3월, 나는 니마 셰르파(Nima Sherpa)와 둘이서 2주일 예정으로 에베레스트 트레킹을 떠났다. 루크라(Lukra)로 가는 소형 비행기 안에서 우연히 옆자리에 앉은 일본대사를 만났다. 그는 히말라야 베이스로 가는 길목이나 마을에 나무를 심으러 간다고 했다. 헐벗은 네팔 산에 산림녹화를 위해 네팔 정부나 힐라리(Hillary) 같은 후원자들도 그런 봉사를 많이 했었다. 그래서 단순한 식목을 위해 멀리도 가는구나 싶었다. 그런데 심으려고 하는 묘목이 일본 국화인 사쿠라(벚꽃) 묘목이라고 했다. 내심 나는 놀랐다. 나는 일본 식민지 교육을 강제로 받았던 세대라 그냥 산림녹화로만 이해하지 못했다. 무슨 꼼수야 그런 의문부터 먼저 생겼다.

세계 여러 나라의 원정대나 트레커들이 에베레스트를 찾기 위해 올라가는 길목이나 마을마다 사쿠라를 심는다? 여기서부터 내 상상의 나래는 넓혀 나갔다. 10년, 20년 후면 에베레스트를 가는 길목이나 마을은 온통 사쿠라 나무로 터널을 이루겠구나. 그런 상상이었다. 아름다운 벚꽃으로 터널을 이룬다면 장관일 것이다. 우리나라도 벚꽃 터널을 이루는 곳이 여러 곳 있다. 그럼에도 불구하고 사쿠라에 대한 불편한 내 심기는 아마도 일제강점기에 겪었던 내 트라우마 때문일 것이다.

1982년 이후 나는 한번도 에베레스트 베이스캠프를 가지 못했다. 내가 아는 지인들이 에베레스트를 다녀오면 제일 먼저 묻는 말이 "벚꽃나무를 봤느냐." 란 질문이다. 세월이 흘렀으나 묘목이 살았다면 벚꽃 터널을 이루고도 남았을 것 같다. 아직은 벚꽃나무를 보았다는 사람은 만나 보지 못했다.

Nepal. 7th June 1999. NS#664. Sc#667. The Highest Peak of the World(Mt. Everest)

▶ Technical Detail ·······························

Title : The Highest Peak of the World(Mt. Everest)
Denomination : 15 Rupee
Size : 40.0X27.0
Color : Multicolour
Sheet Composition : 50 Stamps
Size : 40x26.5mm
Color : Multi color
Quantity : One Million
Designer : K.K. Karmacharya
Printer : Austrian Government Printing Office, Vienna
Issue Year : 7th June 1999

→ 세계의 최고봉 에베레스트를 도안한 우표다. 에베레스트를 등반한 모든 사람들이 정상을 밟는 것은 아니다. 그리고 모두 살아서 돌아오는 것도 아니다. 한 기록에 의하면 1953년 이래 지금까지 에베레스트 등반 도중 사망한 사람들이 모두 216명이나 되고 이 중 150여 명은 아직도 에베레스트에 누워 있단다.

Nepal Proverb ▶

You don't have to go too far to find an enemy.
적을 찾으려 멀리 갈 것 없다.

백운대보다 복잡한 정상

Newerashmi Bajracharya

2010년 6월 2일 오후 6시, 서울 힐튼호텔에서는 네팔의 사가르마타 데이(Sagarmatha Day)를 맞이하여 '사가르마타 데이 한국에베레스트 등정자모임(Sagarmatha Day Korean Everest Summiteer's Meet)'이라는 이색적인 행사가 개최되었다. 한국은 2010년까지 모두 110번의 원정을 통해 101명이 정상에 섰다. 여성 등정자도 8명이나 있다. 5년 전 이야기니 지금은 훨씬 많은 등정자들이 있을 것이다.

지금 에베레스트 등반을 하자면 1인당 2만 5천 달러를 입산료로 내야 한다. 그래서 등반대 하나를 꾸리자면 든든한 스폰서가 붙지 않고선 원정 가기도 참 어렵다. 작년에 네팔 관광성 장관이 밝힌 입산료 하향 조정 문제로 말들이 많다. 2015년부터 입산료를 반 토막인 1만 1천 달러로 내리겠다고 발표를 했다. 입산료가 내린다면 당연히 환영할 일이지만 환경단체에서 반대의 목소리가 높다. 입산료를 내리면 환경 파괴 우려가 상대적으로 더 높다는 것이다. 맞는 말이다. 베이스캠프에 버리고 간 쓰레기를 매번 헬리콥터를 이용해서 청소해야 하니 오염도 오염이지만 청소비용이 만만치 않다. 8,000m 14좌를 완등한 한국의 한완용이란 등반가는 매년 오염된 환경을 청소하러 가는 원정대를 꾸리기도 한 것을 보면 참 심각한 문제다.

Nepal. 14th March 2007. NS#835. Sc#787. Mount. Everest

▶ Technical Detail ···

Title : Mount. Everest
Denomination : 5 Rupee
Size : 40X30mm
Color : Multicolour
Sheet Composition : 20 Stamps
Quantity : 5 Million
Designer : M.N. Rana
Printer : Cartor Security Printing, France
Issue Year : 14th March 2007

→ 에베레스트 봉을 도안한 우표다. 에베레스트의 산 높이도 기록에 따라 제각각
이다. 1856년 최초의 높이 기록은 8,839m다. 2005년 중국은 8,844.43m, 2008년
8,850m 등 이견이 있으나 공식적으로는 1950년대에 측량한 8,848m다. 일설에 의
하면 에베레스트의 높이는 5cm씩 높아 가고 있다는 주장도 있다.

Nepal Proverb ▶

If you wish to see an enemy, look at your brother.
적이 누구인지 알고 싶으면 네 형제를 봐라.

베이스캠프의 눈사태

Padam Ghale

2015년 네팔에는 큰 지진이 일어났다. 1934년 이래 가장 큰 지진이다. 4월 25일 고르카 지역이 진원지로 4월 25일 7.8의 강한 지진이다. 연이어 5월 12일 7.3 규모의 2차 강진이 발생했는데 이때의 진원지는 쿰부히말 쪽이다. 많은 사상자를 낸 이번 지진에 에베레스트 베이스도 예외는 아니었다. 2차 지진으로 인해 사상자가 더 많이 나왔다. 희한한 인연 하나. 에베레스트를 처음 오른 힐라리(Hillary)와 텐징(Tenzing)의 아들들 이야기다.

2003년 텐징(Tenzing)과 힐라리(Hillary)의 초등 50주년을 기념해 두 사람의 아들인 잠링(Jamling Tenzing Nogay Sherpa)과 피터(Peter Hillary)가 에베레스트 동반 등정을 하기도 했다. 이때도 많은 사람들에게 회자되었지만 이번 지진으로 인한 인연 또한 예사롭지 않다. 지진이 일어났을 때 잠링은 베이스에 있었고 피터는 탕보체(Tangbhoche)에서 올라가고 있었다. 지진으로 인한 눈사태를 만나자 잠링이 하산하던 도중 탕보체에서 피터를 만난다. 2003년 에베레스트를 함께 오르고 지진 와중에 탕보체에서 다시 만나다니 참 인연이 깊다.

산악인들이 히말라야에서 조난사하는 경우는 대개 일기불순으로 인한 눈사태 아니면 발을 헛디뎌 추락사하거나 동상, 고산병 등으로 조난당한다. 이 가운데 가장 많이 희생된 것이 눈사태이다. 2014년에도 눈사태가 일어나 16명이 조난사했는데 이번 지진으로 인한 눈사태로 인한 인명 피해는 이를 훨씬 넘는 것으로 보도했다. 정확한 피해 규모는 잘 모르겠다.

Nepal. 30th June 1960. NS#111. Sc#127 King Mahendra and Mount Everest

▶ Technical Detail ·······································

Title : King Mahendra and Mount Everest
Denomination : 10 Paisa
Size : 29.1X33.5mm
Perforation : 13.5X14
Color : Ultramine and roselilac
Sheet Composition : 42 Stamps
Designer : Bal Krishna Sama
Printer : India Security Printing Press, Nasik
Issue Year : 30th June 1960

→ 에베레스트와 국왕 마헨드라(Mahendra)의 초상을 함께 디자인한 우표다. 산 이름이 명기된 우표로는 처음 발행된 우표다. 산과 왕의 초상화를 함께 디자인했지만 이 우표가 발행된 이후부터 독립된 산만 주제로 한 우표가 발행되기 시작했다.

Nepal Proverb ▶

The crow is neither pleased nor sad because the bel fruit is ripe.
까마귀는 벨 열매가 익었다고 좋아하거나 슬퍼하지 않는다.

에베레스트의 초등

Padam Ghale

에베레스트를 세계에서 처음 올라간 등반가는 에드먼드 힐라리(E. Hollary)와 텐징(Tenzing) 노르가이 셰르파다. 1953년 5월 29일에 올랐다. 누가 모르는 사람이 있을까. 하지만 그들이 초등이란 것을 인정받기까진 어려운 고비가 많았다. 지금으로 치면 여론의 악플 때문에 시달렸다. 예나 지금이나 다를 바 없는 논쟁이다.

요지는 1924년 제3차 에베레스트 영국 등반대(Charles Bruce)의 대원으로 참여한 말로리(George Herbert Leigh Mallory 1886~1924)가 처음 올라갔다는 주장을 영국을 중심으로 끈질기게 제기되었다. 1933년 말로리와 함께 실종되었던 어빈의 피켈을 발견하고 1999년 5월 1일 말로리 시신 수습 등반대(Erick Simonson)의 일원이었던 미국 등반가 콘레드 앵커(Conrad Anker)에 의해 8,138m 지점에서 시신을 수습했다. 이를 계기로 논쟁은 다시 불거졌다. 말로리가 등정에 성공하고 내려오다 조난당했는지 올라가다 조난당했는지 말이 많았다.

당시 등반 대원이었던 오델(Noel Odel 1890~1989)이 말로이가 올랐다고 줄기차게 주장을 했다. 이 논쟁은 올랐다는 증거를 찾지 못해 유야무야됐다. 또 하나의 악플은 힐라리가 정상에 오르지 못했다는 것이다. 텐징만 혼자 올랐다고 했다. 이유는 힐라리의 정상 사진이 없어서다. 텐징의 정상 사진뿐이다. 그러니 올랐다는 직접 증거가 없으니 말 많은 사람들의 입에 오르내릴 수밖에 없었다.

힐라리는 그의 저서 『하이어드벤처』(한영환 역, 1989, 수문출판사)에서 이런 말을 남긴다. "텐징에게 내 사진을 찍어 달라는 부탁을 하지 않았다. 내가 아는 그는 전에 사진을 찍은 적이 없으며 에베레스트 정상에서 그것을 가르쳐 줄 만한 형편이 되지 못했기 때문이다." 지루한 악플들의 공격에도 불구하고 텐징과 힐라리는 "우리들은 함께 올랐다."는 유명한 말을 남기면서 악플을 잠재웠다.

Nepal. 31th December 2013. NS#1082. Sc#944 Mt. Everest. Diamond Jubilee Celebration 2013

▶ Technical Detail ··

Title : Mt. Everest. Diamond Jubilee Celebration 2013
Denomination : 100 Rupee
Size : 4.5mmX31.5mm
Color : 5 Colours
Sheet Composition : 40 Stamps
Quantity : 0.5 Million
Designer : Purna Kala Limbu
Printer : Offset Lithography
Issue Year : 31th December 2013

→ 에베레스트 초등 60주년을 기념하는 우표다. 초등은 1953년에 이루어졌다. 세수로 치면 환갑이다. 2008년 8월 8일부터 8월 24일까지 중화인민공화국 베이징에서 29번째 하계올림픽이 열렸는데 개최 92일 전 성화가 에베레스트 정상에 올랐다. 티베트인 니마 츠런(尼瑪·次仁)을 단장으로, 중국인 뤼선(羅申)을 부단장으로 한 19명의 등정대가 출발 정상에서 성화를 밝혔다.

Nepal Proverb ▶

You may make an enemy of the king but not of your neighbour.
왕의 적이 될지언정 이웃의 적은 되지 마라.

77대한산악연맹 에베레스트 원정대

Pradip K Bajracharya

히말라야를 등반하는 사람들은 누구나 에베레스트가 도전의 최고봉이다. 일찍부터 많은 등반가들이 도전했으나 실패의 경험이 더 많다. 대한산악연맹이 파견한 77한국에베레스트 등반대(김영도 외 17명)가 1977년 9월 15일 오후 12시 50분 한국으로서는 최초로 에베레스트 정상에 섰다. 고상돈 대원과 펨바 노르부 셰르파(Pemba Norbu Sherpa)가 주인공이다. 세계에서 8번째 그리고 고상돈은 58번째 정상에 오른 등반가로 기록되었다. 2차 정상 도전에 나가 성공한 것이다. 이 쾌거도 대단한 것이지만 1차 도전에 참여했던 박상열과 앙 푸르바 셰르파(Ang Purba Sherpa)의 고투도 소개할 만하다.

그들은 8,799m지점까지 진출했으나 악천후로 후퇴하여 하산 8,600m 지점에서 비박을 하고 생환했다. 기적 같은 생환이다. 이 높이에서 무산소 비박(텐트를 사용하지 않고 노숙)을 한 기록은 최초의 기록이다. 한국 최초의 에베레스트 등정에 성공한 자랑스러운 대원들을 소개, 기쁨을 함께하고 싶다.

김영도(원정대장 53), 장문삼(등반대장 35), 박상열(등반부대장 33), 이윤선(대원 36), 김명수(대원 33), 곽수웅(대원 33), 고상돈(대원 29), 한정수(대원 29), 이상윤(대원 29), 김병준(대원 28), 조대행(대원 31), 이기용(대원 28), 이원영(대원 27), 도창호(대원 26), 김영한(대원 30), 전명찬(대원 25), 김운영(한국일보 44), 이태영(한국일보 36) 등 18명이다.

한국일보사에서 후원했다. 이들은 등정에 성공하고 귀국, 김포공항에서부터 시청 앞까지 군 지프를 타고 카퍼레이드도 벌였다. 체육훈장 청룡장을 받기도 했으며 고상돈은 교과서에 실리기도 했다.

Nepal. 23th December 2012. NS#1018. Sc#879. Successful Ascent by Nepal Civil Service Employees-2011

▶ Technical Detail ··

Title : Successful Ascent by Nepal Civil Service Employees-2011
Denomination : 10 Rupee
Size : 31.5X42.5mm
Color : 4 Colours
Sheet Composition : 55 Stamps
Quantity : 1 M<illion
Designer : M.N. Rana
Printer : SIA Baltijas Banknote. Latvia
Issue Year : 23th December 2012

→ 2012년 네팔 공무원으로 구성된 에베레스트 등반대의 성공적인 등정을 기념한 우표다. 이제 네팔은 외국 등반대를 돕기 위한 역할만 하는 것이 아니라 자국 등반대를 독자적으로 꾸며 히말라야를 오르는 팀들이 많아졌다.

우리들은 함께 올랐다

Pradiuma Raju Shrestha

예나 지금이나 사람들은 참 궁금증이 많다. 에베레스트를 처음 오른 힐라리(Hillary)가 첫 등정이 아니란 의혹 제기에 시달리다 좀 잠잠해지니까 텐징(Tenzing)과 힐라리 중 누가 먼저 정상에 올랐는가 라는 궁금증으로 난리가 났다. 그때 그 시절이니깐 신문 등 언론 매체에서 회자되었지만 지금 같았으면 SNS에 엄청난 악플로 시달렸을 것 같다. 이 끈질긴 의혹 제기에도 불구하고 오랜 침묵을 유지한다. 아마도 대꾸할 가치조차 없다고 생각했을지 모를 일이다. 『하이 어드벤처』(한영환 역, 1989, 수문출판사)에서 힐라리는 이렇게 적고 있다.

"내가 양옆을 보고 피켈로 찔러 보면서 커니스가 있는지 확인하려고 했으나 모든 것이 단단했다. 텐징에게 올라오라고 손짓했다. 몇 번 더 피켈을 찍어서 아주 피곤한 발을 몇 걸음 더 옮기자 우리는 드디어 에베레스트의 정상에 섰다."

더 의문을 제기할 필요도 없는 부분인데 말 좋아하는 사람들은 계속 힐라리를 괴롭혔다. 심지어 텐징이 업어서 올랐다는 말까지 하면서 많은 언론 매체들이 괴롭혔다. 사실 히말라야 등반은 셰르파의 도움 없이는 불가능하다. 요즈음 들어 장비의 경량화 등으로 셰르파 없이 도전하는 등반가들도 늘고 있지만 초기 히말라야 등반은 셰르파의 도움은 절대적인 것이다. 그래서 그럴까 아니면 힐라리의 성공을 시기하여 폄하하려고 해서 그럴까 오래도록 괴롭힌 주제다. 힐라리는 텐징이 말한 "우리들은 함께 올랐다."는 말 한마디로 그런 루머들을 일축했다.

Nepal. 29th May 2003. NS#742. Sc#728. Golden Jubilee of the First Ascent of Mt. Everest

▶ Technical Detail ·····································

Title : Golden Jubilee of the First Ascent of Mt. Everest
Denomination : 25 Rupee
Size : 39.0X30.0mm
Color : Multicolour
Sheet Composition : 16 Stamps
Size : 38.5x29.6mm
Color : Multi color
Quantity : Half Million
Designer : K.K. Karmacharya
Printer : Austrian Government Printing Office, Vienna
Issue Year : 29th May 2003

→ 에베레스트 초등 50주년 기념으로 발행한 우표다. 초등 반세기를 기념한 우표
다. "나는 산을 정복하려고 온 게 아니다. 또 영웅이 되어 돌아가기 위해서도 아니
다. 나는 두려움을 통해서 세계를 알고 싶고 새롭게 느끼고 싶다." 메쓰너의 말이다.

Nepal Proverb ▶

The old man is dead and the past is forgotten.
노인이 죽자 그의 과거는 잊혀진다.

메쓰너의 단독 등반

Pragesh Balami

세계 최초로 히말라야의 8,000m 14좌를 오르고 1978년, 1980년 두 번 에베레스트에 오른 라인홀트 메쓰너(Reinhold Messner)에 대해 크리스 보닝턴(C. Bonington)이 쓴 짧은 글이 하나 있다. "알피니스트로서 라인홀트 메쓰너의 비길 데 없는 의의는 아마도 그의 가장 훌륭한 성과-에베레스트의 단독 등반-에 의해 확실히 알 수 있을 것이다." 메쓰너가 에베레스트 등반기에 남긴 말이 있다. 이 말을 이해한다면 보닝턴이 무슨 말을 하려고 했는지 짐작이 갈 것이다. "그럼에도 불구하고 우리는 무산소 등반을 시도할 생각이었다. 이 모든 불길한 비난을 무릅쓰고 우리의 결의를 단행하는 입장이 되었다." 그는 그의 결의대로 에베레스트를 무산소 단독 등정에 성공했다. 이를 두고 보닝턴이 칭찬을 준 글이다.

왜 산엘 오를까? 나는 나름 쉬운 결론 하나로 나를 달랜다. 내가 생각한 결론은 이렇다. 우리들이 영화를 보기 위해 긴 줄을 선다. 영화를 보고 나오는 사람들에게 묻는다. "영화 재미있어요?" 설령 보고 나오는 사람들이 "재미 하나도 없어요."라고 했다고 해서 영화 보기를 포기하고 되돌아가는 사람은 아마도 없을 것이다. 그러니 그 말을 믿고 내 궁금증을 접을 등반가는 없을 것이다. 그래서 오르고 또 오르는 것이라고 마음에 새겼다.

나는 처음부터 고산 등반에는 끼지 못했다. 히말라야에 처음 간 것이 늦은 나이이고[49] 또 학술원정대의 학술요원으로 갔기 때문에 주로 트레킹을 많이 했다. 네팔 문화를 많이 찾아다녔다. 네팔 시인 크리슈나 프라사이(Krishna Prasai)의 시 한 수를 소개한다. '나는 구라스(네팔의 국화) 꽃을/꺾었다/그리고 그것을 위대한 에베레스트의/이마에 올려놓았다' 궁금증은 누구에게나 있다. 대상이 다를 뿐 도전해야 얻을 수 있는 것은 같다.

Nepal. 19th October 2004. NS#765. Sc#747b. Mountain Series(Mount. Everest)

▶ Technical Detail ·······································

Title : Mountain Series(Mount. Everest)
Denomination : 10 Rupee
Size : 40.5X30.5mm
Color : Multicolour
Sheet Composition : 32 Stamps(8 different mountain in a sheet)
Quantity : 0.125 Million
Designer : K.K. Karmacharya
Printer : Austrian Government Printing Office, Vienna
Issue Year : 19th October 2004

→ 2004년 산 시리즈로 히말라야 8,000m 8개봉을 디자인한 우표다. 네팔에는 8개의 8,000m가 넘는 고산이 있다. 이 8개봉을 함께 발행한 시트 속에 있다. 아침 일출 모습인데 일출 때는 높은 곳부터 붉게 물들기 시작한다.

Nepal Proverb ▶

What do you seek, blind man? Eyes.
장님이여 무엇을 찾는가요? 내 눈을 찾소.

엄홍길과 박영석

Prajwal

엄홍길(1960~)은 1988년 에베레스트를 시작으로 2001년 시샤팡마를 오름으로써 한국인 최초 8,000m 14좌를 오른 영광을 안았다. 박영석(1963~2011)은 1993년~2001년 사이 8년 만에 올라 엄홍길의 뒤를 이었다. 엄홍길은 히말라야 16좌를 박영석은 그랜드슬램을 내세워 서로 경쟁했다. 엄밀히 말하면 언론이나 스폰서들의 부추김에 자유롭지 못했다.

1996년 다울라기리에 함께 등반한 적이 있었다. 이때 박영석이 하산하면서 크레바스에 빠져 조난을 당했는데 엄홍길이 찾아 살려 냈다. 박영석이 엄홍길에게 했다는 말이 "난 늙어 죽을 운명이야." 고마움을 말한 거다. 내심 경쟁관계에 있었는지 모르지만 사적으로 그런 속내를 드러낸 적은 없다.

엄홍길은 『꿈을 향해 거침없이 도전하라』(2008, 마음의 숲), 박영석은 『끝없는 도전』(2003, 김영사)이란 책을 냈다. 공통점은 도전이다. 박영석이 안나푸르나 산행에서 조난당하자 많은 전문가들은 앞다투어 '최초를 쫓아 등반을 시도하려는 상업산악에 대한 경고' 라는 목소리를 높였다. 엄홍길은 "자연이 거부하면 아무리 잘나도 불가능하다." 박영석은 "세상의 주인은 따로 없다. 도전하는 자가 세상의 주인이다." 란 말을 남기면서 공통적으로 "가장 무서운 건 나 자신이다. 나를 이기는 게 가장 힘들다." 란 통찰을 남긴다.

사람들이 흔히 입산수도(入山修道)란 말을 많이 한다. 왜 도를 닦자면 산으로 가야 할까. 엄홍길과 박영석이 히말라야 14좌를 완등하고 남긴 말을 생각하면 입산수도가 맞다.

Nepal. 19th September 2006. NS#826. Sc#777. Mount. Everest

▶ Technical Detail ··································

Title : Mount. Everest
Denomination : 1 Rupee
Size : 25.5X21.5mm
Color : 2 Colour
Sheet Composition : 100 Stamps
Quantity : 5 Million
Designer : M.N. Rana
Printer : UAB 'Garsu Pasaulis' Lithuania
Issue Year : 19th September 2006

→ 2006년 일반(Regular Postage Stamp Series) 우표로 발행한 에베레스트 우표다. 전하는 말에 "고되지 않은 산행은 즐거움이 따르지 않는다."란 말이 있다. 고진감래(苦盡甘來)다. 산행은 고행이다. 수행이다.

Nepal Proverb ▶

In the land of blind, close your eyes; in the land of the lame, walk with a limp.
장님의 나라에서는 눈을 감고, 질름발이의 나라에서는 질름질름 걸어라.

오은선과 고미영

Pradip Pariyar

　오은선과 고미영도 한국이 낳은 발군의 여성 등반가로 서로 경쟁 관계에 있었다. 선의의 경쟁. 개인적으로 서로가 그렇게 인식하고 있었는지 알 수 없지만 언론이나 스폰서들이 그렇게 몰아갔던 것은 엄홍길과 박영석의 경우와 다르지 않다. 공교롭게 고미영이 낭가파르바트에서 하산길에 조난사한 것도 박영석을 연상케 한다.

　오은선(1966~)은 1977년을 시작으로 2010년까지 히말라야의 8,000m 고봉을 완등했다. 고미영(1967~2009)은 낭가파르바트에서 하산 도중 조난사했다. 8,000m 고봉 12개를 성공해서 오은선을 바짝 뒤쫓고 있던 시기다. 안타까운 일이다.

　경쟁이란 누구나 한다. 많은 지혜로운 사람들이 경쟁은 자기와 하는 것이지 남과 하는 것은 아니라고 일깨우지만 곁에서 자극하면 쉽게 빠지는 것 또한 경쟁이다. 한 일간지와의 인터뷰에서 오은선은 "히말라야 14좌를 오를 때는 분명한 목표가 있어 열정과 도전의식을 가졌지만 그 목표를 이뤘기 때문에 현재는 산에 오를 때 가졌던 순수한 열정과 명분이 없습니다."라며 "더욱이 다시 갈 이유도 없습니다."고 분명히 선을 그었다.

　산을 오르지 않더라도 할 일이 많을 것이다. 고미영은 평시에 이런 말을 남겼다. "저도 마찬가지입니다만 산을 동경하고 닮고 싶어 하는 사람은 모두 산을 오를 것입니다." 그러면서 덧붙인 말도 있다 "실패는 고통스럽다. 그러나 최선을 다하지 못했음을 깨닫는 것은 몇 배 더 고통스럽다."

Nepal. 19th September 2006. NS#826. Sc#778. Mont. Everest

▶ Technical Detail ·····································

Title : Mont. Everest
Denomination : 5 Rupee
Size : 33X28.5mm
Color : 2 Colour
Sheet Composition : 50 Stamps
Quantity : 5 Million
Designer : M.N. Rana
Printer : UAB 'Garsu Pasaulis' Lithuania
Issue Year : 19th September 2006

→ 2006년 Regular Postage Stamp Series로 발행한 에베레스트 우표 2
종 중 하나다. 에베레스트의 별칭이 여럿이다. 영어의 에베레스트(Everest) 외에 네팔
의 사가르마타(Sagarmata), 티베트의 초모룽마(Chomolungma) 그리고 중국의 주무랑마
(Zhumulangma) 등 같은 산을 두고 이름이 서로 다르다.

Nepal Proverb ▶

The lame is called upon for the help when a thief comes to the land of the blind.
장님 마을에 도둑이 들면 절름발이에게 도움을 청한다.

히말라야를 꿈꿨던 세 친구

Pratima Thakali

　운명은 참 묘하다는 생각이 든다. 경북학생산악연맹을 탄생시킨 우리 셋(서해창, 김기문, 이근후)은 히말라야의 꿈을 키웠다. 국내의 산을 부지런히 다닌 이유도 기실 히말라야를 밟고 싶어서다. 결론부터 말씀드리면 이 셋 가운데 나만이 1982년부터 지금까지 히말라야를 찾고 있다. 셋 가운데 내가 제일 히말라야와는 거리가 멀었다. 거리가 멀었다고 한 뜻은 산에 오르는 능력이 두 친구에 비해 처진다는 뜻이다. 그럼에도 불구하고 서해창(徐海昌)은 병으로 일찍 타계하여 꿈을 이루지 못했다. 김기문(金基汶)은 덩치 큰 사업을 하느라 시간을 내지 못했다. 자기가 가지 못하는 대신 후배들의 히말라야 등반을 많이 후원한 그런 친구다.

　며칠 전 그에게서 전화가 왔다 "이 박사 내년에 히말라야 갈 수 있어?" 매년 네팔을 다니고 있는 나에게 새삼스러운 질문이다. 그의 설명은 이렇다. "2016년이 경북고등학교 개교 100주년을 맞아 산악반에서 히말라야를 가는데 그와 내가 꼭 동참해야 한다는 초청을 받았단다. 모교의 100주년도 100주년이지만 산악회를 만들어 그렇게 가고 싶어 했던 히말라야를 후배들이 꾸려 우리를 꼭 모시고 가겠다니 감격할 일이다.

　그는 흥분했다. 지금까지 마음만 있고 가 보지 못했던 히말라야이니 이해는 간다. 마음이 한창이다. "야, 지난 2월 네팔 갔을 때 4,500m 트레킹 갔다가 고소 먹고 죽을 뻔했어." "후배들이 헬리콥터 대절해서 베이스캠프까지 모신데……." 그게 더 위험하다고 설명했다. 그도 모를 이치는 없지만 계속 가고 싶은 마음에 괜찮을 것이라고 확신한다. 나는 합류해서 카트만두에 있자고 했다. 그는 헬리콥터를 타고 베이스캠프까진 가야 한다고 했다. 또 전화 오겠지.

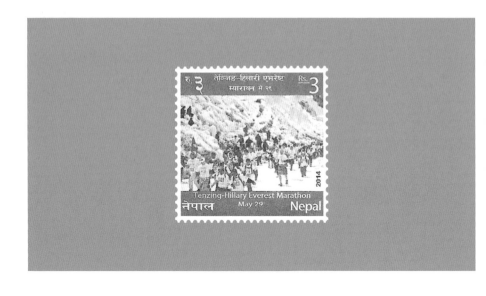

Nepal. 19th September 2006. NS#826. Sc#778. Mont. Everest

▶ Technical Detail ·······························

Title : Tenzing. Hillary Everest Marathon
Denomination : 3 Rupee
Size : 32X32mm
Color : 5 Colours
Sheet Composition : 40 Stamps
Quantity : 1 Million
Designer : Purna Kala Limbu Bista
Printer : Gopsons Printers Pvt. Limited. Noida India
Issue Year : 19th December 2014

→ 에베레스트 초등자 텐징 셰르파와 힐라리 경을 기리는 마라톤대회로 에베레스트 베이스캠프(5,364m)를 출발해 남체바잘(3,446m)에 이르는 코스를 뛴다. 세계에서 가장 높은 고도에서 열리는 국제마라톤대회로 2003년에 시작하였다.

Nepal Proverb ▶

Will the crow become an egret after a bath?
까마귀가 목욕하고 나면 왜가리가 되느냐?

등정주의(登頂主義)와 등로주의(登路主義)

Raj Krishna Maharjan

히말라야의 높은 산치고 아직 미답봉으로 남아 있는 것이 적다. 끊임없는 인간이 오르고자 하는 욕구는 멈추질 못한다. 이제 많은 등반가들이 어떤 등반이어야 할까를 고민하기 시작했다. 원로 산악인 김영도(金永悼) 선생은 한 언론 매체와의 인터뷰에서 그의 소신을 밝힌 것이 있다.

"내가 어느 책에서 보고 퍼뜨린 건데, '고도(altitude)'가 아니라 태도(attitude)'란 말이 있다. 높이보다는 어떻게 오르느냐 하는 방식이 더 중요하다는 말이다. 등로주의(登路主義)라는 말은 일본 사람들이 만든 말인데, 머머리즘(Mummerism 은 머머리가 처음 주장한 것인데 난이도 높은 미개척 코스를 중시하는 산악 흐름)과 통하고 내 말과도 통한다. 나는 세계 산악사에서 등정주의(登頂主義)는 이탈리아 등반가 라인홀트 메스너(Reinhold Messner)가 히말라야 14개 봉우리를 처음 완등하고, 폴란드인 예지 쿠쿠치카(Kukuczka 1948~1989)가 전인미답의 루트로 역시 14개 봉우리를 오른 것으로 끝났다고 보는 사람이다. 이제는 높이보다는 산을 오르는 과정이 목표가 되고 있는 등로주의 시대다."

이제 이 문제를 등반가들은 공감대를 형성, 진지한 해답을 내놓아야 한다. 또 다른 문제가 하나 있다. 상업주의 등반이다. 히말라야를 원정하는 비용이 엄청나다. 한 개인이나 단체가 부담하기 어려운 금액이다. 그런 연고 때문에 언론사나 스폰서를 교섭하거나 그쪽에서 등반가들에게 요구하는 상업 등반이다. 이런 주고받음이 있으면 등로주의든 등정주의든 원래의 등반 철학과는 거리가 있을 것이다.

Nepal. 9th December 2014. NS#1112. Sc#959 Paragliding

▶ Technical Detail ·······························

Title : Paragliding
Denomination : 10 Rupee
Size : 32X32mm
Color : 5 Colours
Sheet Composition : 40 Stamps
Quantity : 1 Million
Designer : Purna Kala Limbu Bista
Printer : Gopsons Printers Pvt. Limited. Naida India
Issue Year : 9th December 2014

　→ 마차푸차레(Machapuchare) 봉을 배경으로 패러글라이딩 모습을 디자인했다. 전문
가가 아니더라도 포카라에 가면 관광객을 위한 패러글라이딩이 있다. 2012년 1월
산악인 박정헌, 패러글라이더 홍필표, 함영민이 세계 최초로 2,400km의 히말라야
산맥을 패러글라이딩으로 횡단하는데 성공했다.

히말라야는 내게
여덟 손가락을 가져간 대신

Rajdoor

"히말라야는 내게 여덟 손가락을 가져간 대신, 내게 무한한 자유를 주었다." 이 말은 한국의 등반가 박정헌이 한 말이다.

그는 2005년 1월 16일 네팔 히말라야의 촐라체(Cholatse) 정상에 올랐다가 하강하면서 자일 파트너와 함께 크레바스에 빠지는 조난을 당한다. 이때 그는 여덟 손가락을 동상으로 잃게 된다. 심기일전 히말라야 동서 2,400km 상공을 패러글라이딩으로 도전했다. 그가 이끄는 3명이 대원과 함께 2011년 8월부터 2012년 1월까지 168일간에 걸쳐 대장정을 마친다. KBS에서 다큐로 방송했는데 세계 어떤 패러글라이더도 어떤 방송국에서도 이루지 못한 초유의 히말라야 2,400km 패러글라이딩이다.

손가락을 동상으로 여덟 개를 잃는다는 것은 등반가에게 크나큰 좌절이다. 더 이상 등반을 하지 못할 좌절이다. 그럼에도 불구하고 그는 새로운 도전을 계획한다. 발로 오르지 못한다면 날아서 오를 것이다. 그 불굴의 의지가 박정헌으로 하여금 2,400km를 날게 만들었다.

"철학이 없는 등반은 노동자와 같다. 철학이 없는 비행은 낙엽과도 같은 것이다. 등반은 삶의 고도를 높이는 끝없는 비행이다." 그의 강연에서 했다는 말이다. 꾸며 낸 말이 아닐 것이다. 손가락 8개를 잃고 나락 같은 좌절 끝에 얻은 확신일 것이다. 그는 친구와 함께 자일을 공유하고 죽음의 문턱에서 함께 살아 돌아온 경험, 그 경험이 원동력이 되어 히말라야를 날았을 것이다. 그래서 얻은 무한한 자유일 것이다.

Nepal. 2015 Hillary Peak(7,681m)

▶ Technical Detail ·······························

Title : Souvenir Sheet 6 Stamps(Hillary Peak)
Denomination : 10 Rupee
Size : 80X125mm
Color : 5 Colours
Sheet Composition : 6 Stamps
Quantity : 0.2 Million
Designer : K.K. Karmacharya
Printer : Joh Enschede Stamps B.V. Netherlands
Issue Year : 2015

→ 네팔 산악회의 의뢰로 선물용 시트 6장 우표로 발행했다. 에베레스트의 힐라리 피크를 주제로 디자인했다. 히말라야의 산 중 5,800m 미만의 산은 모두 트레킹 피크이다. 트레킹이던 등반이던 네팔 관광성에서 허가를 받아야 한다. 힐라리 피크처럼 등반가나 유명인의 이름을 붙인 피크가 많다.

Nepal Proverb ▶

The blind man and the lame have their turn at night.
장님과 절름발이는 밤이 되면 임무 교대한다.

5분 산소통

Rajendra Poudel

나는 1982년 셰르파로부터 손가락 크기의 산소통 하나를 선물 받았다. 통 표면에 영문으로 '5 minutes Oxygen'이라고 선명히 적혀 있었다. 처음 보았다. 나에게 이를 선물한 셰르파는 라인홀트 메쓰너(Reinhold Messner)와 함께 등반에 참여했던 셰르파다. 메쓰너도 1982년은 메쓰너가 3개의 8,000m 봉을 연속적으로 올랐던 해다. 캉첸중가(Kangchejunga), 가셔브룸 2봉(Gasherbrum II), 브로드 피크(Broad Peak)다. 그의 등반기(登攀記)에 보면 캉첸중가에선 산소를 쓰지 않았다고 명기하고 있고 가셔브룸 2봉서는 직접 언급은 없으나 "이번 등반이나 과거의 등반에서 나는 약물을 사용한 적이 없다. 산소기구 익스펜션 볼트 그리고 남에게 나타낼 요량으로 자기 자신을 영웅시하기 위해 많이 사용하는 미사여구를 반대하는 것처럼 나는 약도 거부한다." 이런 간접적인 표현으로 무산소를 암시한다. 그런데 브로드 피크의 등반기에는 아예 산소에 대한 언급이 없다. 앞뒤 사정으로 봐서 이 브로드 피크에서 지참했던 산소통이 아닐까 유추해 본다.

한 해에 3개 봉을 종주한다는 것도 어렵지만 캉첸중가 등반에서 그는 간염을 앓고 2주 이상 카트만두에서 치료를 받는다. 그런 상황으로 봐서 무산소 언급이 없는 브로드 피크가 이 5분 산소를 사용했을 가능성이 크다. 셰르파 말로는 메쓰너가 여러 개를 버렸다고 했다. 메쓰너도 8개 봉은 산소를 쓰고 올랐다고 했는데 어느 봉인지 명시하지 않았다. 다만 그의 등반기를 읽으면서 유추해 볼 뿐이다. 5분 산소통은 아마도 메쓰너가 스스로 고안해서 만든 산소통이 아닐까 짐작한다. 그는 모든 등반에 필요한 장비는 스스로 고안하고 만들어 사용하는 창의적 습관이 있다. 5분 산소통은 활용할 필요가 있다.

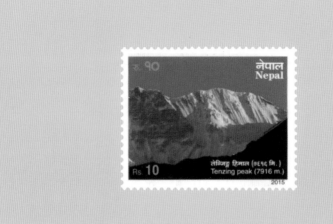

Nepal. 2015. Tenzing Peak(7,916m)

▶ Technical Detail ··

Title : Souvenir Sheet 6 Stamps(Tenzing Peak)
Denomination : 10 Rupee
Size : 80X125mm
Color : 5 Colours
Sheet Composition : 6 Stamps
Quantity : 0.2 Million
Designer : K.K. Karmacharya
Printer : Joh Enschede Stamps B.V. Netherlands
Issue Year : 2015

→ 네팔 산악회의 의뢰로 선물용 시트 6장 우표로 발행했다. 에베레스트의 텐징
피크를 주제로 디자인했다. 산악인이나 연관된 이름이 붙은 봉이 계속 늘어난다.
힐라리 피크, UIAA 피크, 헤르조그 피크, 홀리 피크 등이 있다.

Nepal Proverb ▶

Money seeks money, mind seeks mind.
돈은 돈을 찾고, 마음은 마음을 찾는다..

무모한 무산소 등반의 도전

Raju Chitrakar

히말라야의 8,000m 고봉을 무산소로 등반하는 것이 이젠 새삼스러운 일은 아니다. 많은 등반가들이 도전하여 성공을 거두었다. 실패하여 목숨을 잃은 등반가들도 많다. 아직도 의학자들은 무산소 등반에 대해 우려를 표현한다. 그 후유증이다. 누군가 무산소로 올랐으니 나도 오른다. 이런 생각이 무모하다는 뜻이다. 6개의 8,000m 봉을 무산소로 오른 메쓰너도 무산소로 오르기 위해 여러 가지 자기 실험을 했다. 비근한 예로 경비행기를 타고 에베레스트 높이보다 높게 날아 본다. 비행사들이 쓰는 산소마스크를 쓰지 않고 자신을 실험했다. 이뿐만 아니라 무산소로 오르기 위해 고도 적응 등 체험적으로 무산소에 대한 연구와 경험을 쌓는다. 그의 말대로 자신을 영웅시하는 어떤 일도 거부하면서 무산소에 적응하는 경험을 쌓았다. 그의 등반기 어디에도 5분 산소에 대한 언급은 없다. 하지만 나는 그의 창의력이 다른 등반가들에게도 도움이 되었으면 한다.

이 5분 산소에 관해서 메쓰너를 만나면 꼭 물어보고 싶었는데 만나지 못했다. 5분 산소에 나의 필이 꽂힌 것은 내가 의사이기 때문이다. 5분 산소통은 손가락 크기로 작기도 하지만 무게가 가볍다. 10개를 가져간다면 50분을 사용할 수가 있다. 8,000m 고도에서의 저산소증을 치료하기엔 충분한 양이다. 위급한 상황을 피하기엔 충분한 양이다. 죽음을 살려 놓을 수 있는 산소의 양이다. 그래서 많은 등반가들이 예비로 가져갔으면 한다. 소지하고 갔다고 해서 무산소 등정이 아니란 말은 하기 어렵다. 소지한 등반가는 위기 탈출에 성공할 것이고 지참하지 못한 등반가는 위기 극복을 실패함으로써 생명을 잃을 것이다.

The Himalayas
on Nepali Stamps

5장

산이 거기 있기 때문이다

Nepal. 16th December 1975. NS#300. Sc#308. Ganesh Himal(7,406m)

▶ Technical Detail ·······························

Title : Ganesh Himal(7,406m)
Denomination : 2 Paisa
Size : 35X25mm
Color : Multicolour
Sheet Composition : 50 Stamps
Quantity : 5 Million
Designer : K.K. Karmacharya
Printer : Pakistan Security Printing Corporation. Karachi
Issue Year : 16th December 1975

→ 가네쉬 히말을 디자인한 산 우표다. 가네쉬 히말은 네팔 중부에 위치해 있고 가네쉬 1봉(Yangra 7.422m), 가네쉬 2봉(7.118m), 가네쉬 3봉(Salasungo 7.043m), 가네쉬 4봉(Pabil 7.104m) 등 가네쉬 히말에는 7,000m 이상 봉이 4개 6,000m 이상이 14개 등 모두 18개 봉으로 이루어져 있다. 맑은 날은 카트만두서도 볼 수 있다. 가네쉬(Ganesh)는 힌두 신인데 시바신의 아들이다. 머리는 코끼리고 몸은 사람 형상이다.

Nepal Proverb ▶

The poor has no money, the rich has no mind.
가난한 자는 돈이 없고, 부자는 마음이 없다.

엘리자베스 홀리 여사

Raju Dongol

한때 네팔 관광성에서 발표하는 등반자료보다 카트만두에 있는 미국인 엘리자베스 홀리(Elizabeth Hawley 1923~) 여사의 말이나 통계치를 더 많이 신뢰한 적이 있다.(지금도 그렇지만) 그녀는 1960년 로이터통신 기자로 네팔에 온 것이 인연이 되어 지금까지 네팔에서 살고 있다. 히말라야의 데이터베이스(Himalayan DataBase)란 제목으로 1905년부터 2003년까지 네팔 히말라야의 300여 개 봉우리와 캉첸중가, 초 오유, K2 등 네팔 국경에 위치한 산을 찾은 원정대를 정리해 CD로 내놓았다.

1995년 내가 카트만두 킹 로드에 있는 그의 사무실을 찾아가 인터뷰한 적이 있었다. 모든 등반 팀이 그의 확인을 받아야 정상 등정을 인정하는 추세였다. 그도 그럴 것이 히말라야를 등반하는 모든 팀에 대한 자세한 정보는 물론 직접 인터뷰하는 방식으로 꼼꼼히 챙긴다. 그 자료가 엄청나다. 나는 그녀를 월간 『산(山)』에 소개 연재하기 위해 그를 만났다.

많은 이야기를 나누었지만 제일 궁금해서 묻고 싶었던 것이 메쓰너의 5분 산소통이다. 나의 언어 전달이 미숙했던지 그녀는 내 질문에 좀 언짢은 표정을 지었다. 내 질문은 다름이 아닌 "메쓰너가 5분 산소통을 썼다는데……." 그녀가 언짢은 표정을 지은 이유는 내가 메쓰너의 무산소 등반을 시비하는 줄 알았나 보다. 5분 산소통에 대해 더 물어보지 못하도록 그녀는 "메쓰너는 누가 뭐래도 무산소로 히말라야를 올랐습니다." 아주 강한 어조라서 내 본래 전하고자 했던 말을 이어 가지 못했다. 내가 그녀에게 전하고자 했던 내용은 메쓰너의 창의적인 5분 산소통을 8,000m 이상 등반하는 등반가들에게 필수적인 예비 장비로 추천하면 어떨까 라는 말을 전하고자 했는데 여의치 못했다.

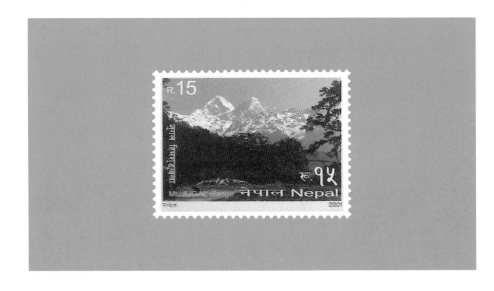

Nepal. 28th December 2001. NS#719. Sc#707. Mount. Jugal Range

▶ Technical Detail ·······························

Title : Mount. Jugal Range
Denomination : 15 Rupee
Size : 39X30mm
Color : Multicolour
Sheet Composition : 50 Stamps
Size : 38.5x29.6mm
Quantity : One Million
Designer : M.N. Rana
Printer : Austrian Government Printing Office, Vienna
Issue Year : 28th December 2001

→ 히말라야의 시샤팡마 주변의 주갈/랑탕 히말 지역에 있는 산들을 디자인한 우표이다. 아름다운 트레킹 코스로 2주 정도면 주갈/랑탕 지역을 트레킹할 수 있다. 4,100m 높이에 아름다운 포카리(Panch Pokhari)호수가 유명하다. 주갈 히말은 락파(Dorje Lakpa 6,966m), 마디야(Madiya 6,257m), 차츄(Phubi Chyachu 6,637m) 봉이 모여 있다. 따망(Tamang)족이 살고 있다.

A beggar must not expect hot rice.
거지가 더운 밥 가려서는 안 된다.

머메리즘(Mummerism)

Ratan Kumar Rai

등반하는 사람들에겐 널리 알려진 용어다. 알버트 프레드릭 머메리(Albert Frederick Mummery 1855~1895)가 주장한 등반 방식과 철학을 두고 만들어진 용어다. 그가 활동하던 1800년대 알프스는 인간의 발자국이 닿지 않는 곳이 없을 만큼 많은 알프스 봉이 인간의 발자국을 허락했다. 이때 나타난 머메리의 등반 방식은 "더 험란한 루트(More Difficult Variation Route)를 개척하면서 정상에 오르고 인위적인 등반 편이 기구를 최소화했다. 이런 주장을 하고 실천하는 머메리에 대해 많은 등반가들은 이단시하며 동의하지 않았다. 하지만 등정주의를 표방한 등반가들이 오를 산들이 적어지자 자연스럽게 그 뒤를 잇는 등로주의가 빛을 보게 된다. 정상에 오르는 것이 문제가 아니라 어떻게 올랐는가에 관심을 쏟았다. 어떻게 보면 불가능할 것 같은 이 방법이 그에 의해 부분적으로 성공을 거두면서 자연스럽게 후등자들도 따라하게 되었다.

등반사적으로 머메리즘에 동참한 등반가 가운데 낭가파르밧(Nangaparbat)을 등정한 헤르만 볼(Herman Bohl), 그리고 히말라야 8,000m 봉 14좌를 최초로 완등한 라인홀트 메쓰너를 꼽는다. 두 사람 모두 인위적 장비의 최소화에 노력했던 등반가로 머메리즘 등반가라고 해도 손색이 없다.

맨손으로 산을 오를 수는 없다. 머메드도 최소한의 등반 장비를 갖추고 떠났다. 처음에는 가이드와 함께 떠났으나 나중에 홀로 오르는 단독 등반을 즐겼다. 머메리즘은 정상에 오르는 길은 하나가 아니고 여러 개며 이 여러 새로운 루트를 개척하면서 올라야 한다는 생각의 원조가 됐다. 머메리는 1895년 히말라야의 낭가파르밧 봉(8,125m) 등반 중 실종됐다.

Nepal 11th December 1991. NS#498. Sc#495. Kumbhakarna(Jannu 7,710m)

▶ Technical Detail ···

Title : Kumbhakarna(Jannu 7,710m)
Denomination : 4.60 Rupee
Size : 38.5X29.6mm
Color : Multicolour
Sheet Composition : 50 Stamps
Quantity : 3 Million
Designer : M.N. Rana
Printer : Austrian Government Printing Office. Vienna Austria
Issue Year : 11th December 1991

→ 히말라야의 동부 칸첸중가 봉 곁에 있는 아름다운 잔누 봉을 디자인한 우
표다. 잔누 봉은 세계에서 32번째로 높은 봉이다. 공식적인 산 이름이 쿰바카르나
(Kumbakarna)이다. 1962년 4월 28일 프랑스 원정대(텔레이 Lionel Terray)에게 처음으로 정
상을 허락했다. 9명의 대원과 2명의 셰르파가 모두 정상에 올랐다.

Nepal Proverb ▶

When the elephants fight the grass is crushed.
코끼리 싸우는 통에 풀들이 죽어난다.

등반은 상충된 두 가지 동기를 갖고 있다

Raju Maharjan

산악인들에게 '당신은 왜 산에 오르는가'란 질문을 받으면 제일 먼저 "산이 거기 있으니까 오른다."는 말을 떠올린다. 크리스 보닝턴(Bonington)이 했다는 말 하나를 찾았다. "등산가는 상충되는 두 가지 동기를 가지고 있다. 하나는 모험의 욕구, 클라이머로서 그 위험한 놀이의 쾌감을 만끽하면서 미지의 세계를 탐험하고자 하는 욕구고, 다른 하나는 자기방어라는 본능적 욕구다. 따라서 클라이밍의 가장 순수한 모습은 자일도 확보 수단도 없이 산의 난관을 극복해 나가는, 단독 등반의 형태로 나타날 수밖에 없다."

그도 머메리즘이 주장하는 내용과 비슷한 주장이다. 그가 지적했다는 산악인들이 갖는 두 가지 욕구. 미지의 세계에 대한 탐구 욕구와 두 번째로 자기방어 욕구라고 했다. 공교롭게 정신분석학자 지그문트 프로이트(Sigmund Freud)가 주장했던 인간 본능론과 같은 맥락이다. 본능에는 두 가지 상반된 욕구가 있는데(공격적 욕구와 성적 욕구) 이 욕구의 조화가 바로 정신건강의 기준이라 본 가설이다. 위험한 놀이의 반복적 추구는 공격적 욕구다. 방어적 욕구는 성적 욕구다. 전자를 데스투루도(Destrudo)라고 했고 후자를 리비도(Libido)라고 했는데 나중에 뭉쳐서 리비도란 용어로 통일했다. 데스트루도란 파괴를 말한다. 이 파괴의 궁극적인 무의식은 죽음에 있다. 등반가들이 반복되는 위험에 노출시키며 등반을 하는 이유는 위험한 놀이의 쾌감을 연속해서 느끼고 싶은 강박적 욕구 때문이라고 보는 심리학자들도 있다. 죽고 싶은 마음과 살고 싶은 마음의 상충된 리비도다.

Nepal 28th December 1971. NS# 245. Sc#254. Kangchenjunga(8,597m)

▶ Technical Detail ·······························

Title : Kangchenjunga(8,597m)
Denomination : 1 Rupee
Size : 39.1X29mm
Color : Deep Blue and Brown
Sheet Composition : 35 Stamps
Quantity : 0.5 Million
Designer : K.K. Karmacharya
Printer : India Security Printing Press, Nasik
Issue Year : 28th December 1971

→ 히말라야의 동부에 위치한 캉첸중가 봉을 디자인한 산 우표다. 이 봉은 세계
에서 3번째로 높은 산이다. 캉첸중가는 티베트 말로 '높은 눈 위의 5개 보석'이란
뜻을 담고 있다. 유마 삼망 여신(Yuma Sammang)이 머무는 신성한 산이다. Sam은 영
혼을 Mang은 산을 의미한다. 전설에 의하면 이 산에 귀한 보석–소금, 금, 터키옥,
경전, 무기, 곡물, 의약품–등이 저장되어 있어서 위급할 때 현자가 나타나 사람들을
구한다고 했다. 지리적 위치는 북위 27도 42분 동경 88도 09분이다.

Nepal Proverb ▶

Grass combined will tie up an elephant.
풀들이 뭉치면 코끼리를 묶는다.

히말라야에 고속도로가 생긴다면

Ram Gurung

히말라야를 트레킹하다 느낀 점이다. 먹고 걷고 자고. 이 단순한 반복을 하다 보면 어느 날 갑자기 목적지에 도달해 있다. 여러 가지 고통을 인내하며 무념(無念)하게 걷는다. 왜 이 바보 같은 짓을 하면서 즐거워할까.

니체(F Nietzsche 1844~1900)가 했다고 전하는 말이 생각난다. "등산의 기쁨은 정상에 올랐을 때 가장 크다. 그러나 나의 최상의 기쁨은 험악한 산을 기어 올라가는 순간에 있다." 메쓰너는 한 인터뷰에서 이런 말도 남겼다. "내가 관심을 갖는 건 인간의 경험이지 산이 아닙니다. 난 자연주의자가 아니에요. 난 인간의 내면세계에 관심이 있습니다."

윌리엄 블레이크(William Blake 1757~1827, 영국의 화가이자 시인)는 인간과 산이 만날 때 위대한 일들이 일어난다고 했다. "에베레스트에 고속도로가 나 있다면 산을 만날 수 없습니다. 모든 걸 준비하고 자신의 안전을 책임져 줄 안내인을 대동한다면 산을 만날 수 없어요. 산을 만나는 유일한 길은 모든 걸 혼자 힘으로 감당하는 겁니다."

우리나라 지방자치단체들은 앞다투어 산에 케이블카를 놓으려고 안달이다. 얼마 전에 설악산 케이블카도 환경부의 승인이 났다. 이제 우후죽순처럼 케이블카가 생길 것이다. 우리나라의 케이블카는 산을 통한 인간의 체험을 박탈해 가는 무시무시한 가해자다.

Nepal. 19th October 2004. NS# 766. Sc#747b. Mount. Kanchenjunga(8,586m)

▶ Technical Detail ···

Title : Mount. Kanchenjunga(8,586m)
Denomination : 10 Rupee
Size : 40.5X30mm
Color : Multicolour
Sheet Composition : 32 Stamps(8 different mountain in a sheet)
Size : 40x30mm
Quantity : 0.125 Million
Designer : K.K. Karmacharya
Printer : Austrian Government Printing Office, Vienna
Issue Year : 19th October 2004

→ 2004년 Mountain Series로 발행한 8,000m급 네팔 히말라야 8개 봉을 디
자인했는데 이 우표는 캉첸중가 산 우표다. 1852년까지 캉첸중가가 세계에서 제일
높은 산으로 기록되어 있었다. 1856년에 세계에서 3번째로 높은 산이라고 공식 발
표되었다.

Nepal Proverb ▶

He who does not see an elephant on his head finds lice on another's head.
제 머리 위의 코끼리는 보지 못하고 남의 머리의 이 한 마리 흉본다.

등반에 실패란 없다

Ratan Kumar Rai

실패라는 말은 일을 잘못하여 그르친다는 뜻이다. 히말라야 트레킹을 하다 보면 산을 올랐던 사람들이 내려오는 모습을 종종 본다. 그들과 자주 마주치다 보니 그들의 표정을 보고 등반에 성공한 사람과 실패한 사람을 쉽게 구분하게 된다. 성공한 사람은 아직 힘이 남아 있는 표정이다. 실패한 사람은 축 처진 모습으로 땅만 쳐다보고 내려온다. 실패에 대한 아쉬움 때문에 그럴 것이다. 실패란 단어를 군이 쓰자면 그가 목표했던 산 정상에 서지 못한 그르침에 있다고 본다. 그르침에는 불가항력적인 것도 있고 내가 능력이 모자라거나 준비를 철저히 하지 못했던 것도 이유가 될 것이다. 어느 것이든 아쉬움이 남는 대목이다.

나는 카트만두에서 실패한 등반대를 몇 번 만난 적이 있다. 나는 한결같이 이런 주장을 해 보았다. "몇 미터까지 올라가셨어요?" 이 질문은 가뜩이나 아쉬운 마음을 헤집을 수도 있는 질문이다. 하지만 내 질문의 진정성은 "당신은 8,100미터까지 성공했잖습니까." 정말 그렇다. 목표에는 이르지 못했으나 8,100m까진 올라갔다는 의미다. 이 의미에 방점을 두자는 말이다. 아무나 8,100m를 올라가는 것은 아니다. 왜 우리들은 실패라는 단어에 포박되어 자신이 힘겹게 오른 8,100m를 홀대할까. 8,100m는 지금 나에겐 아주 소중한 기록이다. 그 고도는 누가 뭐래도 내가 땀 흘려 올라간 내 길이고 내 시간이고 내 높이다. 그런 나를 다른 사람도 아닌 내가 왜 구박해야 하는가. 그런 논리로 대화를 나누었다. 의기소침했던 그들도 다음을 기약하면서 활짝 웃었다. 술잔을 들면서 모두 "우리는 8,100미터 올라간 사람들이야. 성공한 사람이야."

Nepal. 25th May 2005. NS# 787. Sc#757. Golden Jubilee of The First Ascent of Kanchenjunga(8,596m)

▶ Technical Detail ·······································

Title : Golden Jubilee of The First Ascent of Kanchenjunga(8,596m)
Denomination : 12 Rupee
Size : 40.5X30.5mm
Sheet Composition : 50 Stamps
Size : 30x40mm
Quantity : One Million
Designer : M.N. Rana
Printer : Austrian Government Printing Office, Vienna
Issue Year : 25th May 2005

→ 캉첸중가 초등 50주년 기념우표다. 캉첸중가는 주봉(8,586m), 중앙봉(8,482m), 남봉(8,476m), 서봉(8,433m)으로 이루어진 산괴다. 지리적 위치는 북위 27도 42분 동경 88도 09분이다. 초등은 1955년 영국 원정대(에반스 Evans)의 G 벤드(Band)와 J 브라운(Brown)이 5월 25일 정상에 올랐다. 한국 등반대는 부산 대륙산악회가 1987년 겨울 등반에 성공했다.

Nepal Proverb ▶

The lost fish is big.
놓친 고기가 크다.

맨발의 포터들

Ram Kumar Thapa

셰르파(Sherpa)라고 하면 흔히 짐꾼으로 오해를 한다. 오해할 만한 이유는 있다. 히말라야를 등반할 때 베이스로 짐을 날라다 주는 사람들이 모두 셰르파들이기 때문이다. 지금까지 셰르파들의 도움 없이 순수한 자기 힘만으로 등정한 등반가는 없다. 이런저런 도움을 받고 올랐다. 요즈음 들어 히말라야 등반의 경량화나 머메리즘의 영향으로 셰르파의 도움을 최소화하려는 노력이 있지만 전혀 배제하진 못한다.

셰르파는 쿰부 지역에 사는 몽골 계통의 소수민족이다. 티베트에서 넘어와 살고 있다는 정도만 알려졌을 뿐 정확하게 언제 누가 쿰부 지역에 자리 잡았는지 모른다. 우리나라 사람들과 생김새가 비슷하고 생활양식이 비슷한 것이 많아 친근감이 있다. 저지대에서 짐을 날라다 주는 포터 역할이 있고 고산 등반을 돕는 셰르파들도 있다.

지금은 사정이 좀 달라졌지만 초기에는 포터들이 맨발이었다. 맨발로 산길을 오르내리다 보니 발바닥은 굳은살이 박혔다. 내 등산화와 비슷했다. 내가 어릴 때 시골 외가에서 본 머슴(그땐 집에서 일하는 머슴이 있었다)의 발바닥과 같았다. 8,000m 거봉을 등반가와 함께 올랐음에도 불구하고 셰르파들을 누구도 등반가로 부르지 않는다. 최근에는 네팔에도 셰르파들을 중심으로 자국 등반대를 꾸려 여러 봉들을 성공적으로 오르고 있다.

셰르파는 짐꾼이 아니다. 이 세상에서 가장 훌륭한 등반가다.

Nepal. 2015. NS# Diamond Jubilee of First Successful Ascent of Mt, Kanchenjunga

▶ Technical Detail ·····································

Title : Diamond Jubilee of First Successful Ascent of Mt, Kanchenjunga
Title : Souvenir Sheet 6 Stamps(Tenzing Peak)
Denomination : 10 Rupee
Size : 80X125mm
Color : 5 Colours
Sheet Composition : 6 Stamps
Quantity : 0.2 Million
Designer : K.K. Karmacharya
Printer : Joh Enschede Stamps B.V. Netherlands
Issue Year : 2015

　→ 네팔 산악회의 의뢰로 선물용 시트 6장 우표로 발행했다. 에베레스트의 텐징 피크를 주제로 디자인했다. 히말라야의 무명봉엔 유명 등반가들이나 셰르파들의 이름을 부쳐 기념한 봉이 많다.

Nepal Proverb ▶

Think of your throat before you swallow a bone.
뼈를 삼키기 전에 네 목 생각해라.

모택동(毛澤東) 동산

Ramesh K C

  1982년 처음 네팔에 갔을 때 들은 이야기다. 에베레스트 정상에 마오쩌둥(毛澤東 1893~1976) 동상이 있다는 소문이다. 기록에 보면 1960년 봄, 북동능을 통해 4명이 정상에 선 것으로 나와 있다. 당시 원정대(시찬춘 史占春 Shih Chan-chun)의 규모가 214명이었다. 1960년 5월 25일 04시 20분, 왕푸주 일행이 에베레스트 등정에 성공한다. 리우리엔만(劉連滿), 추원화(屈銀華), 왕푸주(王富注) 와. 곰부(貢布) 등이 올랐다고 기록하고 있다. 이후 1975년 가을 같은 북동능으로 무려 9명이 등정에 성공했다. 이후는 뜸하다.

  모택동 동상을 설치했다면 아마도 1975년의 일일 것 같다. 9명이나 등정했으니 이런 인력이면 동상을 짊어지고 올라갈 수가 있었을 것이다. 그때 참 미련한 일이라고 생각했으나 사회주의 국가에서 능히 그럴 수도 있겠구나란 생각도 했다.

  당시 중국 등반대의 규모가 자그마치 410명이다. 희생자도 났지만 인해전술 등반이다. 같은 해에 등반한 다른 등반대에 의해 중국 등반대가 세운 삼각대를 발견함으로써 중국이 등정한 것을 인정했다. 1978년 메스너가 등정했을 때 삼각대를 촬영, 세상에 알렸다. 그러나 소문난 모택동 동상은 어디에도 없었다. 당시엔 냉전이 심했던 시기라서 중국의 등반 사실은 베일에 가려져 있었다. 에베레스트를 성공하기 이전 여러 번 소련과 합동 등반을 한 것으로 알려져 있으나 성공하지 못했다. 1, 2차 모두 상상을 뛰어넘는 등반대 규모다.

Nepal. 30 December 1987. NS#464. Sc#462. Mt. Kanjiroba(6,883m)

▶ Technical Detail ·······································

Title : Mt. Kanjiroba(6,883m)
Denomination : 10 Rupee
Size : 42.5X26.5mm
Color : Multicolour
Sheet Composition : 50 Stamps
Quantity : 1 Million
Designer : K.K. Karmacharya
Printer : Austrian State Printing Office, Vienna Austria
Issue Year : 30 December 1987

　→ 중부 히말의 다울라기리 인근에 있는 칸지로바 봉을 디자인했다. 이 칸지로
바는 1950년대까지 네팔 지도에 표시되지 않았으나 이후 영구 등반대의 존 베르드
(Jhon Baird)에 의해 처음으로 지도에 올랐다. 찾는 사람들이 상대적으로 적어 자연환
경이 잘 보존되어 있다.

Opportunities come but do not linger.
기회는 온다, 하지만 오래 머물지 않는다.

등반가들의 명언

Ramesh K C

사리에 맞는 훌륭한 말을 명언이라고 한다. 소크라테스(Socrates BC 469~BC 399)의 "너 자신을 알라.(know thyself)"라는 말은 지금까지도 많은 사람들의 입에 오르내리는 명언이다. 이 짧은 말 가운데 함축하고 있는 뜻이 우주만큼이나 크기 때문에 지금까지 우리들의 입에 올린다. 등반가들은 어떤 명언을 남겼을까. 무수한 등반가들이 무수한 명언을 남겼다.

명언이란 말이 아무리 곱고 듣기 좋다고 해도 듣는 사람들의 가슴에 공감을 얻지 못하면 명언이 아니다. 일반 사람들이 등반가들이 하는 명언을 쉽게 공감하지 못하는 이유는 경험의 차이이다. 경험을 짙게 한 사람과 경험이란 전혀 없는 사람 사이의 소통이란 지식적 이해에 불과하다. 말은 알겠는데 가슴으로 느끼기엔 역부족이다. 가장 비근한 예로 조지 말로리(George Herbert Leigh Mallory 1886~1924)의 "산이 거기 있기 때문이다.(Because it is there)"라는 명언이 있다. 참 싱거운 명언이다. 내가 그런 말을 했다면 싱거운 허튼소리겠지만 말로리가 했기 때문에 싱겁지 않은 명언이 된다.

"산이 거기 있기 때문이다." 이 한마디가 나오기까지 축적된 그의 등반 경험은 내가 따르지 못하기 때문이다. 나도 말로리는 충분히 이해한다. 그러나 그의 축적된 경험을 가슴으로 공감하기엔 내 경험이 너무 일천하다는 뜻이다. 명언은 이 명언을 듣고 읽고 새기는 사람들의 그릇에 따라 천차만별이다. "등산가들은 산의 법칙을 따라 행동할 줄 아는 사람이며 언제나 배워야 한다고 느끼는 사람이다." 누가 한 말인지 모르지만 나는 이 명언이 마음에 든다. 나는 그런 경험에 공감한다.

Nepal. 30th December 1981. NS#394. Sc#400. Langtang Lirung(7,246m)

▶ Technical Detail ⋯⋯⋯⋯⋯⋯⋯⋯⋯⋯⋯⋯⋯⋯

Title : Langtang Lirung(7,246m)
Denomination : 2 Rupee
Size : 26X36mm
Perforation : 14X14
Color : Multicolour
Sheet Composition : 50 Stamps
Quantity : 2 Millions
Designer : K.K. Karmacharya
Printer : Bruder Rosenbaum Printers, Vienna Austria
Issue Year : 30th December 1981

→ 카트만두 북부에 위치한 랑탕 봉을 디자인했다. 트레킹 코스도 잘 개발되어 있다. Visit Nepal Series 3종 가운데 하나다. 이 산을 중심으로 랑탕 국립공원이 설정되어 있다. 이 공원의 25%는 풍부한 삼림지역으로 다양한 동식물들이 있다. 신성한 고사인쿤다(Gosainkunda)호수와 불교 수도원인 강진 곰파(Kyanjin Gompa)가 경내에 있다. 이 지역엔 약 5,000명 정도의 소수민족이 살고 있는데 타망(Tamang)족이다.

Nepal Proverb ▶

Think about the rainy season in the winter ahead.

앞선 겨울철에 다가올 우기를 생각해라.

산은 행락의 장이 아니다

Ratna Kaji Shakya

　매년 히말라야를 등반하는 산악인의 수가 증가하고 있다. 등반 인구가 증가한다는 말은 쓰레기도 많이 발생시킨다는 뜻이다. 힐라리(Hillary)가 에베레스트를 초등한 이래 지금까지 에베레스트의 쓰레기만 해도 50톤이 넘는다고 했으니 "히말라야가 세계에서 가장 높은 쓰레기 야적장으로 변했다."고 주장하는 보도가 틀리지 않다. 네팔 정부에서도 이런 쓰레기를 줄이기 위해 여러 가지 방법을 제시하고 있으나 공염불이다.

　2003년 국내 3번째이자 세계 11번째로 히말라야 8,000m 이상급 14개 봉에 완등한 한왕용 대장이 히말라야 청소하기 등반을 시작했다. 그는 14개 봉을 완등한 이후 그가 저질러 놓았을지 모르는 히말라야의 오염을 청소하기 위해 매년 네팔로 원정대를 꾸려 떠났다. 14개 8,000m 봉을 차례로 방문하여 청소를 한다. 물론 이런 한두 번의 청소로 히말라야가 깨끗해질 수는 없지만 이런 상징성이 확산된다면 쓰레기 오염 문제를 근원적으로 고민할 수 있을 것이다.

　우리나라도 등산 인구가 많아져 산을 찾는 사람들이 많아졌다. 아직도 산 쓰레기 문제로 고민이 깊다. 우리나라나 히말라야나 산 쓰레기 문제는 다르지 않다. 쓰레기를 버리지 않는 것은 산에 대한 최소한의 예의다. 기본적인 자세다. 산에 가려면 최소한 이것부터 몸에 익히자.

Nepal. 9th May 2006. NS#817. Sc#771. Golden Jubilee of the Fist Ascent of Mountain Lhotse(8,516m)

▶ Technical Detail ···

Title : Golden Jubilee of the Fist Ascent of Mountain Lhotse(8,516m)
Denomination : 25 Rupee
Size : 40X30mm
Color : Multicolour
Sheet Composition : 50 Stamps
Quantity : 1 Million
Designer : M.N. Rana
Printer : WalsalSecurity Printing Ltd. United Kingdom
Issue Year : 9th May 2006

→ 로체 봉 초등 50주년 기념우표다. 로체 봉은 세계에서 4번째로 높은 산이다. 티베트어로 '남쪽 정상'이란 의미가 있다. 로체 정상을 중심으로 중앙봉(8,414m), 로체샬(8,383m)이 자리하고 있다. 초등은 1956년 5월 18일 스위스 원정대(에글러 Eggler)의 루히징거(Luchsinger)와 라이스(Reiss) 대원이 정상에 올랐다. 한국 등반대는 대한산악연맹의 정호진, 임형칠, 박쾌돈, 박희동이 1988년 10월 2일에 올랐다. 지리적 위치는 북위 27도 58분 동경 86도 56분이다.

Nepal Proverb ▶

The bull that became blind in the month of Shrawan always sees green.
4월에 눈이 먼 황소에게 세상은 늘 푸르다.

히말라야는 누가 제일 먼저 디뎠나

Ratna Kaji Shakya

히말라야가 서방 세계에 알려지면서 누가 제일 먼저 발을 디뎠을까 궁금하다. 달리 정리해 둔 기록이 없으니 알 길은 없다. 하지만 라인홀트 메쓰너(Reinhold Messner)의 저서 『나는 살아서 돌아왔다』에 실려 있는 정보를 근거로 추적해 본다. 네팔에 있는 8개의 8,000m 봉 가운데 가장 일찍 흔적을 남긴 곳은 캉첸중가(Kanchenjunga)이다. 1899년의 일이다. 영국인 프레쉬필드(Freshfield 1845~1934)와 이태리 사진작가 셀라(Sella)가 캉첸중가 일원을 여행했다고 기록하고 있다. 프레쉬필드는 영국왕립지리학회 회장과 산악회 회장을 겸해 히말라야에 관심이 많았다. 저서로는 『캉첸중가 산을 돌아』(Round Kangchenjunga 1903)가 있다.

네팔에 있는 히말라야는 아니지만 1800년대에 인간의 발자국을 허용한 산(정상은 아니지만)은 K2가 1856년으로 제일 빠르다. 이후 가셔브럼 1봉이 1861년, 브로드 피크가 1892년, 낭가파르바트가 1895년 순이다. 히말라야에서 제일 먼저 인간의 발자국을 허용한 곳은 파키스탄에 있는 K2봉이다. 기록에 의하면 1856년 독일 과학자 슈라긴트바이트(Schlagintweit)가 있고 영국 측량장교 몽고메리(Montgomerie)가 고봉의 산괴를 발견하고 K1, K2…… K32 등으로 이름을 붙였다. K는 카라코람의 이니셜이다.

히말라야산맥의 산 이름 가운데 외국인의 이름이 붙은 것은 두 개가 있다. 에베레스트와 K1이다. 두 이름 모두 영국 측량장교의 이름을 땄는데 K1은 카라코람의 이니셜을 사용해 측량장교 이름보다 더 회자되어 전하고 있다. 초기 히말라야에 관심을 가진 나라는 단연 영국이다.

Nepal. 18th November 1982. NS#399. Sc#404b. Mont. Lhotse

▶ Technical Detail ·····························

Title : Mount. Lhotse
Denomination : 2 Rupee
Size : 32X32mm
Perforation : 14X13.5
Color : Multicolour
Sheet Composition : 36 Stamps
Quantity : 1 Million 2 Hundred Thousand
Designer : K.K. Karmacharya
Printer : Carl Ueberreuter Druck and Verlag. Vienna Austria
Issue Year : 18th November 1982

→ 1982년 국제산악연맹(UIAA) 창립 50주년 기념 로체 산 우표다. 로체 봉의 인근 산으로 로체 샤르(Lotse Shar 8,400m)가 있다. 이 산은 등반 도중 조난사가 가장 많은 산으로 알려져 있다. 로체 샤르봉을 오른 한국 등반대는 대구등산학교팀이다. 1989년 10월 4일 권춘식 대원이 셰르파 2명과 함께 올랐다.

Nepal Proverb ▶

Bite not the hand that feeds you.
네게 먹을 것을 주는 손을 물지 마라.

에베레스트 뷰 호텔

Rujal Kayestha

　세계에서 가장 높은 고도에 있는 호텔은 어디에 있을까? 네팔 쿰부 지방 샹보체(Shangboche 3,720m)에 있다. 이 호텔의 객실 창문을 열면 에베레스트가 지척이다. 에베레스트 베이스로 가자면 꼭 이 지점을 지나야 한다. 그래서 이름도 에베레스트 뷰 호텔(Everest View Hotel)이다. 카트만두에서 샹보체까지 헬리콥터로 이동하여 산소통을 메고 야크를 탄다. 그래서 도착하는 곳이 이 호텔이다. 지금은 장사가 잘 되는지 모르겠으나 내가 방문했을 때는 한산했다. 등반가 더글라스 케이트 스코트(Douglas Keith Scott 1941~)의 글에 이런 대목이 나온다.

　1975년 시애틀에 사는 중년 부인들이 단체로 여길 찾았다. 샹보체로 헬리콥터를 타고 호텔까지 산소통을 메고 호텔에 도착한다. 호텔 객실에 있는 산소통의 도움으로 하룻밤을 지낸다. 날씨가 흐려 에베레스트를 보지 못한 채 비틀거리면서 헬리콥터를 탄다. 그리고 카트만두로 왔다. "오, 맙소사 이런 줄 알았다면 오지 않았을 것을……." 하고 중얼거렸다고 회상하고 있다.

　나도 가 보았지만 실감나는 이야기다. 호텔이 참 아름답긴 해도 짧은 일정으로 방문하는 여행객에겐 무리한 고도다. 젊은 트레커들은 이 호텔의 전망대가 아니더라도 목이 좋은 캠핑장에 천막을 친다. 그렇게 많은 비용을 지불하고 산소통 신세를 질 필요가 없다.

　루크라(Lukla)에서 천천히 고도에 적응하면서 오르면 아름다운 경치를 만끽할 수 있는데 군이 호텔에 들 필요가 없다. 다른 호텔에 없는 산소통이 방방에 비치된 것이 참 신기했다. 높은 고도에 갑자기 노출되면 많은 사람들이 고산증세에 시달린다. 고산 여행에는 차근차근 고도 적응을 위한 순응이 필요하다.

Nepal. 19th October 2004. NS# 767. Sc#747c. Mount Lhotse(8,516m)

▶ Technical Detail ···

Title : Mount Lhotse(8,516m)
Denomination : 10 Rupee
Size : 40.5X30.5mm
Perforation :
Color : Multicolour
Sheet Composition : 32 Stamps(8 different mountain in a sheet)
Size : 40x30mm
Quantity : 0.125 Million
Designer : K.K. Karmacharya
Printer : Austrian Government Printing Office, Vienna
Issue Year : 19th October 2004

→ 2004년 Mountain Series로 발행한 로체 봉 산 우표다. 로체 봉의 최초 등
반은 1955년 국제히말라야등반대(다이렌퍼스 Dyrenfurth)에 의해 시도되었는데 등정에는
실패했으나 지도 제작자 슈나이더(E. Schneider)에 의해 에베레스트 주변 지역의 지도를
완성했다.

Nepal Proverb ▶

You must not show your teeth until you are ready to bite.
물기 전에 이를 내보이지 마라.

남체바잘

Sabina Dongol

　네팔의 쿰부 히말 지역에서 가장 큰 마을이다. 이 마을에 셰르파들이 모여 살고 있다. 에베레스트나 눕체, 로체, 아마 다블람 등으로 가자면 반드시 거쳐야 하는 마을이다. 나는 이 마을을 1982년에 가 보고 지금까지 가 보지 못했다. 1980년대 언젠가 내셔널지오그래픽에 나온 글을 봤더니 남체바잘(Namchebazar 3,440m)에 디스코텍이 생겼다는 내용을 보고 깜짝 놀란 적이 있는데 지금은 더 다양한 시설들이 들어서고 인구도 늘었다.

　셰르파들은 언제부터 이곳에 정착했는지 불분명하지만 티베트 쪽에서 내려온 사람들이다. 셰르파라는 단어의 뜻이 '해 뜨는 곳'이란 의미를 담고 있다니 우리나라의 조선이란 의미와 참 유사하다. 우리 민족은 흘러 흘러 한반도에 정착했고 셰르파들은 히말라야를 넘어 해 뜨는 곳을 찾아 정착했다. 그래서 그런지 셰르파의 일상 풍습이나 생활양식이 닮은 것이 너무 많다. 제주도의 돌담과 대문은 한 치의 다름이 없다. 신기하다.

　좀 이질적인 전통적 풍습 가운데 결혼 풍습이 있다. 형제 혼이다. 한 여성이 남편으로 형제 모두를 품는다. 일부다부(一婦多夫) 혼인이다. 혼인을 결정하는 단계도 재미있다. 총각이 마음에 드는 여자가 있다면 자기 아버지께 중매를 부탁한다. 아버지는 창(일종의 전통주)을 한 병 들고 며느리 될 여자의 아버지를 찾아 술을 권한다. 허락하면 받아 마시고 불허하면 잔을 받지 않는다. 허락을 하면 아들을 그 집에 두고 온다. 동거에 들어가는 것이다. 중간 점검. 동거에 만족하는가 묻는다. 만족하면 임신할 때를 기다린다. 다시 점검한다. 괜찮다고 하면 아기를 낳을 때까지 지속된다. 아기를 낳고 또 점검한다. "동의하는가." 이에 동의하면 마을 사람들을 모아 잔치를 한다. 이런 과정을 거치는 셰르파 사회에선 가장 왕따 되는 사람이 이혼한 사람이다. 그런 끈끈한 절차를 여러 번 밟았는데도 불구하고 이혼이라나…… 사회적인 왕따다. 옛날 전통인데 지금은 많이 사라진 풍습이다.

Nepal. 9th October 2002. NS#736. Sc#719. Mount. Nilgiri(7,061m)

▶ Technical Detail ·······························

Title : Mount. Nilgiri(7,061m)
Denomination : 5 Rupee
Size : 40.5X30.5mm
Perforation :
Color : Multicolour
Sheet Composition : 50 Stamps
Size : 30x40mm
Quantity : One Million
Designer : K.K. Karmacharya
Printer : Austrian Government Printing Office, Vienna
Issue Year : 9th October 2002

　→ 2002년 Visit Nepal Series로 발행한 4종 우표 중 닐기리 봉을 디자인한 산 우표다. 중부 히말 지역에 있으며 한국 등반대로는 양정 은벽 합동대(김기혁)가 1982년 4월 25일 닐기리 중앙봉에 올랐다. 김기혁, 심상돈, 임병길, 김현수, 김광 외 셰르파 2명이 정상에 섰다.

Nepal Proverb ▶

He who cuts the honeycome licks his hand.
벌꿀 따는 사람의 손에 묻은 꿀은 꿀 딴 사람의 덤이다.

귄터 메쓰너

Samit Shrestha

귄터 메쓰너(Gunther Messner 1946~1970)는 라인홀트 메쓰너(Reinhold Messner)의 친 동생이다. 알프스에서 시작한 등반이 히말라야까지 발전했다. 귄터의 비극은 1970년 그의 형과 함께 낭가파르바트(Nangaparbat) 등정에서다. 1970년 로웨(Lowe)추도 원정대(헤를리히코퍼 Herrligkoffer)에 참여한 메쓰너 형제가 6월 27일 낭가파르바트 정상에 오른다. 하산하는 길에 귄터가 조난을 당하여 실종되었다. 형제가 정상에 섰던 기쁨도 잠시 형인 라인홀트만 살아서 돌아왔다. 이를 두고 산악계에서 설왕설래가 끊이지 않았다. 정작 형인 라인홀트는 이렇게 적고 있다. "정상에 도달했을 때 동생은 매우 지쳐 있었으며 고산병의 첫 징후가 나타났다. 동생은 더 이상 걸을 수 없을 것 같았다."

하강에 앞장선 형을 따라 내려오다 눈사태를 만나 사라져 버렸다. 라인홀트도 동상을 입어 발가락 6개와 손가락 몇 개도 잘랐다. "나는 다시는 등산을 할 수 없을 것이라고 생각했다. 또한 등산을 계속하겠다는 생각도 하지 않았다." 그런 그가 낭가파르바트를 히말라야의 8,000m 봉 14좌의 시작점을 삼은 것은 참 아이러니컬하다. 그는 1978년에 이 낭가파르바트를 다시 오른다. "나는 등반이란 죽음과 얼마나 밀접한 것인지 또 얼마나 위험한 것인지 나는 비로소 확실하게 깨달았다."

동생 귄터를 찾아 1971년, 1973년, 1977년, 1978년 집요하게 낭가파르바트를 찾는다. 1978년 두 번째 정상에 올라 이런 감회를 적고 있다. "첫 번째 원정에서 지옥을, 두 번째 등정에서 천국을 체험했다." 귄터는 영원히 낭가파르바트에 잠들었다.

Nepal. 18th November 1982. NS#398. Sc#404a. Mount Nuptse

▶ Technical Detail ·······································

Title : Mount Nuptse
Denomination : 25 Paisa
Size : 27,5X32mm
Perforation : 14X13.5
Color : Multicolour
Sheet Composition : 36 Stamps
Quantity : 1 Million 2 Hundred Thousand
Designer : K.K. Karmacharya
Printer : Carl Ueberreuter Druck and Verlag. Vienna Austria
Issue Year : 18th November 1982

→ 1982년 국제산악연맹(UIAA) 창립 50주년 기념 로체 산 우표다. 눕체는 에베레스트 남쪽 5.6km 지점에 위치한 봉인데 동서 방향으로 길게 7개의 봉우리로 둘러싸여 있다. 눕체 1$^{(7,861m)}$, 눕체 2$^{(7,827m)}$, 눕체 사르 1$^{(7,804m)}$, 눕체 눕 1$^{(7,784m)}$, 눕체 사르 2$^{(7,776m)}$, 눕체 눕 2$^{(7,742m)}$, 눕체 사르 3$^{(7,695m)}$ 7개 봉이다.

Nepal Proverb ▶

Much talks, little work.
말 많은 지는 일은 적게 한다.

엄홍길

Sanjeev Maharjan

우리나라가 낳은 국제적인 등반가다. 엄홍길(嚴弘吉 1960년~)은 우리나라 등반가로서는 최초로 히말라야 8,000m 14좌를 완등한 산악인이다. 그는 1988년 에베레스트를 시작으로 2001년에 14개 봉을 모두 등정하여 아시아인으로 최초 세계적으로 8번째 완등자로 기록된다. 그는 이에 더해 8,000m 급의 위성봉 얄룽캉(Yalung Kang)을 완등했다. 2007년 5월 31일 8,400m의 로체샤르(Lhotse Shar)도 완등하면서 세계 최초로 16좌 완등에 성공했다.

"산에 오르려 하면 그곳에는 산이 없다. 산에 오르는 순간 산과 하나가 되기 때문이다. 산에 오르는 것은 산이나 자연을 정복하는 것이 아니라 산과 하나가 되는 작업이다." 그는 무조건 산이 좋아, 산에 미쳐 있어 간다고 고백한다. 마음의 안식처요, 새로운 세계에 대한 도전과 창조적 응답이 어우러지는 곳이요, 자신의 한계를 극복할 수 있는 장소가 그에게는 산이다. 어느 인터뷰 기사에서 본 글이다.

"자연을 정복하는 것이 아니라" 나는 그 말이 좋다. 산 정상에 오른 것을 흔히 정복했다고 표현한다. 나는 정복이란 단어가 싫어서 산에 안긴다는 말을 제안한 적이 있다. 우리도 그렇게 자연의 일부일 뿐인데 마치 내가 주인인 양 정복 운운했으니 듣기 거북했다. 엄홍길이 16좌를 모두 오르고 나서 인터뷰한 내용이 바로 그런 뜻일 것이다.

2008년 그는 엄홍길 휴먼재단을 설립하여 그가 올랐던 히말라야, 바로 그 자신을 찾아다니면서 여러 형태의 봉사를 하고 있다. 그의 말대로 엄홍길이 산이고 산이 엄홍길이다.

Nepal. 17th May 1973. NS#262. Sc#271. Mount. Makalu

▶ Technical Detail ·····································

Title : Mount. Makalu
Denomination : 75 Paisa
Size : 58X33.2mm
Perforation : 13X13.5
Color : Multicolour
Sheet Composition : 42 Stamps
Quantity : 1/2 Million
Designer : K.K. Karmacharya
Printer : IndiaSecurity Printing Press. Nasik
Issue Year : 17th May 1973

→ 1973년 히말라야의 동부 마칼루 봉을 디자인한 산 우표다. Visit Nepal Series 3종 가운데 하나다. 지리적 위치는 북위 27도 53분 동경 87도 05분이다. 1992년 이 지역을 네팔의 8번째 국립공원 마칼루-바룬국립공원(Nepal Civil Service Employees)으로 지정했다.

Nepal Proverb ▶

Repentance is the wages of sin.
후회는 죄의 대가(代價)다.

82한국 마칼루 학술원정대

Sanila Lama

1981년 연말 나에게 뜻하지 않던 소식이 하나 왔다. 한국산악회에서 82마 칼루 학술원정대가 히말라야를 가는데 나보고 함께 합류하지 않겠느냐는 전갈이다. 나는 앞뒤 가리지 않고 함께하겠다고 즉각 답신을 드렸다. 1960 년대 중반에 히말라야의 꿈을 접고 살아왔는데 이게 웬 횡재냐 싶었다. 원정 대는 일찌감치 선발을 마치고 여러 번의 실전 연습과 준비를 진행하고 있었 으니 나에겐 정말 뜻밖이다. 나는 따로 원정 준비에 참여할 수가 없었기 때 문에 나름 혼자 연습을 했다. 동대문에 있는 병원에서 점심 약속을 친구와 광화문에서 하고 걸어서 간다. 점심을 먹고 나면 다시 걸어서 동대문까지 돌 아오기를 매일같이 했다. 주말은 산행으로 힘을 다졌다. 이때 내 나이가 48 세다. 앞뒤 사정도 모르고 이렇게도 행운이 나에게 찾아올 수도 있구나 라 고 감사했다.

이 원정은 우리나라에서 히말라야를 원정한 유일한 학술원정대다. 이유는 간단했다. 한국산악회가 당시 문교부에 단체 등록이 되어 있었는데 등반은 문교부의 성격과 맞지 않다는 이유로 후원을 거절했다. 그래서 급조한 것 이 학술원정이다. 등반 경험도 있고 학술 논문을 써 낼 수 있는 사람을 찾다 보니 나에게 행운이 떨어진 것이다. 나와 지질학자인 성익환 박사가 차출된 것이다. 경위야 어찌 되었든 다른 원정대원처럼 치열한 경쟁도 없이 참여할 수 있었던 것은 정말 행운이었다. 다녀와서 세르파에 대한 논문 3편을 보고서 로 제출했다. 급조된 논문이라 학술적 가치는 낮으나 어쨌든 세르파에 대한 심리적 연구를 한 최초의 논문이 되었다.

Nepal. 19th October 2004. NS#768. Sc#747d. Mount. Makalu(8,463m)

▶ Technical Detail ··

Title : Mount. Makalu(8,463m)
Denomination : 10 Rupee
Size : 40.5X30.5mm
Color : Multicolour
Sheet Composition : 32 Stamps(8 different mountain in a sheet)
Size : 40x30mm
Quantity : 0.125 Million
Designer : K.K. Karmacharya
Printer : Austrian Government Printing Office, Vienna
Issue Year : 19th October 2004

→ 2004년 Mountain Series로 발행한 8종 우표 가운데 마칼루 봉 산 우표다. 마칼루 봉은 세계에서 5번째로 높은 산이다. 에베레스트 남동쪽 19km 지점에 있다. 마칼루는 산스크리트어로 마하칼라(Mahakala)에서 유래된 말이라고 한다. 티베트 불교의 대표적인 분노의 신 대흑천(大黑天)이다. 그래서 위대한 검은 산이라고 부른다.

Nepal Proverb ▶

It is not the tiger in the forest but the one in the mind that eats up a man.
숲 속의 호랑이가 아니라 마음속에 있는 호랑이가 사람을 잡아먹는다.

허영호

Sanjaya

등반가 허영호(許永浩 1954~)는 내가 참여했던 82한국 마칼루 학술원정대의 등반대원으로 참가하여 정상을 밟은 이래 마나슬루, 에베레스트(한국인 최초 겨울 등반), 로체 등을 오르고 북극점 원정, 남극점 원정, 아프리카 킬리만자로 등정 등 2007년 히말라야 동계 에베레스트 등정에 이르기까지 세계 7대륙 최고봉을 완등했다. 남북극점 탐험을 성공하고 북극 횡단도 성공한다. 에베레스트 3회 등정의 기록을 가지고 있다. 특히 2010년 5월 17일 허영호(당시 56세)와 아들 허재석(당시 26세)이 함께 에베레스트를 통상 4번째로 오른 기록도 갖고 있다. 부자가 함께 등정에 성공한 사례는 에베레스트를 세계 최초로 올랐던 에드먼드 힐라리 경과 아들 피터 힐라리 그리고 힐라리의 파트너였던 텐징 노르게이 셰르파와 아들 텐징 모르부 셰르파도 있다.

"제가 마칼루에 올라갔던 때가 스물아홉 살이었는데, 이번에 재석이가 스물여섯에 올라갔으니, 나보다 별을 먼저 달았다고 했어요. 본인이 일단 극한의 환경에서 살아야 하니까 암빙벽 기술을 열심히 배웠지만, 저는 기술도 중요하지만 먼저 마음으로 느끼라고 했습니다."

어느 잡지와 인터뷰하면서 한 말이다. 허영호는 드림 앤 어드벤처를 설립하고 별난 탐험에 도전한다. 초경량 비행기 조종에 관심을 가지기 시작하며 2008년 4월 18일 경비행기로 제주도 왕복 코스에 도전하여 단독 비행에 성공했다. 그는 등반가이기도 하지만 타고난 탐험가다.

Nepal. 15th May 2005. NS#786. Sc#756. Golden Jubilee of the First Ascent of Mt. Makalu

▶ Technical Detail ·····································

Title : Golden Jubilee of the First Ascent of Mt. Makalu
Denomination : 10 Rupee
Size : 30.5X40.5mm
Color : Multicolour
Sheet Composition : 50 Stamps
Quantity : 1 Million
Designer : M.N. Rana
Printer : Austrian Government Printing Office, Vienna Austria
Issue Year : 27th April 2005

→ 2005년 마칼루 초등 50주년 기념 산 우표다. 지리적 위치는 북위 27도 53분 동경 87도 05분이다. 마칼루 베이스캠프(4,870m)까지 트레킹 코스가 개발되어 있다. 2주 정도의 일정이다.

Nepal Proverb ▶

Greed brings gain, gain brings grief.
탐욕으로 얻는 것이 비탄을 가져온다.

셰르파 마을을 찾아다니다

Sanju Shahi

82한국 마칼루 학술원정대(함탁영)에 학술요원으로 참여한 나는 네팔의 민속에 관한 것을 맡았다. 실제로 등반에 참여한 셰르파들의 심리학적 검사와 셰르파를 위시한 고산족들이 사는 마을을 직접 방문하여 자료를 수집하였다. 나는 마칼루의 베이스에서 본대와 헤어져 니마 셰르파(Nima Sherpa)와 단둘이서 셰르파들의 마을을 찾아 나섰다. 2주일 단위로 트레킹을 하여 산간 마을 곳곳을 누볐다.

당시 내가 마칼루 원정에 참여하게 된 것이 너무 급작스럽게 이루어진 탓에 기초적인 참고 자료도 갖추지 못한 채 마을부터 찾았다. 나는 그때 보는 것 모두가 신기했다. 특히 힌두 문화권에 대한 접촉이 없었던 나로서는 퍽 생소한 느낌이었다.

네팔에 있는 동안 많은 마을을 찾아다녔는데 주로 산간 마을을 더 많이 찾았다. 트레킹을 하면서 느낀 점은 산간 마을 모두가 우리들의 삶이나 생활 풍습 등이 대단히 유사하다는 것을 알고 놀랐다. 셰르파들이 사는 쿰부 지역이나 구룽족이 주로 사는 안나푸르나를 트레킹하면서 나는 꼭 제주도를 여행하는 착각을 여러 번 가졌다.

첫째가 돌담이다. 제주도의 돌담과 너무 닮았다. 둘째로는 대문이다. 제주도의 대문과 너무나 똑같다. 대문에 걸쳐 놓은 대나무 세 개가 지니는 의미도 같다. 세 번째로는 그들이 갖고 생활하는 생활 도구가 닮은 것이 많다. 물레방아가 그렇고 절구통이 그렇고 얼굴 모습들도 그렇다. 산간 지역에 사는 몽골리안들은 우리들과 같은 종족이다.

Nepal. 2015. Diamond Jubilee of First Successful Ascent of Mt. Makalu

▶ Technical Detail ·······························

Title : Diamond Jubilee of First Successful Ascent of Mt. Makalu
Denomination : 10 Rupee
Size : 37.5X29.5mm
Color : Multicolour
Sheet Composition : Souvenir sheet of 6 Stamps
Color : 5 colors with phosphor print
Size : 80x125mm
Quantity : 0.2 Million
Designer : K.K. Karmacharya
Printer : Joh Enschede Stamps B.V. The Netherland
Issue Year : 2015

　→ 2015년 마칼루 초등 60주년 기념 산 우표다. 마칼루 초등은 1955년 프랑스
원정대(프랑코 Franco)의 대원 9명 전원이 3개 팀으로 나뉘어 5월 15일, 16일, 17일에 정
상에 올랐다. 위대한 검은 산이란 별칭을 갖고 있다.

Nepal Proverb ▶

A sigh can shorten life.
한숨 쉬면 생명이 줄어든다.

무당벌레

Saroj Prasad Kushwaha

등반가들이 실제 정상에 오르고도 등정 시비에 휘말리는 등정자가 참 많다. 등정자로선 아주 억울할 것이다. 이런 다툼은 어제 오늘의 이야기가 아니다. 대부분 등정 증거가 나와 소문에서 벗어나는 사람도 있지만 계속 꼬리표처럼 달고 다니는 등반가들도 있다.

폴란드의 등반가로 히말라야 8,000m 봉 14좌를 메쓰너에 이어 세계에서 두 번째로 완등한 예지 쿠쿠츠카(Jerzy Kukuczka 1948~1989)가 있다. 그가 1981년 가을 마칼루 서벽을 통해 단독 등정에 성공했다. 그럼에도 불구하고 이 성공은 미등정 다툼에 휘말린다. 함께 간 네팔 연락장교가 이의를 제출했기 때문이다. 이유는 단순하다. 개인 간 불화였지만 "그렇게 험난한 산을 단독으로 오를 수 없다."는 연락장교의 주장이 일파만파로 번졌다. 네팔 당국에서 연락장교에게 얼마간 금전적 사례를 하고 인정받으라는 권고를 물리치고 마음고생을 많이 했다. 1982년 한국 마칼루 학술원정대의 허영호 대원이 정상에 올라 쿠쿠츠카가 남기고 왔다는 무당벌레를 눈 속에서 찾아 가지고 내려와 네팔 당국에 보고했다. 이로써 쿠쿠츠카는 등정 시비에서 풀려났다. 그의 저서 『14번째 하늘에서』(김영도 역, 1993, 수문출판사)에 이 사실을 직접 언급한 대목이 나온다.

"이 한국의 등반가는 자기가 발견한 사실을 네팔 관광성에도 보고했다. 이렇게 해서 마칼루 사건은 일단락지었다. 그런데 웃기는 것은 이 한국인이 무당벌레를 거북으로 바꾸었다는 것이다. 허영호도 '무당벌레'를 영어로 어떻게 부르는지 몰랐을까?"

웃기는 것은 쿠쿠츠카다. 자신의 등정을 증명해 준 은인에게 '웃기는 한국인'이란 표현은 적절치 않다.

Nepal. 31th December 2011. NS#994. Sc#865. Mt. Mera Peak(6,654m)

▶ Technical Detail ···

Title : Mt. Mera Peak(6,654m)
Denomination : 10 Rupee
Size : 43X32mm
Perforation :
Color : Multicolour
Issue Year : 31th December 2011

　→ 2011년 Visit Nepal Series로 발행한 4종 가운데 Mera Peak를 디자인한 우표다. 메라 봉은 에베레스트가 있는 사가르마타(Sagarmata) 지역에 있는 봉으로 트레킹으로 허가된 가장 높은 봉이다. 이 봉에 오르면 에베레스트와 인근 봉이 한눈에 들어온다.

Nepal Proverb ▶

To put a roof of gold over a chicken coop.
닭장 지붕을 금기와 씌운다.

사이버대학과 네팔

Seema Sah

나는 정년 후 72세에 고려사이버대학교 문화예술학과에 입학하여 4년간 수업을 받았다. 76세에 학사 졸업을 했다. 당시만 해도 나 같은 고령자의 입학이 드문 때라 화제가 되기도 했다. 의학을 공부하고 또 박사학위까지 공부한 사람이 새삼스럽게 학사 공부를 하다니 하고 의아해하는 주위 분들이 많았다. 나는 일생 동안 공부다운 공부를 재미있게 한 기간은 이 사이버대학 공부다.

네팔 화가들을 초청하면서 미란 라트나 샤키아(Milan Ratna Shakya) 외 몇 분은 고려사이버대학교 문화예술학과에서 특강으로 문화 교류를 한 적도 있다. 1982년부터 네팔을 다니면서 아쉬웠던 두 가지가 있다. 하나는 네팔 문화 이해를 위한 바탕 공부이고, 다른 하나는 네팔 말을 배우지 못했다는 점이다. 이유는 있다. 당시만 해도 네팔을 쉽게 갈 수 있는 곳이 아니었다. 처음 네팔에 가서 오랜 기간 트레킹을 했던 이유는 내 평생 다시 이런 기회가 오지 않을 것이란 예단 때문이었다. 내 예단은 어긋나서 그 이후 지금까지 매년 다닐 수 있는 행운이 주어졌다.

지금 생각하면 그때부터 부지런히 네팔 말을 배웠더라면 더 많은 친구와 자유롭게 소통할 수 있었을 것인데 후회스럽다. 문화예술학과에서 문화예술 이해의 폭을 넓히면서 진작 이런 공부를 했다면 네팔을 보다 깊이 있게 이해할 수 있었을 텐데 하는 후회다. 그러나 그런 아쉬움에도 불구하고 네팔과 히말라야가 나에게 방문을 허용한 사실에 깊은 감사를 드린다. 언제까지 나에게 이런 행운이 따를지 모르지만 건강이 허락하는 한 네팔에 가서 다정한 네팔 친구들을 만나고 싶다.

Nepal. 8th November 1995. NS#587. Sc#576. Mt. Nampa

▶ Technical Detail ···

Title : Mt. Nampa(6,755m)
Denomination : 7 Rupee
Size : 38.5X29.5mm
Perforation : 13.25X14
Color : Multicolour
Sheet Composition : 50 Stamps
Quantity : 1 Million
Designer : K.K. Karmacharya
Printer : Government Printing Office, Vienna Austria
Issue Year : 8th November 1995

→ 1995년 발행 Visit Nepal Series 중 남파 봉을 디자인한 네팔 산 우표다. 남파 봉은 네팔 서부에 위치한 구란스 히말(Gurans Himal)에 있는 봉으로 8,000m가 넘는 고봉은 없다. 구란스 히말에서 가장 높은 봉은 아피(Api 7,132m) 봉이다. 인근에 사이팔(Saipal 7,031m) 봉이 있다.

| Nepal Proverb ▶

To cut the nose to look at the sky.
하늘을 보자고 코를 자른다.

산은 수양의 도량이다

Shankar Raj Singh Suwal

산에 올라가면 누구나 다 성스러운 빈자(貧者)가 된다. 또한 자연이 커다란 사원으로 보이기도 한다

시인 신동집(申東集)의 시 〈산〉의 한 구절이다. 맞는 말이다. 그래서일까. 많은 수도자들은 산속으로 들어가 수도한다. 금강산 입산수도 10년, 계룡산 입산수도 10년 등으로 표현하는 것을 보면 산은 정녕 수도장임에 틀림이 없겠다.

히말라야 입산수도를 표방하는 사람들도 참 많다. 지구상에서 가장 높고 성스러운 산이니 세계의 많은 수도자들이 히말라야에 들어가 수도하여 구루(Guru)가 된다. 구루뿐만 아니라 한때는 히피들의 성지가 되기도 했다. 산이 주는 정기라는 것이 있을 것이다. 산이 속세로부터 멀고 깊고 고요하여 수도하기에 안성맞춤이다. 속인들도 잠깐씩이긴 하지만 산에 올라 마음을 다스리고 내려온다. 스트레스가 쌓이면 산에 올라 풀고 온다. 담담하게 풀고 온다. 그게 쌓여 수양이 되는 것이다. 그런데 요즈음 산들은 속인들의 향락적 발걸음 때문에 몸살을 앓는다. 오죽하면 국립공원이 안식년을 만들어 출입금지 기간을 만들었을까. 우리나라 산뿐만 아니라 히말라야도 마찬가지다. 입산수도가 아니라 입산향락이다. 산에 올라도 담담할 수가 없다.

요즈음 지자체들이 앞다투어 산에 케이블카를 설치하려고 경쟁이다. 제발 좀 우리들의 수양도량으로 남겨 주면 좋겠다. 개발론자들의 터무니없는 주장에 손뼉치는 사람들도 많다. 신동집 시인의 시를 개악해 본다. '산에 올라가면 누구나 추한 부자가 된다. 또한 자연이 커다란 향락장이 된다' 안타까운 일이다. 우리 모두가 자연의 일부임을 알아차렸으면 좋겠다.

살아 돌아옴이 곧 예술이다

Nepal. 9th October 2005. NS#804. Sc#764c. Kalinchok Bhagawati Dolakha

▶ Technical Detail ···

Title : Kalinchok Bhagawati Dolakha
Denomination : 5 Rupee
Size : 40X30mm
Sheet Composition : 16 Stamps
Size : 40x30mm
Quantity : 0.25 Million
Designer : Designer : K.K. Karmacharya
Printer : Austrian Government Printing Office, Vienna
Issue Year : 9th October 2005

→ 2005년에 발행한 Visit Nepal Series 우표 중 카린쵸크(3,800m) 봉을 디자인
한 우표다. 힌두교 성지로 정상에는 무인 사원(성직자는 없고 사원만 있다)이 있다. 3,800m
봉을 카린쵸크 힐(Hill)이라고 표현한다. 카트만두 동쪽 돌카(Dolkha) 지역에 있다.

Nepal Proverb ▶

He who spits at the sun gets it all on his own face.

하늘을 보고 뱉은 침은 제 얼굴에 떨어진다.

카린쵸크에서 명상을 하다

Shanta Kumar Rai

카린쵸크(Kalinchock) 봉은 3,800m급의 네팔에선 야트막한 산이다. 돌카 (Dolkha) 지역에 있는 힌두교의 성지로 정상에 힌두 사원(無人)이 있다. 힌두교도 들이 희생동물을 바치기 위해 많이 순례하는 곳이다. 나는 1982년 이 산을 처음 찾았다.

네팔 친구 라즈반다리(M.M Rajbhandary)와 함께 명상 여행을 한 적이 있다. 천 막을 치고 1주일 동안 다이나믹 명상(Dynamic Meditation)을 즐겼다. "세계 인구의 1%만이라도 명상을 한다면 세계가 평화로울 것이다." 그의 말이다. 나의 의 견은 좀 다르다. "명상을 안 해도 될 사람들은 많이 하는데 꼭 명상을 했으 면 하는 친구들은 하지 않는다."

1989~2004년까지 5년 동안 네팔 이화의료봉사단과 함께 이곳으로 트레킹 을 했다. 돌카에서 의료봉사를 마치면 2박 3일 일정으로 꼭 카린쵸크를 찾 았다. 2015년 나는 11년 만에 돌카를 다시 찾았다. 1989년 당시 세운 돌카병 원도 찾아볼 겸 카린쵸크도 트레킹하고 싶었다.

차리코트(Charikot)에서 돌카 마을을 보면 병원만 우뚝 서 보였는데 지금은 병원이 마을 한가운데 파묻혀 위치를 찾기가 어렵다. 그만큼 돌카 마을이 발 전했다는 뜻이다. 카린쵸크까지 길이 뚫려 지프가 오르내릴 수 있다고 해서 올라갔다가 생전 처음 고산중세를 앓았다. 급히 하산하는 것으로 위기를 면했다.

카린쵸크도 많이 변해 있었다. 내가 처음 명상 트레킹을 갔을 때는 움막 한 채만 있었다. 그 안에서 요기 한 분이 수행하고 있었는데 지금은 20여 채 가 넘는 집들이 들어서서 한 마을을 이루고 있었다. 순례자들이 많다.

Nepal. 26th February 1961. NS#114. Sc#128. King and Mount Manasulu

▶ Technical Detail ·······························

Title : King and Mount Manasulu
Denomination : 40 Paisa
Size : 29X33.5mm
Perforation : 13.5X14
Color : Violet and Red Brown
Sheet Composition : 42 Stamps
Designer : Bal Krishna Sama
Printer : India Security Press. Nasik
Issue Year : 26th February 1961

→ 1961년 Mountain Series 우표로 발행한 마나슬루 봉 산 우표다. 마나슬루
는 산스크리트 언어로 '영혼의 산' 이란 의미다. 세계에서 8번째로 높은 산이다. 초
기 마나슬루 등반 기록을 보면 이 신성한 산을 등반대원들이 모독했다면서 마을
사람들과 갈등이 많았다.

Nepal Proverb ▶

To hold a lamp to the sun.
태양 앞에 램프를 쳐든다.

통한의 마나슬루

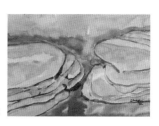

Shashi Kaka Tiwari

한국 산악인에게는 이 마나슬루산에 대한 악몽이 깊다. 1956년 일본 원정대에 의해 최초로 정상 등정이 성공한 이래 1970년까지 정상에 오르지 못한 마나슬루를 한국 등반대가 도전한 것이다.

1차 원정대는 1971년 김호섭(당시 28세)을 대장으로 모두 7명으로 원정대를 꾸렸다. 7,600m 지점에서 김기섭(당시 24세) 대원이 추락사함으로써 성공하지 못했다. 이듬해인 1972년 김정섭(당시 39세)을 단장으로 모두 11명의 전국 합동대를 구성했다. 전해에 추락사한 김기섭 대원의 시신을 수습한다는 명목이다. 이때 7,250m 지점에서 갑작스런 기후 변화와 돌풍에 휘말려 김호섭, 송준행, 오세근, 박창희, 일본인 1명 그리고 셰르파 10명이 희생된 대형 조난 참사가 일어났다. 전부 15명이 희생되었다. 김정섭, 김호섭, 김기섭은 형제다.

1970년대는 우리나라에선 어려웠던 도전이다. 히말라야에 대한 등반 정보도 적었지만 경험 또한 일천했기 때문에 맞은 참사로도 생각된다. 당시 원정을 위한 장비나 식량, 기타 물품을 모두 해로로 인도의 캘커터로 수송하고 거기서 육로로 네팔의 카트만두로 옮겼으니 어려움이 짐작된다. 수송 품목들이 늦게 도착하는 것은 다반사이고 또 많은 품목이 분실되기도 했다. 200여 명의 포터들이 짐을 옮기는 카라반을 했으니 고생이 이만저만이 아니었다.

이 통한의 마나슬루를 초등한 한국 팀은 동국산악회다. 이인정(당시 35세)이 이끄는 6명의 대원 가운데 서동환(당시 27세) 대원과 셰르파 2명이 1980년 4월 28일 정상을 밟는데 성공했다.

Nepal. 9th May 2006. NS#816. Sc#772. Golden Jubilee of the First Ascent of Mount. Manasulu

▶ Technical Detail ·······································

Title : Golden Jubilee of the First Ascent of Mount. Manasulu
Denomination : 25 Rupee
Size : 30X40mm
Color : Multicolour
Sheet Composition : 50 Stamps
Quantity : 1 Million
Designer : M.N. Rana
Printer : Walsall Security Printers Ltd. United Kingdom
Issue Year : 9th May 2006

→ 2006년 마나슬루 봉 초등 50주년 기념우표다. 1950년대 초반에 일본 원정팀이 여러 번 마나슬루 등반을 시도했다. 그러나 인근 주민들의 반발로 등반에 여러 번 차질을 빚는다. 이유는 신성한 영혼의 산 마나슬루를 등반대원들이 모독했다는 이유에서다.

Nepal Proverb ▶

The discontent is ever unhappy, the content is happy all the time.
만족하지 않으면 불행하고, 만족하면 늘 행복하다.

내가 산서(山書)고 산서가 나다

Shova Ratna Bajracharya

산에 오르고 산을 좋아하는 사람들은 제가끔 그럴 만한 이유를 지닌다. 그 하나하나를 열거하기엔 너무 다양하다. 목적이 무엇이든 간에 산에 오르면 등산이다. 산이 좋아 산을 오르는 그 자체가 목적인 사람도 있고 운동 삼아 오르는 스포츠적인 등산도 있다. 더 높은 산, 더 험한 산을 찾아 자연에 동화하는 수도의 의미도 있다. 사전에 보면 문화란 '사람들에 의해 습득, 공유, 전달되는 생활양식의 총체'라고 적고 있다. 자연과 대립되는 개념이다. 이 자연동화 행위인 등산을 산악 문화로 승화시킨 많은 선구자들이 있다.

한국에서 이런 선구자를 말하라면 단연 손경석(孫慶錫 1926~2013)을 빼놓을 수 없다. 그는 일찍 산악 문화 창달을 위해 산서회(山書會)를 만들어 회원들과 함께 산악 문화 공유에 앞장섰다. "내가 산서요, 산서가 곧 나다."란 말은 늘 입에 담고 살았다.

우리나라의 일천한 산악역사(山岳歷史)를 되돌아보면 그가 남긴 공적이 돋보인다. 많은 산행을 통해 산에 오르는데 그치지 않고 『등반백과』(1961), 『등산의 이론과 실제』(1964), 『회상의 산들』(1970), 『알피니스트의 마음』(1972), 『영광과 비극의 히말라야 초등반』(1974), 『제! 히말라야』(1976), 『안전등반』(1984), 『세계 산악 콘사이스사전』(1984), 『알프스』(1984), 『한국 등산사』(2010) 외에도 많은 글을 남겼다.

산서뿐만 아니라 우리나라 근대 등반과 연관된 자료들을 꼼꼼히 챙긴 분이기도 하다. 등산을 통해 자연과 문화를 둘이 아닌 하나로 승화시키는데 아낌없이 기여해 준 산꾼이다.

Nepal. 19th October 2004. NS# 770. Sc#747g. Mount. Manasulu

▶ Technical Detail ·······························

Title : Mount. Manasulu
Denomination : 10 Rupee
Size : 40.5X30.5mm
Color : Multicolour
Sheet Composition : 32 Stamps(8 different mountain in a sheet)
Size : 40x30mm
Quantity : 0.125 Million
Designer : K.K. Karmacharya
Printer : Austrian Government Printing Office, Vienna
Issue Year : 19th October 2004

→ 2004년 Mountain Series로 발행한 8종 우표 가운데 마나슬루 봉을 디자인한 산 우표다. 지리적 위치는 북위 28도 33분 동경 84도 33분이다. 마나슬루의 초등은 1956년 5월 9일 일본 등반대가 성공했다. 한국 등반대는 동국산악회^(이인정)의 서동환이 정상에 올랐다. 세계에서 8번째로 높은 산이다.

Nepal Proverb ▶

If worshipped, even a stone becomes god.

돌도 숭배하면 신이 된다.

한국산악회와 대한산악연맹

Shova Ratna Bajracharya

　우리나라에는 2개의 산악단체가 있다. 한국산악회는 1945년 9월 15일 광복 후 두 번째로 사회단체로 등록된 산악회다. 당시의 이름은 조선산악회. 1930년대에 활동했던 한국인만의 산악단체 백령회(白嶺會) 멤버들이 주축이 되어 만들었는데 초대 회장에 민속학자인 송석하(宋錫夏 1904~1948) 선생이 맡았다. 1948년 8월 15일을 기해 한국산악회로 개칭하였다. 활발한 활동을 하던 중 1961년 5.16이 일어나자 전국의 사회단체 해산령이 내려져 잠시 활동이 중단되었다. 1962년 4월 재등록, 부활했다.

　대한산악연맹은 사회단체 규제가 풀리면서 1962년 4월 23일 이숭녕(李崇寧 1908~1994) 박사를 초대 회장으로 결성된 산악단체다. 기존의 한국산악회가 아우르지 못했던 많은 산악단체를 품고 연맹체를 만든 것이다. 문교부의 사단법인으로 등재되어 있다.

　두 단체 모두 한국을 대표하는 산악단체로 활발한 산악운동에 기여하고 있다. 1980년대 전후해서 두 산악단체의 통합 여론이 높아 한동안 통합에 애를 많이 쓴 것으로 기억한다. 한국산악회는 역사도 깊고 우리나라 유일의 산악회로 이어 왔으나 연맹체로서의 역할을 하지 못했다. 이런 역할을 수용하면서 탄생한 것이 바로 대한산악연맹이다. 비록 두 단체가 통합에는 실패했지만 각 단체 나름의 역할을 활발하게 수행하고 있다. 전국에는 이 두 단체 이외에 클럽 수준의 산악 동호인 단체들이 참 많다.

Nepal. 26th February 1961. NS#113. Sc#126. King and Mount. Machapuchare

▶ Technical Detail ·······························

Title : King and Mount. Machapuchare
Denomination : 5 Paisa
Size : 29X33.5mm
Perforation : 13.5X14
Color : Claret and Brown
Sheet Composition : 42 Stamps
Designer : Bal Krishna Sama
Printer : India Security Printing Press. Nasik
Issue Year : 26th February 1961

→ 1961년 마헨드라(Mahendra 1920~1972) 국왕 초상과 함께 디자인한 마차푸차레 봉산 우표다. 마헨드라 국왕은 네팔의 11대 국왕으로 17년간 재위하면서 자연보호에 기여한 바가 크다. 마차푸차레 봉은 지금도 입산 허가가 나지 않는 산이다. 신성을 유지하기 위해 계속 입산금지 구역으로 남겨 두었다.

Nepal Proverb ▶

A god in the neighborhood is held with contempt.
신도 가까이 있으면 멸시를 당한다.

힌두교의 신들

Shreejan K Rajbhandari

 힌두교는 다신교(多神敎)다. 신이 많다는 뜻이다. 네팔은 왕정이 무너지기 전까지 힌두교를 국교로 삼았다. 대부분 국민의 종교가 힌두교다. 2008년 왕정이 무너지고 새로운 정부가 생기면서 국교로 못 박지 않았다. 종교의 자유가 생긴 셈이다. 히말라야가 신들의 집으로 상징되는 만큼 신의 이름을 가진 산들도 많다. 힌두교는 남아시아에서 발생한 종교로 인도가 중심이다. 정작 그들은 힌두교란 표현 대신 사나타나 다르마(SanatanaDharma)라고 부른다. '영원한 다르마' 란 뜻이다.

 전 세계에 10억 명 가까운 신도들이 있다. 기원 전 1500년에 시작되었다고 추측하고 있다. 다른 종교와 달리 특정한 교주가 없는 것이 특징이다. 신들이 많아 다신교이긴 하지만 그중에도 주된 세 신이 있다. 우주를 창조하고 그 자체를 의미하는 브라만(Brahman), 창조된 우주를 유지 관리하는 비슈누(Bishnu), 파괴와 재창조를 관장하는 시바(Shiva)신을 3대 신이라고 부른다.

 우리들이 흔히 생각하는 윤회설은 힌두교의 주된 사상이다. 산스크리트 언어로 삼사라(Samsara)라고 하는데 수레바퀴로 상징한다. 돌고 돈다는 상징이다. 이승과 저승 그리고 또 이승으로 이어지는 생명의 윤회를 믿는다. 힌두교를 바탕으로 체계화된 종교가 불교이다. 그래서 그럴까 네팔 힌두 사원에 가면 불교 사원과 혼재되어 있는 경우가 많다. 신도들도 힌두 사원이나 불교 사원을 구분하지 않고 함께 순례한다. 네팔에는 산간 지역에 사는 몽골 계통 종족들은 불교를, 남쪽 지역에 사는 아리안 계통 종족들은 힌두교도들이 많다.

Nepal. 6th July 1997. NS#666. Sc#607. Upper Mustang

▶ Technical Detail ·······································

Title : Upper Mustang
Denomination : 10 Rupee
Size : 28X41mm
Perforation : 14X14
Color : Multicolour
Sheet Composition : 50 Stamps
Quantity : 1 Million
Designer : M.N. Rana
Printer : Government Printing Office Vienna Austria
Issue Year : 6th July 1997

→ 1997년 Visit Nepal Series 4장 중 무스탕 지역을 도안한 산 우표다. 무스탕 지역은 네팔의 서북부에 위치하여 티베트와 접경을 이룬다. 흔히 무스탕 왕국이라고도 부른다. 실제 왕국이 아니라 네팔의 행정력이 잘 미치지 못하기 때문에 붙여진 이름이다.

Nepal Proverb ▶

The god who made the mouth will provide the food.
신이 입을 만들었으니 먹을 것도 줄 것이다.

그리운 무스탕

Shreejan K Rajbhandari

무스탕(Mustang)은 네팔의 서북부 지역에 위치해 있다. 은둔의 왕국이다. 네팔인데 따로 왕국이라 부르는 것은 행정력이 미치지 못하는 네팔로선 무스탕 지역의 지도자를 그렇게 부르고 있다.

1982년 내가 네팔을 처음 갔을 때 4월 Democracy Day 행사를 본 적이 있다. 이 민주의 날은 트리부반 왕이 라나 가문(Rana Family)의 독재로부터 친위 쿠데타로 왕권을 회복한 날을 기리기 우해 만든 기념일이다. 많은 군인들과 시민이 참석하여 행사를 치른다. 나와 동행한 친지가 행사장 단상에 카페트를 깔고 앉아 있는 분이 무스탕 킹(Mustang King)이라고 알려 주었다. "왕이라고?" 호기심이 발동했으나 출입금지 구역이라서 가기 어렵다고 했다.

1988년 안나푸르나 산군을 일주하는 트레킹을 하면서 까끄베니(Kakhbeni)에서 무스탕으로 가는 길만 쳐다보는 것으로 만족해야 했다. 왼쪽으로 가면 무스탕으로 오른쪽으로 가면 묵티나스(Muktinath)를 통해 안나푸르나를 일주하면서 돌 수 있다.

이 은둔의 왕국(실제 왕국은 아니지만)도 1991년에 가서야 부분적으로 출입이 허용되었다. 무스탕의 수도는 로 만탕(Lo Mantang)이다. 인구가 약 1,000명 정도된다. 무스탕이란 이름은 서양인들이 지은 이름이다. 전해 오는 말로는 600년의 역사를 가진 로(Lo) 왕국이 전신이다. 현재의 왕은 지그메 팔바르 비스타(Jigme Palbar Bista 1935~)라고 한다. 가 보고 싶었지만 가 보지 못했다. 책으로만 트레킹했다.

Nepal. 28th October 1986. NS#451. Sc#450. Mt. Pumori

▶ Technical Detail ···

Title : Mt. Pumori
Denomination : 8 Rupee
Size : 42.5X26.5mm
Perforation : 13.75X14
Color : Multicolour
Sheet Composition : 50 Stamps
Quantity : 5 Hundred Thousand
Designer : M.N. Rana
Printer : Austrian State Printing Office, Vienna Austria
Issue Year : 28th October 1986

　→ 1986년에 발행한 푸모리 봉$^{(7,161m)}$ 산 우표다. 에베레스트 인근에 있는 난이도
가 낮은 산이라 많은 트레커들이 많이 찾는다.

결혼하지 않은 딸

Shreejan K Rajbhandari

　푸모리(Pumori 7,161m) 봉은 에베레스트산 인근에 있다. 불과 8km 정도 떨어진 곳에 위치한 이 봉은 네팔과 티벳 경계선에 있다. 푸모리 봉의 세계 초등은 독일 스위스 합동등반대가 이루었다. 이 등반대의 게르하르트 렌서(Gerhard Lenser)가 1962년 5월 17일 최초로 정상에 섰다. 푸모리란 말의 원어는 셰르파들의 말인데 그 뜻이 '결혼하지 않은 딸'이란 의미를 가지고 있단다. 아마도 에베레스트 인근에 있는 아담한 산이라서 그런 이름이 붙었는지 모르겠다. 다른 별칭으로는 '에베레스트의 딸'이라고도 한다.

　한국인으로 초등은 1982년 겨울, 양정 은벽 합동등반대의 남선우(당시 27세) 대장에 의해 12월 11일 푸모리 남서벽을 통해 등정에 성공했다. 남선우는 한국 유수의 실력파 등반가로 한국인 최초 알파인 스타일(셰르파를 동반하지 않는 등반)로 히말라야 등반을 시작한 장본인이다. 그는 양정고와 중앙대학을 다닐 때부터 등반에 관심을 갖고 등반 활동을 했다. 82년 마칼루 원정을 효시로 히말라야와 연속적인 인연을 갖는데 특히 초 오유와 시샤팡마 봉을 연속 등반에 성공한다.

　그는 진작부터 히말라야 14좌 등정에는 욕심이 없었다. 알파인 스타일이나 머메리즘에 심취한 그로선 14좌의 수치에 연연하지 않았을 것 같다. 그를 평가한다면 실제 히말라야 경험도 경험이지만 이를 문화적으로 승화시킨 업적을 들지 않을 수 없다. 산악 문화의 창달이다. 그는 『산과 사람』, 『마운틴』 등 산악 전문잡지를 발행하고 많은 산서를 발간하는데 앞장섰다. 그의 저서로는 『역동의 히말라야』가 있다. 1962년부터 1998년까지 286개 우리나라 등반대 자료를 분석한 귀중한 책이다.

Nepal. 2nd October 1977. NS#327. Sc#335. First Ascent of Mount. Tukuche(6,920m)

▶ Technical Detail ···

Title : First Ascent of Mount. Tukuche(6,920m)
Denomination : 1.25 Rupee
Size : 39X29mm
Perforation : 13X13
Color : Multicolour
Sheet Composition : 35 Stamps
Quantity : 1/2 Million
Designer : K.K. Karmacharya
Printer : India Security Printing Press, Nasik
Issue Year : 2nd October 1977

　→ 1977년 네팔 경찰 등반팀이 투크체 봉(6,920m)을 초등한 기념으로 발행한 산 우표다. 원내의 깃발은 네팔 경찰 깃발이다. 한국 등반대는 청주대학 등반대가 1985년 3월 12일 허영호, 윤홍근 대원이 북능 루트로 올라 정상에 섰다.

Nepal Proverb ▶

The layman's distress is a fortune for the priest.
평신도의 괴로움은 성직자의 재산이다.

네팔의 산악회(NMA)

Shubashi

네팔에 네팔산악회(Nepal Moutaineering Association)가 있다. 히말라야 등반 초기 세르파들은 단지 원정대의 보조적인 역할만 했던 시절이 있었다. 자체의 등반가들이 없었기 때문이다. 원정대보다 더 많은 세르파들이 정상에 올랐음에도 불구하고 등반가로 인정받지 못했다. 1973년 처음으로 네팔산악회가 발족했다. 원정대의 보조적 역할이 아니라 네팔 등반가들이 속속 나오기 시작했다.

1979년에는 마낭(Manang)에 등산학교가 설립되고 1982년에는 카트만두에서 제44회 국제산악연맹 회의를 유치했다. 1985년에는 포카라에 국제산악박물관을 개관했으며, 1988년 처음으로 네팔 등반가가 참여하는 네팔, 일본, 중국 에베레스트 원정대에 참여했다.

해마다 산악 관련 국제 모임이 활발하다. 1973년에 처음으로 네팔산악회가 발족했으니 히말라야의 종주국 치고 출발이 많이 늦다. 그럼에도 불구하고 최근 들어 많은 네팔 등반가들이 결속하여 독립적인 원정대를 꾸려 히말라야에 올랐다. 등반뿐만 아니라 모든 사회현상을 보면 경제적인 여건과 무관하지 않다. 그동안 네팔은 경제적 발전이 늦은 나라에 속했다. 그래서 사람들에 따라서는 네팔이 후진국이란 표현을 많이 한다. 나는 이 표현에 대해 반대의 의견을 갖고 있다. 경제적으로는 후진국에 속할지 모르지만 정신문화적으로는 문화적 선진국이다.

요즈음 네팔도 경제적으로 개발도상국이다. 경제적 여건이 좀 더 나아진다면 산악회의 발전도 가속화할 것이다. 히말라야의 종주국답게 네팔 산악회가 발전했으면 좋겠다.

Nepal. 9th October. 2002. NS#733. Sc#720. Pathibhara Devisthan, Taplejung

▶ Technical Detail ·······································

Title : Visit Nepal series-Pathibhara Devisthan, Taplejung
Denomination : 5 Rupee
Size : 39X29mm
Perforation : 13.8 X 14
Color : Multicolour
Sheet Composition : 50 Stamps
Size : 30x40mm
Quantity : One Million
Designer : K.K. Karmacharya
Printer : Austrian Government Printing Office, Vienna
Issue Year : 9th October. 2002

→ 타프레(Taplejung)는 네팔의 동북부 끝자락에 있는 지역이다. 이곳에 유명한 파타바라 데비(Pathibhara Devisthan) 사원이 있다. 3,794m 높이에 위치한 이 사원은 힌두와 불교의 성지로 많은 신도와 관광객이 찾는 아름다운 것이다.

Nepal Proverb ▶

In the name of the temple of Swayambhu the priest takes the presents.
스와이얌부 사원의 이름으로 성직자는 선물을 챙긴다.

히말라야에는 언제나
조난의 위험이 숨어 있다

Yogen

히말라야를 등반하던 많은 산악인들이 조난당하여 목숨을 잃거나 불구의 몸이 된다. 그만큼 위험 요소가 많다는 말이다. 첫째 자연재해다. 예기치 못했던 기후의 변화나 눈사태 등은 가장 높은 위험 요소다.

두 번째로는 등반가들의 경험 미숙이거나 미숙한 운행 아니면 터무니없는 욕심을 앞세울 때 생긴다. 철저한 훈련과 적응이 뒤따라야 한다. 그렇게 하자면 고산 등반에 대한 정확한 정보도 있어야 하고 맞춤형 훈련도 필요하다. 이를 소홀히 하면 실제 히말라야 등반에서 조난당하기 쉽다. 안나푸르나 봉이나 에베레스트 베이스에 가면 조난당해 숨진 세계 여러 나라의 등반가를 추모하는 추모비들이 많다. 한순간의 실수가 가져다 준 조난이다.

세 번째로는 고산병이다. 요즈음 등반 일자를 줄이기 위해 베이스캠프까지 헬리콥터로 이동하는 경우가 많은데 고산병에 쉽게 노출된다. 고산병의 예방은 고도 적응이다. 낮은 고도에서 점차 고도를 높여 가는 트레킹은 우리 몸이나 정신을 점진적으로 적응하게 만든다. 고산병은 신체적인 증상도 있고 정신적인 증상도 있다.

"나를 부르는 프란츠의 목소리가 분명히 똑똑하게 들려왔다. 나는 여전히 환상에 빠져 같은 장소를 몇 번이나 돌며 헤맸다." 1972년 메쓰너(R. Messner)가 마나슬루를 등반하면서 겪었던 정신적 증상이다. 환상을 따라가다 조난당한 등반가들도 많다.

Neal 26th September. 1979. NS#355. Sc#363. Mount Pabil(7,102m)

▶ Technical Detail ·······································

Title : Mount Pabil
Denomination : 30 Pisa
Size : 39X29mm
Perforation : 13.5X13
Color : Jade Green
Sheet Composition : 35 Stamps
Quantity : 3 Million
Designer : M.N. Rana
Printer : India Security Printing Press, Nasik
Issue Year : 26th September. 1979

→ 카트만두 북서쪽 방향 70km 지점에 위치해 있는 가네쉬 파빌(Ganesh Pabil 7,104m) 봉이다. 가네쉬 히말(Ganesh Himal)이라는 산 이름은 행운과 부를 상징하는 힌두 신 가네쉬에서 유래되었다. 가네쉬 히말 봉은 7,000m가 넘는 봉 4개를 포함하는데 양그라(Yangra Ganesh I, 7,422m), 가네쉬 2(7,118m), 사라숭고(Salasungo Ganesh III, 7,043m) 그리고 가네쉬 4에 해당되는 파빌 봉이다. 이 파빌 봉 남쪽 면의 모습이 코끼리의 몸통을 닮았다고 해서 붙여진 이름이다.

Nepal Proverb ▶

The priest is ignorant of the god.

성직자는 신을 모른다.

가네쉬

Govinda Dongo

　가네쉬(Ganesh)신은 시바(Shiva)신과 부인 파르바띠(Parvati) 사이에 첫째 아들로 태어났다. 가네쉬에 대한 신화가 흥미롭다. 그중 하나는 이렇다.

　아들 가네쉬를 어머니 파르바띠가 그의 침실을 지키라는 역할을 주었다. "어떤 사람도 들이지 말라." 아버지 시바가 왔다. 가네쉬는 어머니의 엄명에 따라 아버지를 막아섰다. 화가 난 아버지는 가네쉬의 목을 날려 버렸다. 이 사실을 안 파르바띠는 시바에게 슬픔과 화를 격렬하게 퍼붓는다. 당황한 시바는 아들을 살려 놓겠다고 장담한다. 전능한 시바로선 못할 일이 없다. 뛰쳐나가 보니 가네쉬의 머리는 이미 없어졌다. 있으면 그냥 가져다 붙이면 될 일인데 짐승이 이미 물고 가 버린 후다. "내 앞을 지나는 최초 생명체의 머리를 취해 가네쉬를 살리리라." 파르바띠에게 약속했다. 그때 마침 시바신의 앞을 지나간 생명체가 코끼리다. 단칼에 코끼리의 머리를 잘라 가네쉬를 살렸다. 그래서 가네쉬의 모습이 머리는 코끼리고 몸은 사람이다. 시바와 파르바띠의 아들이 새로 탄생한 거다. 미안했던 아버지 시바는 가네쉬를 위해 속죄의 뜻으로 권능을 부여한다. "앞으로 어떤 사람도 가네쉬에게 경배하지 않고선 이루어지는 일이 없을 것이다."

　그래서 그럴까 네팔 사람들은 어떤 일을 시작하더라도 가네쉬신에게 먼저 경배를 드린다. 모든 공식 문서나 개인 편지도 스리 가네쉬(Sri Ganesh)라고 먼저 쓴다. 재물신이라고도 알려져 새로 시작하는 사업이나 먼 길을 떠날 때 잊지 않고 가네쉬를 경배한다.

Nepal 24th December 1990. NS#487. Sc#485. Mount. Saipal(7,031m)

▶ Technical Detail ·······························

Title : Mount. Saipal(7,031m)
Denomination : 5 Rupee
Size : 40X30mm
Perforation : 14X14
Color : Multicolour
Sheet Composition : 50 Stamps
Quantity : 1 Million
Designer : M.N. Rana
Printer : Austrian Government Printing Office. Vienna Austria
Issue Year : 24th December 1990

　　→ 사이팔(Saipal) 봉은 네팔의 서북쪽에 위치해 있다. 사이팔 봉은 아삐(Api) 봉, 님파(Nampa) 봉과 어울려 산군을 이루고 있다. 사이팔 초등은 1963년 일본 원정대에 의해 이루어졌다.

Nepal Proverb ▶

The tiger that eats you will not spare me.
너를 잡아먹는 호랑이가 나라고 그냥 둘까.

살아 돌아옴이 곧 예술이다

Birendra

크리스 보닝턴(Chris Bonington 1934~), 그는 영국이 낳은 유명한 등반가로 16세부터 영국의 암벽 타기에서 시작하여 알프스의 유수한 거벽들을 올랐다. 1970년대 이후 히말라야의 거벽들을 오르기 시작했다. 이런 기록이 있다. 그와 더그 스코트(Doug Scott)가 1977년 카라코람(Karakoram)에 있는 오거(Ogre 7,284m) 봉에 세계 최초로 올라 정상을 밟는데 성공했다. 하산하면서 두 사람 모두 조난당한다. 보닝턴은 갈비뼈가 부러지고 스코트는 하지 골절상을 입는다. 이런 몸 상태로 5일간을 사투 끝에 살아 돌아왔다. 성한 몸으로도 힘든 하강 길을 5km도 넘게 식량도 없이 돌아온 것은 기적에 가깝다. 메쓰너(Reinhold Messner)가 1978년 에베레스트에 무산소 단독 등반에 성공하자 보닝턴이 극찬을 보낸다.

"지상 최고봉의 단독 등반에서 보여 준 속도, 안정성, 결단력이 그가 돌파한 거대한 장벽을 압도했으며 살아서 돌아온다는 것을 예술로 승화시킬 수 있었다." 보닝턴은 메쓰너가 살아서 돌아온 것이 예술이라고 했다. 예술로 승화시킨 등반이라고 극찬했다. 보닝턴이 메쓰너를 칭찬한 데는 자신이 겪었던 1977년 오거 봉 등반의 처절한 경험이 바탕이 되었을 것이다.

자신의 체험을 통해 살아남는다는 것이 얼마나 숭고한 예술인가 절감했을 것이다. 14좌 완등을 마치고 메쓰너도 그런 말을 한 적이 있다. "어쨌든 살아 있다는 기쁨이 있다." 그런 의미에서 본다면 두 사람 모두 몸으로 보여 준 예술가들이다. 살아 돌아옴이 곧 예술이다.

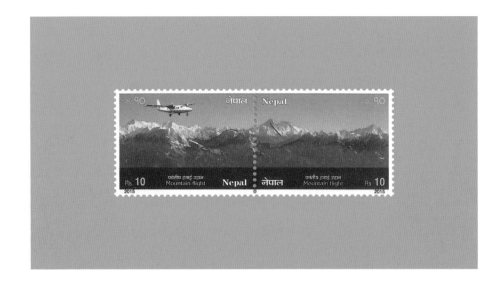

Nepal. 2015. Diamond Jubilee Mountain Flight

▶ Technical Detail ·······························

Title : Mountain Flight
Denomination : 10 Rupee
Size : 80X125mm
Color : 5 Colors
Sheet Composition : 6 Stamps
Quantity : 0.2 Million
Designer : K.K. Karmacharya
Printer : Joh Enshede Stamps B.V. Netherlands
Issue Year : 2015

→ 캉첸중가(Kangchenjunga)와 마칼루 봉 초등 60주년 기념으로 발행한 선물용 우표다. 우표 디자이너 카르마차랴(K.K. Karmachary)가 네팔산악회의 의뢰를 받아 특별 도안한 우표다. 네팔에선 마운틴 플라이트라고 해서 비행기로 1시간 정도 히말라야 산에 접근 비행하면서 관광할 수 있는 프로그램이 있다.

Nepal Proverb ▶

When a tiger gets old, it hunts for grasshoppers.
호랑이도 늙고 나면 메뚜기 사냥 나간다.

히말라야의 환경오염

Suresh Syangtan T.

히말라야 등반 인구가 많아지면서 히말라야의 환경오염 문제는 아주 심각한 문제로 떠올랐다. 베이스캠프의 쓰레기는 좀 과장하자면 쓰레기 하치장 같다. 네팔 정부에서도 이런 환경오염 문제를 해결하기 위해 안간힘을 쏟고 있으나 아직은 역부족이다.

카트만두에 있는 산악통 엘리자베스 홀리(Elizabeth Holly) 여사와 인터뷰를 마치면서 나는 한국 등반대를 위해 조언해 줄 말씀을 청했다. 그녀가 지적한 간결한 한국 등반대에 대한 평가는 이렇다. 등반 팀들은 모두 우수한 팀들이나 자연환경에 너무 신경을 안 쓰는 것 같다는 지적이다. "비단 한국 등반대만의 문제는 아닙니다." 모든 등반가들이 유의해야 할 환경문제라고 했다. 이런 문제는 등반의 기초 단계에서 철저한 교육으로 커버가 되어야 한다는 지론이다. 작금 히말라야의 오염에 대한 책임을 우리나라 등반대가 전적으로 져야 할 문제는 물론 아니지만 지속적으로 유의해야 할 우리 모두의 일이다.

비단 등반 쓰레기만이 환경오염의 원흉은 아니다. 크게는 기후변화로 인한 히말라야의 재앙이 1977년 이후 빙하의 1/3이 녹아 사라졌다는 보고도 있다. 유엔환경계획(UNEP)은 최근 보고서에서 '2050년까지 히말라야 빙하의 상당 부분이 녹아 사라지면서 물 부족으로 생계에 위협을 받게 될 것'으로 전망했다. 환경오염은 재앙이다.

Nepal. 27th June 2003. NS#743. Sc#729. Babu Chiri Sherpa

▶ Technical Detail ·······································

Title : Babu Chiri Sherpa
Denomination : 5 Rupee
Size : 40X30mm
Color : Multicolour
Sheet Composition : 50 Stamps
Size : 30x40mm
Quantity : One Million
Designer : M.N. Rana
Printer : Austrian Government Printing Office, Vienna
Issue Year : 27th June 2003

→ 바부 치리 셰르파는 네팔이 낳은 발군의 등반가다. 무산소로 에베레스트 정
상에 최장 시간 머문 기록과 베이스캠프에서 정상까지 최단 시간에 오른 기록을 가
지고 있다. 2001년 11번째 에베레스트 등반에서 조난사한 것을 추모하여 발행한
기념우표다.

Nepal Proverb ▶

To read the gospel to the bear.
곰에게 경읽기.

바부 치리 셰르파

Subash Shresta

바부 치리 셰르파(Babu Chiri Sherpa 1965~2001)는 네팔의 쿰부히말 지역에서 태어났다. 인근에 학교가 없어서 교육을 받지 못했다. 그가 산행을 시작한 것은 에베레스트를 처음 오른 텐징 노르게이 셰르파(Tenzing Norgay Sherpa 1914~1986)에 깊은 영향을 받아 16세 어린 나이로 고산 등반에 입문한다. 그는 캐나다, 중국, 이태리, 미국 등 등반대와 함께 모두 10번의 에베레스트 정상에 선 대기록을 갖고 있다. 그는 정규교육을 받은 일도 없는데 영어, 힌디어 등 4개 국어를 구사했다.

1999년에는 무산소로 에베레스트 정상에서 21시간을 보낸 기록도 갖고 있다. 뿐만 아니라 1995년에는 2주 사이에 에베레스트 정상을 두 번 오른 기록도 있다. 2000년에는 베이스캠프를 떠나 16시간 56분 만에 에베레스트 정상을 밟아 최단 시간 등반 기록도 세웠다. 이런 발군의 셰르파도 운명의 장난일까. 그의 11번째 에베레스트 등반에서 추락사한다. 제2캠프에서 사진을 찍다가 30m 아래 크레바스에 추락, 사망했다. 2001년 4월 29일의 일이다. 슬하에 여섯 딸을 둔 딸부자이기도 하다.

그는 환경과 교육에 대한 관심이 컸었는데 고향 마을에 그가 지은 학교가 있다. 그는 네팔이 낳은 가장 유능한 등반가로 꼽기도 하는데 2005년 네팔 왕정의 주도로 치리 기념관과 동상 등을 세워 그를 기리는 사업을 벌였다. 세계 여러 나라의 히말라야 원정대는 셰르파의 도움 없이 등정하긴 어렵다. 이런 도움을 받고 올라간 팀들은 그들을 단순히 고산 포터 정도로 생각하지만 이제 셰르파 그들은 진정한 네팔 산악인으로 대접받아야 한다.

Nepal. 26th September 2010. NS#955 Sc#831. Pemba Doma Sherpa

▶ Technical Detail ·····································

Title : Pemba Doma Sherpa
Denomination : 25 Rupee
Size : 31.5X42.5mm
Color : 4 Colours
Sheet Composition : 20 Stamps
Quantity : 0.5 Million
Designer : M.N. Rana
Printer : Cartor Security Printing , France
Issue Year : 26th September 2010

　→ 네팔의 여성 등반가로 에베레스트의 남벽과 북벽을 통해 두 번 정상에 오른
등반가다. 2005년 9월 28일에 티베트 측에서 초 오유를 올랐다는데 이때 조난사
했다.

Nepal Proverb ▶

A dog stricken by a firebrand is frightened of the lightning.
불에 덴 개는 번갯불에 놀란다.

네팔 여성 등반가
펨바 도마 셰르파

Sham Chrishna Maharjan

펨바 도마 셰르파(Pemba Doma Sherpa 1970~2007), 네팔의 몇 안 되는 여성 등반가로 에베레스트 봉을 남벽과 북벽을 통해 오른 유일한 네팔 여성 등반가다. 2002년 네팔 여성 에베레스트 등반대를 이끌기도 했다.

그녀는 솔루 쿰부 지역에서 태어나 일찍이 조실부모하고 조부모의 손에 의해 성장했다. 에드먼드 힐라리 경에 의해 설립된 쿰중의 힐라리 학교에서 공부를 하고 등반에 관심을 가졌으나 이에 못지않게 교육과 사회복지 등에 관심을 갖고 자선단체를 만들어 봉사하기도 하고 트레킹 회사를 차려 이사직을 맡기도 했다.

특히 그녀가 관심을 갖고 꾸준히 노력한 흔적은 카스트 제도를 뛰어넘는 교육이었다. 개방적인 교육을 통해 누구나 혜택을 누릴 수 있다고 강조했다. 환경문제와 더불어 그녀가 관심을 가졌던 이 교육은 세계 여러 나라의 동조자로부터 후원을 받을 수 있도록 정부도 도왔다. 이런 공로로 전문산악인에게 주는 'Saint Vincent Award'라는 유럽에서 가장 격조 높은 상을 수상하기도 했다. 이런 활발한 그녀도 2007년 5월 21일 로체(Lhotse)산을 끝으로 요절했다. 그녀의 나이 37세다.

그녀가 조난당했다는 소식이 전해지자 세계 여러 나라의 등반가들이 애도를 표했다. 그녀는 유족으로 남편과 딸을 남겼다.

Nepal. 24th December. 2008. NS#915. Sc#809. Dr Harka Gurung(Mt. Ngadi Chuli 7,871m)

▶ Technical Detail ···

Title : Dr Harka Gurung Chuli(Mt. Ngadi Chuli 7,871m)
Denomination : 5 Rupee
Size : 40X30mm
Color : Multicolour
Sheet Composition : 20 Stamps
Quantity : 1 Million
Designer : M.N. Rana
Printer : Cartor Security Printing, France
Issue Year : 24th December. 2008

→ Dr Harka Gurung을 기리기 위해 발행한 우표로 배경 사진은 마나슬루 히말(Manasulu Himal)에 속해 있는 Ngadi Chuli(7,871m) 봉이다. 하르카 구룽 박사는 여러 방면으로 다재다능했던 분이다. 2005년 9월 28일에 티베트 측에서 초 오유를 올랐다는데 이때 조난사했다.

Nepal Proverb ▶

The cat on the shoulder should be removed with great care.
어깨 위에 매달린 고양이는 조심조심 내려야 한다.

하르카 구룽 박사

Shyam K.B.

하르카 구룽(Harka Gurung 1939~2006) 박사는 다양한 이력을 가지고 있다. 지질학자이고 인류학자이며 작가인 동시에 예술가이다. 이런 다양한 이력을 가진 그는 네팔의 정치가이기도 하다. 우표과 관련하여 소개하고 싶은 부분은 그가 디자인한 우표가 있다는 사실이다. Nepal Stamp No 117(Danphe), 118(Danphe)와 125(Monal Pheasant, The Himalayan Bird)인데 모두 네팔 나라새 단페를 도안한 것이다.

그는 안나푸르나 산군이 있는 구룽족 마을에서 태어났는데 그의 아버지는 영국 육군의 부사관이었다. 아버지의 영향으로 킹 조지 군사학교에서 자신의 중등교육을 완료한 후, 인도의 파트나대학에서 지리학을 공부하고, 영국의 에든버러대학에서 박사학위를 받았다.

1966년 구룽은 카트만두 트리부반대학에서 교편을 잡는다. 1984년 그는 하와이 동서센터에서 연구원으로 있었고 다양한 저술 활동을 했다. 1968년 구룽 네팔의 국가 계획위원회 부위원장에 임명되었다. 그는 이후 교육부 장관, 통상산업부 장관, 관광부 장관에 등을 역임하면서 정치적 실현을 했다. 1993~1998년 아시아 태평양개발센터의 이사로 봉사하고 세계은행 자문위원을 역임하기도 했다.

이런 활발한 활동을 하던 2006년 타푸레(Taplejung)에 있는 군사(Ghunsa)에서 헬기 추락 사고로 탑승객 전원이 사망하는 참사로 세상을 떠났다.

Nepal. 2nd September.1994. NS#532. Sc#544. Passang L. Sherpa

▶ Technical Detail ·····························

Title : Passang L. Sherpa
Denomination : 10 Rupee
Size : 30X40.5mm
Perforation : 14X14
Color : Multicolour
Sheet Composition : 50 Stamps
Quantity : 1 Million
Designer : K.K. Karmacharya
Printer : Austrian Government Printing Office. Vienna Austria
Issue Year : 2nd September.1994

→ 네팔 최초로 여성 등반대를 꾸려 에베레스트에 도전한 여성 등반가로 등정에 성공하고 하산길에 조난당하여 사망했다. 그의 초상화 뒤로 그가 직접 오른 에베레스트 봉을 도안했다. 네팔 최초의 여성 에베레스트 등정자로 강하게 각인되어 있다. 당시 왕정은 거국적이고 국민적인 추모 행사를 치렀다.

Nepal Proverb ▶

Many cats catch no mice.
고양이가 많으면 쥐 한 마리 못 잡는다.

파상 라무 셰르파

Shyam Lal Shresta

파상 라무 셰르파(Pasang Lhamu Sherpa 1961~1993)는 네팔에서 에베레스트를 오른 첫 번째 여성 등반가이다. 10대부터 산을 오르기 시작한 그의 등반 경력은 화려하다. 몽블랑(Mont Blanc), 초 오유(Cho Oyu), 야라픽(Yalapic), 피상 히말(Pisang Himal) 그리고 많은 히말라야 봉을 올랐다. 에베레스트도 세 번이나 도전했으나 오르지 못하고 네 번째 도전 1993년 4월 22일 드디어 정상을 밟았다. 다섯 명의 셰르파가 함께 올랐다. 소남(Sonam Tshering Sherpa), 락파(Lhakpa Norbu Sherpa), 펨바(Pemba Dorje Sherpa), 다와(Dawa Tashi Sherpa)가 함께했다. 정상의 기쁨도 잠시 하산길에 조난당하여 목숨을 잃었다.

네팔에선 그의 공적을 기려 국장 수준으로 장례를 치르고 동상과 탑을 세웠다. 기념우표도 발행하고 자삼바 히말(Jasamba Himal 7,315m)을 파상 라무 피크(Pasang Lhamu Peak)란 새 이름을 붙였다. 농림부에서는 특별한 밀의 이름을 파상 라무 밀이라 짓기도 하고 기념관도 세웠다. 그리고 트리슐리(Trisuli)와 둔체(Dunche) 사이의 117km 도로(Trishuli-Dunche road)를 파상 라무 고속도로(Pasang Lhamu Highway)라고 명명하는 등 거국적인 기념을 이어 갔다.

그녀의 남편 소남 셰르파(Sonam Sherpa)는 그녀를 기리는 많은 사업을 벌였다. 지금은 성공한 셰르파 기업인이 되었다. "자녀가 등반가가 되겠다면 어떻게 하시겠습니까." 내가 그에게 물었더니 "자녀의 뜻에 맡기겠다."고 했다. 부인을 잃은 지 얼마 후 만나 던진 질문이다.

Nepal. 2nd December 1993. NS#523. Sc#523. Sungdare Sherpa

▶ Technical Detail ·····························

Title : Sungdare Sherpa
Denomination : 1 Rupee
Size : 28X39.5mm
Perforation : 13.5X13.5
Color : Multicolour
Sheet Composition : 50 Stamps
Quantity : 1 Million
Designer : M.N. Rana
Printer : Austrian Government Printing Office. Vienna Austria
Issue Year : 2nd December 1993

→ 에베레스트를 5번이나 오른 셰르파로 주정중독^(술 중독)으로 자살했다고 전한
다. 프랑스 속담에 이란 말이 있다. "악마가 사람을 찾아다니기에 바쁠 땐 그의 대
리로 술을 보낸다." 많은 등반가들의 촉망을 받던 숭다레도 악마가 보낸 술 때문
에 우리 곁을 떠났다.

Nepal Proverb ▶

The cat is gone, so the mouse rules.
고양이 떠나자 쥐들이 다스린다.

숭다레 셰르파

Slya Chaudhary

"정상은 언제나 다릅니다. 때로는 한쪽 면이기도 하고 때로는 다른 면이기도 합니다. 정상은 언제나 변합니다." 숭다레 셰르파(Sungdare Sherpa 1956~1989)가 남긴 말이다.

숭다레는 솔루쿰부의 타메(Thame) 마을에서 태어났다. 1979년 10월 2일 독일 원정대를 도와 처음으로 에베레스트 정상에 올랐다. 이후 그는 1981년, 1982년, 1985년, 1988년 모두 다섯 번 에베레스트 정상에 오른다. 에베레스트를 오른 셰르파들을 살펴본다.

첫 번째로 등정에 성공한 셰르파는 텐징 노르게이 셰르파(Tenzing Norgay Sherpa)로 힐라리 경과 함께 1953년 5월 29일에 올랐다. 1973년 5월 5일은 가장 젊은 나이의 셰르파 삼부 따망(Sambu Tamang)이 올랐다. 18세의 나이다. 2003년 15세 7일인 밍키파 셰르파(Ming Kipa Sherpa)가 갱신했다. 1996년 10월 23일 앙 리타 셰르파(Ang Rita Sherpa)는 무산소로 정상을 밟았다.

셰르파들의 고산 등반 기록들이 아주 풍부하다. 이제부턴 외국 원정대들은 네팔의 셰르파들을 등반 보조자로 생각할 것이 아니라 당당한 등반가로 합동 등반을 꾸려야 한다. 숭다레 셰르파는 팡보체(Pangboche) 인근 강에서 시체로 발견되었는데 네팔 산악정보 전문가인 홀리 여사는 숭다레가 주정중 독자로 자살했다고 언급한 적이 있다. 그의 자살을 두고 아직도 설왕설래가 많다.

Nepal. 19th October 2004. NS#764-771 Sc#747a-h. Mountain Series

▶ Technical Detail ·······························

Title : Moutain Series
Denomination : 10 Rupee each
Color : Multicolour
Sheet Composition : 32 Stamps(8 different mountain in a sheet)
Size : 40x30mm
Quantity : 0.125 Million
Designer : K.K. Karmacharya
Printer : Austrian Government Printing Office, Vienna
Issue Year : 19th October 2004

→ 네팔에는 8,000m가 넘는 고봉이 8개 있다. 2004년 Mountain Series로 이 8개 봉을 한 시트로 발했다. 히말라야엔 8,000m 넘는 봉이 모두 14개 봉이 있는데 그 가운데 8개 봉이 네팔 히말라야에 있다. 8개 봉 전부 인간의 등정을 허락했다. 월트 디즈니(Walter Disney)가 한 말, "추구할 수 있는 용기가 있다면 우리의 모든 꿈은 이뤄질 수 있다." 나의 용기와 산의 인자한 허락이 있어야 등정에 성공한다.

Nepal Proverb ▶

A barking dog does not bite.
짖는 개는 물지 않는다.

히말라야의 사나이 박무택

Vijay Sarga Maharjan

한국 영화 〈히말라야〉가 2015년 12월 16일 개봉한 이래 줄곧 화제다. 엄홍길의 휴먼원정대의 이야기와 에베레스트 등반을 마치고 하산길에 조난사한 계명대학교 에베레스트 원정대의 박무택 대장을 중심으로 만든 극영화다. 이석훈 감독, 황정민, 정우 등이 열연한 히말라야다.

박무택은 계명대학교 개교 50주년 기념 '2004 계명대학교 에베레스트 원정대'의 대장을 맡아 에베레스트 정상을 밟았다. 2004년 5월 18일 10시 10분 '박무택, 장민 정상 등정'이 영광스런 순간도 한순간. 5월 20일 16시 중국 티벳등산협회로부터 주중 한국대사관을 경유 조난 사실이 전해졌다. 대장 박무택^(당시 38세), 부대장 장민^(당시 38세), 박무택과 장민을 구하러 올라갔던 대원 백준호^(당시 27세)가 8,300m 지점에서 조난사했다. 특히 조난 대원들을 구하러 올라갔던 백준호는 대장 박무택을 찾았다는 무전을 남긴 채 조난당하고 만다.

박무택은 안동에서 고등학교를 마치고 계명대학을 졸업했다. 등반 경력을 적어 본다. 1989년 히말츄리^(7,893m), 1994년 틸라이사가르^(6,904m), 1996년 가셔 부럼 II봉^(8,035m), 1997년 난다데비^(7,434m), 2000년 캉첸가^(8,586m), K2^(8,611m), 2001년 시사팡마^(8,027m), 2001/2002년 촐라체^(6,440m), 2004년 에베레스트^(8,848m)

Nepal. 18th November 1982. NS#398-400. Sc#404a-c. Golden Jubilee of Union of Int. Alpinist Association

▶ Technical Detail ···

Title : Golden Jubilee of Union of Int. Alpinist Association
Denomination : 25 Pisa, 2 Rupee, 3 Rupee
Size : 27.5X32mm each
Perforation : 14X13.5
Color : Multicolour
Sheet Composition : 36 Stamps
Quantity : 1 Million 2 hundred thousand
Designer : K.K. Karmacharya
Printer : Carl Ueberreuter Druk and Verlag, Vienna Austria
Issue Year : 18th November 1982

→ 이 우표는 1982년 카트만두에서 열린 국제산악인연맹 창립 50주년 기념우표다. Mt. Nuptse, Mt. Lhotse, Mt. Everest를 도안했다. 네팔의 4대 상징물인 네팔 국기, 네팔의 나라새, 야크, 네팔의 나라꽃이 우표를 중심으로 그려져 있다.

Nepal Proverb ▶

Even a diseased dog has a good day once in twelve years.
병든 개라도 12년 만에 한번씩 좋은 날 온다.

별유천지

Surya Baraili

왜 산에 사느냐기에/그저 빙긋 웃을 수밖에/복사꽃 띄워 물은 아득히…/분명 여기는 별유천지(別有天地)인 것을

　　당나라의 시인 이백이 산중문답에서 했다는 시구다. 이백(리바이, 李白 701~762)은 중국의 시인이다. 자는 태백(太白) 호는 청련거사(靑蓮居士)이다. 중국 역사상 가장 위대한 시인으로 꼽힌다. 그가 별유천지에서 띄운 복사꽃이 있다면 네팔 히말라야에는 랄리구라스(Raliguras)가 있다. 이백의 시를 빌려 보자. '왜 산에 사느냐기에/그저 빙긋 웃을 수밖에/랄리구라스 따서 석청 가득히…/분명 여기는 별유천지인 것을.'
　　영어로 로도덴드론(Rhododendron)이라고도 한다. 진달래속 진달래과의 한 속으로 약 1,000여 종의 식물로 이루어져 있다. 네팔의 국화이고 미국의 워싱턴 주(Washington State)의 상징 꽃이기도 하다. 고대 그리스 말로 로돈(Rodon)은 장미(rose)를 뜻하고 덴드론(dendron)은 나무(tree)를 뜻한다. 우리말로 만병초(萬病草)라고 부른다. 네팔에서 유명한 석청은 벌들이 주로 이 로도덴드론에서 꿀을 만든다고 알려져 있다. 약용에 쓰이지만 독성 위험이 많다. 초봄부터 여름에 이르기까지 히말라야 산간 지역에 흐드러지게 피는 이름 그대로 장미 나무다. 2,000m 고도에서 피는 붉은 랄리구라스, 고도가 높아지면서 분홍색 꽃, 3,000m 이상 지역에선 흰 랄리구라스가 군락한다. 붉은 꽃이 독성이 적고 흰색 꽃이 독성이 아주 강하다. 구룽(Gurung)족이 많이 사는 안나푸르나(Annapurna) 지역에서 많이 채취된다.

Nepal. 2015. Souvenir Sheet(6Stamps) Diamond Jubilee of first Ascent of Mt. Kanchenjunga and Mt. Makalu

▶ Technical Detail ···

Title : Souvenir Sheet(6 Stamps)
Denomination : 10 Rupee each
Size : 80X125mm
Color : Multicolour
Sheet Composition : 6 Stamps
Quantity : 0.2 Million
Designer : K.K. Karmacharya
Printer : Joh Enschede Stamps B.V., The Netherlands
Issue Year : 2015

→ 이 우표는 캉첸가와 마카루 초등 50주년을 기념해서 만든 선물용 우표이다. 6장 한 시트인데 제일 위에는 캉첸가와 마칼루를 디자인했고 가운데 두 장은 히말라야를 배경으로 마운틴 프라이트를 디자인했다. 아래 두 장은 에베레스트의 힐라리 피크와 텐징 피크를 도인했다. 디자이너는 우표디자인에서 은퇴한 카르마차랴 (K.K. Karmacharya)가 네팔 산악회의 특별 의뢰를 받아 디자인했다.

Nepal Proverb ▶

A play for the cat becomes a peril to the mouse.
고양이의 장난은 쥐에게는 죽느냐 사느냐.

네팔의 우표 디자이너들

Yogen Dangol

네팔 우표는 1881년에 처음으로 발행하였다. 남아 있는 자료를 살펴보면 1907년 10월 16일에 발행한 'Sri Pashupati' 우표에서 처음으로 디자이너를 명기하고 있는데 이때는 디자이너 개인 이름이 아니고 회사 이름이 적혀 있다. Messrs Perkins and Bacon이란 회사에서 디자인했다고 적고 있다. 개인 이름이 처음으로 명기된 것은 1949년 10월 1일에 발행된 Pictorial Services로 발행한 9종 우표가 처음이다. 기록에 의한 첫 디자이너 이름은 Chandra Man Maskey[1900~1984]다.

그는 1956년까진 혼자 독점 디자인했다. 그 이후로는 Amar Chitrakar가 1958년까지 독점한다. Bed Prakash Lohani, Eak Ram Malla, Bal Krishna Sama, Pashupati Lal Shrestha, DR Harka Gurung, Keshb Dwa야, Himya Dhoj Joshi, Lain Singh Wangdil, Utam Nepali, Jwala 노모, Jivan Lal Satyal, Shyam Das Ashanta 등을 거쳐 1967년 K.K. Karmacharya가 Mount Ama Dablam 디자인으로 첫 모습을 드러낸다. 1979년까지 네팔 우표를 혼자서 독점 디자인했다. 이후 2005년 정년퇴임할 때까지 M.N. Rana와 함께 디자인하면서 네팔 우표의 70%를 그렸다. 지금은 M.N. Rana도 은퇴하고 Purna Kala Limbu Bista가 혼자 맡아 디자인한다.

디자이너 모두 화가들이며 다른 예술 분야에도 조예가 깊은 사람들이 많다. 아직도 왕성하게 활동하고 있는 분들이 많다. Bal Chrishna Sama[1903-1981]는 근대 네팔이 낳은 예술가로 추앙을 받고 있는데 시, 소설, 희곡, 철학, 그림 등에 다재다능했다.

우표는 큰 창이다

강경원(우취인)

SNS 홍수 속에 살고 있는 시대에 우표라는 소통 수단은 말 그대로 구시대의 유물이 되어 버렸다. 그 우표가 한때는 우표 수집이라는 호황기를 누리기도 했지만 이제는 우표를 붙여서 편지를 보낸다는 사실을 역사 교과서를 통해서 배워야 될지도 모르는 상황에 처했다.

하지만 여전히 우표라는 매개체는 세상을 내다볼 수 있는 큰 창이다. 그 창을 통해 자연을 만나고, 인물을 만나고, 역사와 문화, 정치를 만날 수 있기에 우표를 놓지 못하고 아직도 만지작거리고 있다.

네팔 우표를 통해 네팔의 산을 이근후 선생님의 삶이 녹아 있는 담담한 에세이로 비추는 글은 우취인으로 살아온 내게 충격이었다. 사실 우표를 잘 모르시면서 접근하신 다른 각도의 우표는 훨씬 친근하고 아름답기까지 했다. 굳이 우표에 좋은 옷을 입히지도 않았고, 값비싼 우표도 포함되어 있지 않지만 때가 묻고, 소인이 된 우표의 민낯이 오히려 아름다웠다.

이 책을 통해 산을 사랑하는 사람들에게는 우표를 함께 좋아하는 계기

가 되기를 바라며, 우표를 좋아하는 사람들은 소박한 동네 뒷산을 찾게
되는 기회가 됐으면 좋겠다.

　70~80년대에 우표가 나오는 날이면 새벽부터 줄을 서서 우표를 사곤
했다는 무용담은 쉽게 들을 수 있다. TV 드라마 〈응답하라 1988〉에서
우표 수집하는 모습이 나오기도 했다. 즉 과거라는 얘기다. 하지만 우표
는 세상을 여는 당당한 현재이며 미래다.

강경원(우취인)
400251@naver.com

편지와 우표의 소중함

박영숙(이화여대 명예교수)

75년에 걸쳐 진행되었던 하버드대학의 종단연구−노년의 행복한 삶을 예측해 줄 있는 조건에 관한−는 대단히 흥미로운 결과를 제시해 주었다. 노년의 행복한 삶을 이끌어 주는데 영향을 미칠 수 있는 조건들−건강한 체질, 활발한 성격, 운동 능력, 지구력, 외향적이고 사회적인 성격, 아동기 성격, 사회적 계급, 부모의 교육 수준, 따뜻한 아동기 환경, 타인과 공감하는 방식, 30~45세의 따뜻한 인간관계−이 노년기 행복한 삶에 미치는 영향에 관해 75년 동안 동일 대상자들을 대상으로 진행되었다.

그 결과 모든 조건들 가운데 노년기의 성공적이고 행복한 삶을 예견해 주는 가장 중요한 조건은 따뜻하고 친밀한 인간관계라는 점이 밝혀졌다. 평균적인 인간 수명 100세 시대가 예견되고 있는 이 시점에서 행복한 노년의 삶에 대한 소망은 어느 누구라도 갖게 되는 꿈일 것이다.

이제는 디지털 기기의 발달로 스마트폰, 카카오톡, 컴퓨터를 통해 상대방에게 빠르고 간략하게 소식을 전할 수 있게 되었다. 효율적이고 간편하다. 그러나 과거 편지를 쓰면서 느꼈던 감성과 행복감은 느껴지지 않는

다. 편지 쓰고 나서 우표를 붙이면서 느꼈던 따스했던 마음을 이제는 느낄 수가 없다. 이제 자주 사용하지 않게 되는 우표가 따뜻한 만남을 이어 주는 소중한 매개물이라는 생각에서 귀하게 느껴진다.

30년 이상 지속되어 온 네팔 의료봉사와 문화 교류, 그리고 오랜 우정의 결실로 출간되는 박사님의 '네팔 산 우표 이야기' 책 출간이 마음과 마음으로 이루어지는 소통의 소중함을 일깨워 주는 기회가 되기를 소망해 본다.

박영숙(이화여대 명예교수)
parkys@mm.ewha.ac.kr

속담책에 붙이는 글

반을석(불문학자)

제가 유일하게 존경하는 이근후 선생님이 또다시 큰 재미를 준비하고 계십니다. 이번에는 40여 년 넘게 수집해 오신 네팔 우표로 네팔 산과 사람과 인정과 함께 선생님의 산에 대한 애정과 경험에 관한 감동이 있는 이야기를 하시겠답니다.

그리고 70평생 외국어 특히 영어에 주눅들며 살아온 저에게 네팔 속담을 번역하라는 지엄한 분부를 하셨습니다. 매정하게 돌아서야 하는데 "하겠습니다." 하고 말았습니다. 하기는 했습니다. 그런데 그 품질이 여러분께 보여 드리기엔 부끄럽습니다.

공부도 제법 했습니다. 고민도 제법 했습니다. 사전도 제법 찾았습니다. 우리 속담, 영어 속담, 프랑스 속담, 인디언 속담도 제법 찾았습니다. 하지만 하면 할수록 저의 능력의 부족함을 느꼈습니다.

하지만 덕분에 속담이 바로 지혜 덩어리임을 알게 되었습니다. 속담의 생명이 왜 이리 길까? 속담이 만고의 지혜이기 때문인 것 같습니다.

비록 저의 번역이 시원치 않지만 읽어 보세요. 생각해 보세요. 그리고 음미해 보세요. 선인들이 우리에게 주시는 지혜를 얻을 수 있습니다. 그 지혜를 실천해 보세요. 세상 살기가 편안해집니다. 우리는 참 험한 세상에 살고 있습니다.

老兒 반을석(불문학자)
eulsukban@hotmail.com

이 박사와 나

미란 라트나 샤키아(트리부반대학교 교수)

나는 1996년 카트만두의 J Art 갤러리에서 가네사(Monographs of Genesa) 전시회를 했다. 그 전시회에서 갤러리의 주인 히렌드라 라즈반다리 씨의 소개로 이근후 박사를 알게 되었다. 그는 당시 이화여대 정신과 명예교수로 한국정신과학회 회장이었고, 나는 고르카파트라 신문과 The Rising Nepal 신문에서 선임 예술가로서 삽화와 예술과 문화와 종교에 관한 글을 쓰고 있었다. 당시 갤러리 주인 히렌드라 라자반다리 씨는 이근후 박사를 한국의 예술품 수집가라고 소개를 했다. 이근후 박사는 나를 안나푸르나 호텔에서 있었던 만찬에 초대를 했다. 그 자리에서 그의 한국식의 따뜻한 환대는 나를 놀라게 했다. 부인인 이동원 박사와 아들 또 다른 한국 의료팀을 나에게 소개해 주었다.

그 자리에서 행한 그의 연설로 그가 네팔을 얼마나 사랑하는지를 알게 되었다. 또한 네팔의 산에 대한 동경과 꿈도 크다는 것을 알게 되었다. 그리고 그의 네팔 사랑은 산에 오르는 것에 그치지 않고 네팔 마을에 의료의 도움이 필요한 곳에 의료캠프를 설치하고 주민들에게 의료도움을 해오고 있었다. 그뿐 아니라 네팔의 예술가들을 한국에 소개하는 노력도 끊임없이 해 오고 있었다. 그가 이렇게 네팔에 심취한 생활을 하다 보니 가끔 한국에서 택시를 타면 운전기사가 그를 보고 '한국말 잘 하는 네팔 분이군요!'라는 말을 할 정도라고 한다. 그는 네팔의 문화 민속 이야

기와 문학도 한국에 소개했다. 그중에 하나는 유명한 소설 '화이트 타이거'를 한국어로 번역한 일이다. 18개국 언어로 번역된 이 소설이 한국에서 제일 많이 팔렸다고 하니 우리 네팔인의 자부심을 올려 준 그에게 축하와 감사를 보낸다.

이근후 박사는 많은 네팔 예술가들도 한국에 소개했다. 처음에 Hareram Jujiju, Buddhi Gurung을 포함한 Pokhara 출신의 예술가들의 전시를 서울에서 개최했다. 이것이 성공을 이루자 Krishna Manandhar, Govinda Dangol, K.K. Karmacharya 외 여러 예술가가 서울에서 전시회를 열었으며, 나도 2010년에 개인전을 서울에서 가지게 되었다. 2010년 8월에 서울의 '광 갤러리'에서 110장에 이르는 수채화 가네쉬 연작^(Ganesh Series)을 전시했다. 그리고 나와 나의 부인 Shrijana가 서울에 체재하는 동안 이근후 박사의 배려로 네팔의 문화, 종교와 예술에 관해 강의를 할 기회도 있었고 Ganapati Mandala의 문화적인 면과 미적인 면을 소개를 할 기회도 있었다. 우리 둘은 그가 이 모든 것을 준비하는 태도와 정열에 감동을 받았다. 또한 그는 무리가 없이 부드럽지만 강하게 일을 추진하는 것을 보며 그의 깊은 인격에 압도되었다. 앞으로 가족아카데미아와 이근후 박사와 가족이 늘 행복한 삶을 살기를 바란다.^(반을석)

미란 라트나 샤키아(Milan Ratna Shakya 트리부반대학교 교수)

Dr Rhee and Me

Milan Ratna Shakya(Ph.D. Professor, Tribuvan University)

Dr. Kun Hoo Rhee, a Professor Emeritus of Psychiatric in Ewha Women's University and President of Korean Neuropsychiatric Association, became a good friend of mine after my solo show on Monographs of Gan?e?a in J Art Gallery, Kathmandu, 1996. He was introduced to me by a Gallery-owner Mr. Hirendra Rajbhandari as Korean art-collector. A senior artist of Gorkhapatra then I was illustrating its monthly and contributing articles on arts, culture and religion to all counting The Rising Nepal. Dr. Rhee invited me for group dinner at Hotel De'l Annapurna. He surprised me there with a token of love in form of Korean colors. He introduced to his family Madam Rhee, son Dr. Rhee and Korean Medical team members. It was in a dinner speech, I learned Dr. Kun Hoo Rhee is a "Great Nepal Lover" in medical personnel. He has a dream with feelings of Nepal Mountains. It drove him crazy to dwell in nostalgic psychosis on its top. His passion to this has not just made him a mountaineer to climb it. It extended his helping hand to people of this country with

series of medical-camps in different villages. His help is not limited
to artists, poets and medicine but genuinely concern to the health
of rural community. His eye-camps supported medical donations as
ambulance in hospitals. His arts and culture exchange has enterprise
Nepal in Korea. Dr. Rhee's esteem was deeply engaged to him;
even Korean taxi drivers occasionally mistaken him for, "a nicely
Korean speaking Nepali." He has translated Nepali culture, folk tales
and literatures into Korean, one of which, is the popular novel of
Diamond Samsher, 'The White Tiger 'Seto-Bagha. It was sold in a
million copies there. It is a record in itself for the best of fortunate
'Nepali Novel' translated in eighteen languages till date. Dr. Rhee's
rendition has made the record. I congratulate him for making us feel
proud to this.

Milan Ratna Shakya(Ph.D. Professor, Tribuvan University)
milanshakya18@hotmail.com

네팔의 산^(히말라야)
우표에 흥미를 갖다

송해경(주부)

네팔이 점점 나에게 가까이 오고 있다. 지금 출판을 앞둔 이근후 박사님의 네팔 산 우표 에세이 원고를 초판 인쇄 전에 읽고 있다. 내가 태어나기 전 1950년대부터 2015년까지 박사님을 통해서 보는 네팔과 우리나라 사회 분위기 내용이 참 흥미롭고 재미있다. 글을 읽고 우표를 또 한 번 쳐다보게 된다.

그리고 우표 아래에 네팔 속담을 보면 우리나라 속담과 비슷한 의미를 가진 속담도 재미있다. 꼼꼼하신 박사님의 아이디어다. 우표에 대해서 모르는 사람도, 네팔의 산에 대해서 모르는 사람도 이 책을 읽으면 저절로 생각이 넓어지고 삶에 변화가 생길 것 같다.

우표를 통해 역사 흐름을 안다고 우표 전문가께서 말씀하셨다. 산행을 즐기지 않은 사람도 이 책을 읽은 후에는 가까운 산에라도 오를 것 같다. 박사님이 네팔과 특별한 인연으로 애정이 아주 많으심을 알고 있다. 네팔 우표 관련 블로그 활동도 즐겁게 하고 계시는 것도 익히 알고 있다. 그 모든 열정을 이 책에 담아 흔적을 남기셨다.

　이 네팔의 산 우표 에세이도 '나는 죽을 때까지 재미있게 살고 싶다'와 '오늘은 내 인생의 가장 젊은 날입니다'에 이어 베스트셀러가 될 운명을 갖고 태어난다. 2015년 10월 7일 대전광역시 대한민국 우표전시회에 박사님과 우표 전문가를 모시고 다녀온 후 우표 수집가들의 우표 사랑을 알게 되었다. 나는 우표에 대해 문외한이다. 박사님과 우표 전문가와의 우표책 회의에 참석해 우표에 관한 폭넓은 지식을 들으면서 차츰 흥미를 갖게 되었다.

　지금 네팔의 산 우표를 통해 그림과 사진으로만 보던 히말라야를 나는 머지않은 미래에 네팔에 직접 가서 내 눈으로 아름답고 웅장한 신들의 산 히말라야를 꼭 보고 싶다.

송해경(주부)
1004juliass@naver.com

가장 작고 아름다운 그림

안종만(대한우표회 부회장)

어느 시인이자 우취 칼럼니스트는 우표를 '세상에서 가장 작고 아름다운 그림'이라고 표현했으며 미국의 제32대 프랭클린 루스벨트 대통령(Franklin D. Roosvelt 1882~1945)은 회고록에서 '우표 수집에서 얻은 지식이 학교에서 배운 지식보다 오히려 더 많다'는 우취 명언을 남겼습니다.

우표는 우편요금을 낸 표시로 우편물에 붙이는 증표로서, 최근에는 취미나 기념으로 모으는 수집용으로서 부가적인 역할이 점점 커지고 있습니다.

초등학교 때부터 평생 취미로 50여 년 동안 우표를 모으고 분류해서 작품을 만들고 있으나 정신과 전문의로 반백년 동안 환자를 돌보고 학생들을 가르치신 이근후 교수님을 뵙고서 우표가 환자 치료의 도구로 사용된다는 사실을 듣고 깜짝 놀랐습니다.

1982년부터 해마다 네팔에 의료봉사를 다녀오시는 이 교수님이 제2의 고향인 네팔에서 발행된 히말라야산을 배경으로 하는 우표들을 뽑아서 상세한 설명과 함께 각 우표 내용에 걸맞는 에세이와 네팔 속담을 모아

서 책으로 만드셨습니다.

디지털 시대의 바쁘고 건조한 일상생활에서 향기나는 아나로그적인 우
취 문화와 넉넉한 삶의 지혜를 얻기 위해 모든 우취인과 산을 좋아하는
분들에게 일독을 권합니다.

안종만(대한우표회 부회장)
ahncm1@hanmail.net

우표 : 그 추억과 그리움

임강섭(재미 우취인, 미국 실리콘밸리 거주)

내가 우표를 처음 수집하기 시작한 건 9살 때였다. 엄동설한 추운 겨울 아침. 새벽 4시부터 일어나서 동네 우체국에 가서 줄을 섰다. 5시간을 벌벌 떨며 기다리다 우체국이 열리면 받아든 우표 몇 장에 기뻐하던 78년 12월 어느 날 아침이 아직도 기억이 생생하다. 그렇게 7~8년을 열심히 모으다가 고등학교에 가면서 서서히 우표를 잊고 살았다. 그리고 대학을 졸업하고 새로운 꿈을 찾아 미국으로 유학을 오게 되었고, 가난하고 고단한 유학 생활을 하면서 우표는 내게서 완전히 잊혀졌다. 학위를 마치고 한국을 방문했을 때 내 방 책꽂이에 먼지 쌓인 우표책을 보고 9살 때의 기억이 떠올랐다. 그리고 제2의 수집 생활을 시작했다.

미국은 그 땅 크기만큼이나 우편 자료도 풍부하고, 전 세계의 다양한 자료들을 접할 기회가 많다. 또 언어 장벽이 덜하기에, 자료 수집뿐 아니라 다양한 우취 문헌과 참고서적을 공부하는 것도 예전에는 할 수 없었던 좋은 경험이었다. 새로운 자료를 찾아, 한두 시간 차를 몰아 우표 여행을 떠나는 시간은 휴가 때마다 빼놓을 수 없는 기쁨이었다. 그 오랜 시간 동안 우표 수집을 해 온 건, '우표에서 배운 지식이 학교에서 배운 것

보다 더 많다'라는 유명한 명언이나, 우표 한 장에 세계의 역사가 담겨 있다는 화려한 수사어구 때문만은 아니다. 책장 한편에 꽂혀 있는 손때 묻은 우표 책에, 옷장 선반에 가득 쌓인 박스 안에 담긴 이름 모를 누군가가 보낸 실체 봉피에, 그 옛날 새벽에 우체국을 향하는 나를 걱정스레 배웅하시던 어머니의 모습에, 내 예전 젊은 시절의 추억이 있기 때문이다. 그리고 그 추억을, 그 그리움을 10년, 20년 후에도 계속 간직하고 싶기 때문이다.

이번에 이근후 교수님의 '네팔 산 우표 이야기'가 나 같은 40~50대에게는 예전의 추억을 되살리는데, 그리고 10~20대에게는 새로운 추억을 만들어 가는데 도움이 될 거라 믿는다. 히말라야의 자연과 네팔의 문화를 우표라는 독특한 인류의 유산으로 풀어낸 이 책을 통해, 세대를 초월한 독자들의 추억 쌓기를 소망해 본다……

임강섭(재미 우취인, 미국 실리콘밸리 거주)
lowkmail@gmail.com

우리들은
네팔 산 우표에 함께 올랐다

이근후(지은이, 이화여대 명예교수)

'백지장도 맞들면 낫다'란 우리 속담이 있다. 혼자 하기보단 여럿이 힘을 합치면 더 좋다는 말일 것이다. 히말라야를 등반하는 많은 등반가들이 오르고자 했던 산 정상에 오른다. 이를 등반기로 기록하면서 등정자 혼자의 이름이 남는다. 나는 이런 기록을 보면서 그 한 사람을 정상에 세우기 위해 얼마나 많은 사람들이 조력했던가를 생각한다. 이런 생각을 바탕으로 나는 네팔 산 우표집 『Yeti 히말라야 하늘 위를 걷다』를 꾸미면서 처음부터 조력자와 함께 공동 작업을 해 보고 싶었다.

각자 역할을 분담하면서 진행했다. 원고를 가다듬으면서 우리들은 여러 차례 모임을 가졌다. 욕심 같아서는 히말라야와 연관된 모든 산 우표를 오르고 싶었으나 네팔에 있는 네팔에서 발행한 산 우표에 한정하기로 했다.

작업을 진행하는 동안 우리들은 산 우표를 통해 네팔 히말라야를 등정했다. 이 한 장 한 장 산 우표를 오르면서 우리들은 정상의 기쁨은 물론 산 우표 한 장 한 장 뒤에 숨어 있는 여러 사실들도 음미했다. 즐거운 작

업이었다. 그러나 한 가지 아쉬운 점은 산 우표의 상세 정보에 누락된 부분이 있다는 점이다. 이 누락된 정보는 네팔 우정국에서도 찾지 못한 정보라 아쉽지만 누락된 대로 실었다.

우표를 통해 네팔 히말라야의 정상에 함께 올랐던 우리들. 강경원, 김화수, 카르마차랴(K.K. Karmacharya), KP Sitoula, 박영숙, 반을석, 이서원, 송해경, 신현운, 안종만, 임강섭 님들께 깊은 감사를 드린다. "우표가 여기 있었기에 함께 작업했다.", "우리들은 네팔 산 우표에 함께 올랐다." 즐거운 마음으로 작업을 마치면서 유명 등반가들의 어록을 흉내 내어 봤다.

yeti 이근후(지은이, 이화여대 명예교수)
ignoo@hanmail.net